U0532984

后浪出版公司

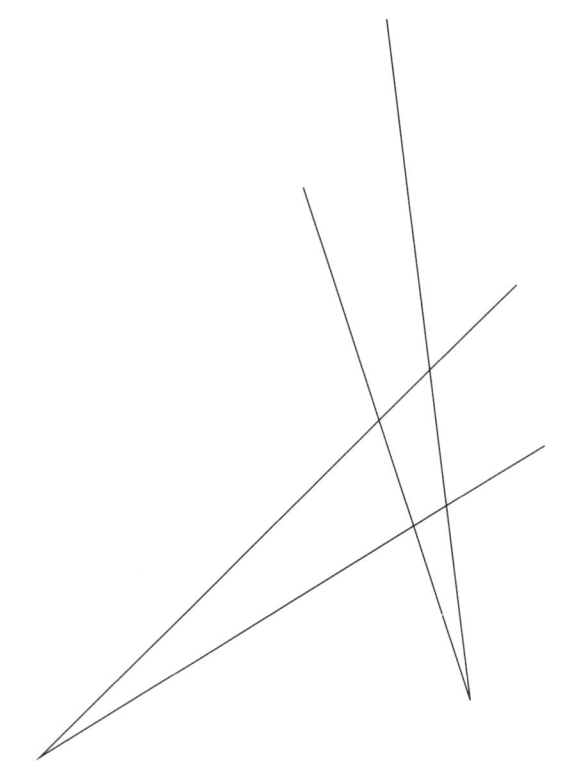

[美]罗伊·彼得·克拉克 著　王旭 译

25堂文学解剖课

中原出版传媒集团
中原传媒股份公司

大象出版社

谨以此书献给我的兄弟

文森特·克拉克和特德·克拉克

感谢他们对雪莉·克拉克无微不至的照顾

雪莉·克拉克是我们的母亲，她 95 岁还在坚持唱歌

目录

前言　最佳写作方法来源 …………………………………… 1

01　X射线阅读《了不起的盖茨比》
　　文章"零部件"的力量 ………………………………… 1

02　X射线阅读《洛丽塔》
　　文字游戏 ……………………………………………… 21

03　X射线阅读海明威和狄迪恩
　　省略掉的词 …………………………………………… 39

04　X射线阅读詹姆斯·乔伊斯
　　语言的神圣化 ………………………………………… 52

05　X射线阅读西尔维娅·普拉斯
　　令人震惊的洞察力 …………………………………… 67

06　X射线阅读弗兰纳里·奥康纳
　　恶龙之齿 ……………………………………………… 84

07 X 射线阅读《摸彩》
　　投石 ································· 100

08 X 射线阅读《包法利夫人》
　　显示内心世界的迹象 ···················· 112

09 X 射线阅读《寂寞芳心小姐》和《恶棍来访》
　　文本中的文本 ·························· 124

10 X 射线阅读《李尔王》和《愤怒的葡萄》
　　对人物的考验 ·························· 141

11 X 射线阅读加夫列尔·加西亚·马尔克斯
　　实现陌生化 ···························· 154

12 X 射线阅读荷马、维吉尔、希区柯克和罗斯
　　聚焦的技巧 ···························· 163

13 X 射线阅读乔叟
　　指出路线 ······························ 172

14 X 射线阅读《高文爵士和绿骑士》
　　随性的愿望 ···························· 186

15 X 射线阅读《麦克白》
　　结尾处 ································ 198

16 X 射线阅读莎士比亚的十四行诗
　　打破固有形式 ·························· 206

17 X 射线阅读《白鲸》
　　三个小词 ······························ 219

18　X射线阅读威廉·巴特勒·叶芝
　　神圣的中心 ·· 229

19　X射线阅读佐拉·尼尔·赫斯顿
　　烈焰上的词语 ·· 241

20　X射线阅读哈珀·李
　　等待的力量 ·· 252

21　X射线阅读 M. F. K. 费雪
　　烹煮一个故事 ·· 265

22　X射线阅读《广岛》
　　暂停的钟表 ·· 276

23　X射线阅读蕾切尔·卡森和劳拉·希伦布兰德
　　我们体内的海洋 ·· 287

24　X射线阅读托妮·莫里森
　　重复的变化 ·· 299

25　X射线阅读查尔斯·狄更斯和唐娜·塔特
　　文本的回音 ·· 309

名作佳句　X射线阅读练习 ·· 319
X射线阅读的十二个步骤 ·· 357
致谢 ··· 359
建议阅读书目 ··· 362

前言
最佳写作方法来源

每个作家都有自己最佳的写作方法，但他们是从哪儿学到这些的？要我说，就是解剖文学经典，进行X射线阅读。在阅读过程中，作家会像普通人一样，去获取信息，去寻求替代性经验和阅读快感，但却能比普通读者看到更多的东西，就好像他们有第三只眼睛，或者戴了一副前些年漫画书里的那种X射线眼镜。

有了这种特殊视力，他们就能看到文本表面下的东西，看到构建文章意义的那个特殊装置。而大部分人是看不见的。学者史蒂芬·平克（Steven Pinker）在他的文章中使用过一个很好的词：逆向工程（reverse engineering）[1]。作家们在阅读中使用的就是某种形式的逆向工程。他们可以看到支撑文本

---

[1] 一种技术再现过程，即对某种技术进行逆向研究，获得其各种要素，然后制作出功能相近却又完全不同的产品。——译者注（后文脚注若无另外注明，均为译者注）

运转的各个部件，掌握某些方法策略，实现我们所体验到的"简洁明快""悬疑""幽默""顿悟""痛苦"等阅读效果。他们把这些部件储存在工具箱里，每个箱子上都贴着标签，比如语法、句法、标点、拼写、语义、词源、诗学等，而其中最大的一个工具箱，是"修辞"。

现在让我们来试试这种方法。

首先，请戴上一副新的 X 射线眼镜，来看看几部经典文学作品的标题。第一部是《J. 阿尔弗雷德·普鲁弗洛克的情歌》(*The Love Song of J. Alfred Prufrock*)，是 T. S. 艾略特创作的诗歌（1965 年艾略特去世，当时我正在读高三，在一个乐队里当键盘手，这个乐队的名字就叫"T. S. 和艾略特"）。

"普鲁弗洛克"被公认为是 20 世纪的经典诗篇。下面，我将分析这首诗的标题，建议你先读上一到两遍，看看我的分析是否正确。从整体上说，这首诗是一个男人伤感的反思，表达的是年龄渐长带给人的失落。主人公渴望青春，渴望它带来的浪漫爱情、性能量、创新和社交能力，但他却明显感觉到自己是一个老人了，因此一直在这两种心态中挣扎徘徊。他想知道，在聚会上讨论米开朗琪罗的女人们会不会注意到他；他身材矮小，卷着裤脚；他担心自己的假牙咬不动桃子；他回忆自己的一生，想看看它是如何被"量走"的。"量走"，真是一个诗意的词。结果，他发现自己的生命早已被咖啡勺"量走"了。

以上这些，就是诗歌的主题和戏剧性。艾略特是怎样表现它们的呢？如果我们能找到这个问题的答案，我们就能知道艾略特成为大作家的原因。或许有一天，我们掌握了其中的秘诀，也能写出同样精彩的标题，展示出和艾略特一样的创造力。

艾略特的这种创造力又是从何而来的呢？

戴上X射线眼镜，我看到"J.阿尔弗雷德·普鲁弗洛克的情歌"这个标题包含了两个完全不同的词组，分别代表两种截然不同的语言。而正是因为这种不同，标题中才出现了张力和摩擦力。

看到"情歌"这个词时，你会联想到什么？现在立刻把它们写下来。我写下来的词有：求爱、风流韵事、调情、美人、月下情歌、年轻、有活力、希望、期待、音乐、诗歌。作家们把这些词称为"隐含意义"。这些词的范围还可以更宽泛。一首莎翁的十四行诗可以是一首情歌："我的爱在我的诗里将万古长青"[1]；"摇滚大勋章"乐队[2]的《两杯烈酒（来自我宝贝的爱）》[3]也是一首情歌。

那么，是谁在这首诗里唱情歌呢？他的名字会不会像"马

---

[1] 莎士比亚十四行诗第19首，原文为"My love shall in my verse ever live young"。中文为梁宗岱译文。
[2] Swingin' Medallions，组建于1962年的一支美国摇滚乐队，最初的名字叫"大勋章"（The Medallions），1965年改名为"摇滚大勋章"。
[3] "Double Shot（Of My Baby's Love）"，20世纪60年代美国流行歌曲。

维尔[1]""华兹华斯[2]"或"朗费罗[3]"这样诗意？当然不是，这个人的名字叫 J. 阿尔弗雷德·普鲁弗洛克。读到或听到这个名字后，您想到了什么？把它们写下来。这是我写下来的：银行家、大学生、律师、商人和官员。因为在这个名字中，第一个名字是字母，后面跟着一个完整的中间名，这样的名字跟"浪漫"完全不搭界，甚至"约翰·A.普鲁弗洛克"（John A. Prufrock）听起来都比它正常些。它总让人想到这样一幅画面：一个人踮着脚尖走在一个冷酷易怒的英国人旁边。另外，关于"普鲁弗洛克"，这个名字完全是对"情歌"的反抗和蔑视。"普鲁弗"很像"证据"，一眼看去就给人一种"着锚在硬邦邦的石头上"的感觉。激情和热情碰到这个词，也会被完全稀释掉。它还可以被拆分成"Pru-frock"，看起来就像是穿着一身颇正经衣服的矮小老头，裤脚挽起，这样他就不会踩到它们[4]。

标题中的每个字母都能让人感受到一种张力。"情歌"（love song）这个词组集合了流音"l"和有着迷人咝咝声的

---

[1] 即安德鲁·马维尔（Andrew Marvell，1621—1678），17世纪著名英国玄学派诗人，善于利用意象和比喻。
[2] 即威廉·华兹华斯（William Wordsworth，1770—1850），英国著名浪漫主义诗人。
[3] 即亨利·沃兹沃斯·朗费罗（Henry Wadsworth Longfellow，1807—1882），美国最伟大的诗人、翻译家。
[4] Prufrock，这个单词可以看作由两个单词组成，一个是 Prude，一个是 Frock，前者带有"过分拘谨、假装正经"的意思，后者带有"外衣"的意思；或者一个是 proof 的变形，一个是 rock，前者带有"证据、证明、实验、验证"的意思，后者带有"石头"的意思。

"s"，而"Prufrock"这个词却相反，把爆破音"p"和摩擦音"f"放在了一起。当这两个词相遇，就产生了"裹着沙石的浪花狠狠撞在巨石海岸上"的效果。

看到戴上 X 射线眼镜后的效果了吧？戴上它，普通阅读过程中的"近视现象"全都消失不见了。你不仅能看得非常清楚，还能看到光怪陆离、千变万化的 3D 效果，同时还获得了一种透析内部文学效果的能力。你已经开始像作家一样阅读了。

也就是说，我们学到了这个道理：天才作家能写出包含两种冲突因素的标题。所以，以后在看其他标题时，你就要用一种新眼光去看了。诺贝尔文学奖获得者托马斯·曼[1]曾写过一部小说，书名是《托尼欧·克洛格》(Tonio Kröger)，于 1903 年出版。这是我在大学里最早读过的小说之一。当时，学校里有一位优秀的年轻学者，名字叫勒内·福廷（Rene Fortin，也是他把《普鲁弗洛克的情歌》指定为我们的必读篇目）。他指导着我们阅读了这部小说，教会我们要关注文本中表达张力的那个瞬间。

这种张力在书中的角色托尼欧·克洛格身上很容易找到。这个年轻人的父亲是德国人，母亲是意大利人，他本人一直游离于这两种文化之间。他一边憧憬着艺术家的生活，一种

---

[1] Thomas Mann，1875—1955，德国小说家、散文家，1929 年获得诺贝尔文学奖。代表作有《魔山》(Der Zauberberg) 和《布登勃洛克一家》(Buddenbrooks)。

充满创造力的生活,这是从母亲身上遗传到的,一边又遗传了父亲的基因——一位德国银行家,生活虽然枯燥乏味,但有经济保障,而且非常稳定。

福廷在课堂上说:"我希望你们去感受托尼欧·克洛格身上的张力。在他身上,既继承有北欧人的冷淡,也有南地中海地区的热情,这两种性格反差带来了冲击力。它就在你眼前,在你看到这个故事的第一个字之前,它就已经出现了。"我们当时并没有听懂,但现在看他是对的,因为这种张力在标题中已经出现了,就是人物的名字"Tonio Kröger",一个意大利语与德语的组合,混合了开放的长元音、元音变音和硬辅音。同时,前面的名字一般是艺术家所用的,后面则是银行家(即他父亲)的姓。听到"Tonio"这个词,会感觉他会是伊丽莎白时代戏剧中的某个浪漫角色,而"Kröger"听起来则像某种货币的名称。

X 射线式阅读方法不仅能让你增长知识,还能让你了解作家的世界。现在再想想作家们创造的题目,不论冠以这些题目的是通俗的还是文学的作品,在这些题目里,总有两种因素,会让你觉得根本不可能放在一起。比如我很欣赏的这些题目:

《失乐园》(*Paradise Lost*)[1]

---

[1] 英国政治家、学者约翰·弥尔顿创作的史诗,与《荷马史诗》《神曲》并称为西方三大诗歌。

《哈克贝利·费恩历险记》(Adventures of Huckleberry Finn)

《麦田里的守望者》(The Catcher in the Rye)[1]

《杀死一只知更鸟》(To Kill a Mockingbird)

《丽达与天鹅》("Leda and the Swan")[2]

《杰克博士与海德先生》(Dr. Jekyll and Mr. Hyde)[3]

《邮差总按两遍铃》(The Postman Always Rings Twice)[4]

《谁害怕弗吉尼亚·伍尔夫》(Who's Afraid of Virginia Woolf)[5]

《了不起的盖茨比》(The Great Gatsby)[6]

不仅经典作品如此,许多通俗作品也是如此。比如哈利·波特(Harry Potter)系列。J. K. 罗琳(J. K. Rowling)

---

[1] 美国作家杰罗姆·大卫·塞林格(Jerome David Salinger)唯一的一部长篇小说,是20世纪美国文学的经典作品之一。

[2] 爱尔兰诗人威廉·巴特勒·叶芝(William Butler Yeats)的诗歌,被誉为象征主义诗歌里程碑式的作品。

[3] 19世纪英国作家罗伯特·路易斯·史蒂文森(Robert Louis Stevenson)的小说,此处为英文标题直译,目前通用译法为"化身博士"。

[4] 美国演员、导演詹姆斯·凯恩(James Caan)的畅销小说,被三次改编为电影。詹姆斯·凯恩的另外一些作品还包括《教父》(The Godfather)、《危情十日》(Misery)等。

[5] 美国20世纪60年代的戏剧作品,此处为英文标题直译。弗吉尼亚·伍尔夫是英国20世纪初期著名的女作家、文学批评家。这出戏剧在百老汇一炮而红,后来被好莱坞拍成电影,获得第39届奥斯卡金像奖。中文通用译名为"灵欲春宵"。

[6] 美国著名作家F. 斯科特·菲茨杰拉德(F. Scott Fitzgerald)创作的一部中篇小说,是其代表作,于1925年出版。小说以美国纽约市和长岛为背景,描写了一个自幼梦想出人头地的农家子弟,爱上了一名大家闺秀,但被后者嫌弃,后成为一名百万富翁后继续回来寻爱,却最终被爱人所害,死于非命的故事。

创造了一个拥有超强魔法的小男巫,他的名字"哈利"是英国王室国王的昵称,"波特"则是普通商人的姓。红极一时的真人秀节目《鸭子王朝》[1]和纪实系列剧《阿米什黑手党》[2]更是如此。说到这里,您可能都猜到我最喜欢的标题了,那就是"吸血鬼猎人巴菲"[3]。在这部电视剧里,打败邪恶力量、拯救人类的不是侦探柯南,也不是范海辛[4],而是一位叫巴菲的金发"山谷女孩"[5]。这标题太奇怪了,就好像是麦尔维尔把他的白鲸变成紫色,并把白鲸莫比·迪克(Moby Dick)的名字改为"莫比·葡萄紫"(Moby Grape)一样[6](还别说,真有人用这个名字。20世纪60年代,美国旧金山有一支摇滚乐队,名字就叫"莫比·葡萄紫")。

---

[1] *Duck Dynasty*,美国2012年播出的真人秀节目,曾创造了美国真人秀最高的收视纪录,讲述的是生产猎鸭用具的一个普通家族的生活。
[2] *Amish Mafia*,阿米什是美国东部和加拿大安大略省的一个族群,以拒绝使用现代设施、过简单的生活闻名于世。他们基本保持着18世纪的生活方式,出门用马车代步,依靠手工艺品和农耕生活养家,整体生活平静安宁。黑手党则是起源于意大利的黑帮组织,在作案后喜欢在作案现场留下一只黑手印记,因此被译为黑手党。后散布于世界各地,如今是所有有组织犯罪的代名词。
[3] *Buffy the Vampire Slayer*,1997年在美国播出的电视剧,讲述了一个被命运选中与邪恶对抗的女孩巴菲的故事。
[4] *Van Helsing*,2004年在美国上映的同名电影《范海辛》中的主人公。电影讲述了在19世纪罗马尼亚的一个小镇上,吸血鬼横行,大肆杀戮,后被美国的吸血鬼猎人范海辛及其搭档——另外一位猎人安娜所剿灭的故事,而范海辛是天使长百列的化身。
[5] "山谷女孩"最初指的是20世纪80年代居住在洛杉矶西北圣费尔南多谷的通勤族女孩们,多为中产阶级。这个谷底是一个很城市化的地方,被称为"色情业的好莱坞",有超过300家色情片制作公司。后来泛指大多数英语世界中的女孩,尤其是美国和加拿大的。她们通常非常漂亮,但头脑简单,喜欢奢侈品,没有雄心壮志,对个人事业发展没有任何要求。
[6] 麦尔维尔及其小说《白鲸》见17章。

哈，我也想玩玩这个方法了。

在出版了《写作工具》(Writing Tools)之后，我又给它写了一个续集，主题是关于语言元素的。后来我听说，利特尔&布朗出版社的总编刚开始不想出版这本书，看到我的标题是"语法的魅力"(The Glamour of Grammar)后，才在震惊中决定出版它。看，又来了！想想看，还有什么比"语法"这个概念更无聊？但在英语的发展历史中，"魅力"(glamour)和"语法"(grammer)曾经是一个词。如此说来，我的标题就变得奇特了，就好比 T. S. 艾略特把那首情诗换个题目，变成"给我挠挠痒吧，艾蒙"(Tickle Me, Elmo)。

2013年夏天，我有了写这本书的想法。那时我住在长岛，新版电影《了不起的盖茨比》刚刚上映，我把这本小说看了六遍。六次的阅读，会激发你的 X 射线视力，你在下一章就能看到。有一次，在前往位于纽约公园大道的利特尔&布朗出版社的路上，我还在为自己对这部美国经典文学的新解读感到兴奋。到了出版社，我看到自己的书上满是圆圈、箭头，空白处还有许多注释。

我的编辑是特蕾西·比哈尔(Tracy Behar)。她说："你好像把盖茨比的衣服都脱光了。"

"把盖茨比的衣服脱光……"我重复她的话。

"你下本书的标题有啦。"她又说。

"脱光衣服"是特蕾西对"X 射线阅读"的另外一种说

法，我之所以偏爱"X射线"，是因为我想看清楚的，不仅是故事的"皮肤"，包括上面的雀斑、毛孔、毛囊等的一切，还想看清楚它的骨架、韧带、肌腱、肌肉、器官等所有的内部组织。

在接下来的部分，我会先把盖茨比的衣服脱掉，然后是洛丽塔，然后是另外23部经典的、充满想象力的文学作品。读者们对这些作品都很熟悉，许多人在中学或大学期间就读过。我希望，在读过我的这本书后，你们会产生再看一遍这些书的愿望。当然，如果你没有读过，甚至都没有听说过，也不用担心，我会提供作品的大致情节、故事背景，还会引用原文，这样你就能够理解了。每次X射线阅读，就是我所说的"发现的瞬间"，每个瞬间都是一堂课。从这些课中，你会从文本中获得写作技巧，把它们放在写作工具箱中。一旦经历了这个过程，你的阅读和写作就会与以往大不相同。

01 X射线阅读《了不起的盖茨比》
文章"零部件"的力量

与许多人一样,我是在高中时读的《了不起的盖茨比》。当时,披头士乐队[1]刚刚进军美国,我就在长岛读高中,对F. 斯科特·菲茨杰拉德把长岛的"沙点村"和"大颈镇"变成"东蛋村"和"西蛋村"[2]这件事非常感兴趣。不过,当时我没有读懂这本书,因为我体会不到什么是不可能的爱,什么是富可敌国,也欣赏不了书中如诗的语言。当时我的一位老师认为这本书几乎是美国现代小说的巅峰。对于他这个评价,我的反应是:"您是说,我们美国人写出来的最好的小说就是这样?"

---

[1] The Beatles,英国摇滚乐队,1960年成立于英国利物浦,后风靡全英,并于1964年走上美国电视屏幕,为美国人熟知,最终引起了一场被称为"英国入侵"的音乐文化入侵浪潮,影响了美国流行音乐的发展道路。

[2] 东蛋村,原型为长岛的绅士点村;西蛋村,原型为大颈镇里的国王点村。住在东蛋村的一般是贵族富豪,住在西蛋村的一般是暴发户。

在写这一章的时候，书评家莫琳·科里根（Maureen Corrigan）正在美国国家公共广播电台（NPR, National Public Radio）里讲述同样的经历——她也是在高中时第一次读这本书的。那时她对盖茨比也不感兴趣，但后来她又读了50多遍，有了新的看法。之后，她写了一部颇有深度的书评，极力赞美了盖茨比。书评的名字叫《所以，我们要继续读下去》(*So We Read On*)。而我，至少读了44遍，才跟她有了同样的感受。

随着年龄的增大和阅读的多样化，我又能从书里读到哪些五十年前读不到的东西呢？在这五十年里，书的作者没有变化（仍然是去世的状态）；正文方面，虽说不同编辑对作家的写作意图有着不同的理解，但也早就固定下来了（依然在世上"活着"）。反倒是我，一个读者，变成了一个"X因素"，或者可以说是"X射线因素"？尤其在一点上，我的变化非常大。那就是，我开始以一名作家的眼光去读这本书，而不像以前，以大学生、文学老师或后现代学者的眼光在读。也就是说，在阅读过程中，我变得很务实，总是考虑书中哪些东西能帮助我写出一个故事，哪些东西能够指导写作者？

我会选无数段落去研究；会去欣赏其中的闪光点，它们像盖茨比那栋装饰豪华的别墅一样闪闪发亮；会饶有兴致地挑一些人名、地名和物名去研究；会想象其中的众多形象，比如眼科医生的那块褪色的广告牌[1]、盖茨比葬礼上的那个戴着眼镜，眼睛看起来像猫头鹰眼睛的男人[2]；会讨论乐土与类似灰谷[3]这样的荒野间的张力；会去研究作家对典型美国文学主题的阐述以及书中的人物模型，还会去探究富兰克林（Franklin）、爱默生（Emerson）、霍桑（Hawthorne）和惠特曼（Whitman）等文豪已经阐述过的民众贪婪和复兴等主题。

但我不想从这些开始分析，我想先分析作品的结尾。这是文学史上最值得尊敬的段落之一，在 2013 年的电影里，它还在屏幕上一字一句地出现过。为了充分地欣赏它，我们可能需要向我的老朋友史蒂夫·洛夫雷蒂（Steve Lovelady）学习一个小花招。他说："我想感受文字穿指而过的那种感觉。"这部分一共有四段话，273 个单词，是叙述者尼克·卡拉韦躺在长岛海边的沙滩上，远眺海面时的一段心理活动。

> 大多数海滨别墅都关门闭灯了，周围一片漆黑，只有长岛海峡对面的一艘轮渡上还有若隐若现的灯光。月亮越升越高，别墅在慢慢隐退。我逐渐意识到，当荷

---

[1]《了不起的盖茨比》一书中，反复提到过一块 T. J. 埃克尔堡医生的广告牌，由一双蓝色的大眼睛与一副黄色的大眼镜构成。T. J. 埃克尔堡是一位眼科医生，早就不知去向，但广告牌一直留在灰谷里。
[2] 盖茨比的葬礼只有四个人参加，这个男人是其中的一个。
[3] 位于长岛和纽约之间，是普通老百姓住的地方。

兰水手初到这里时，这片古老的岛屿像鲜花一样，在这些水手眼睛里绽放。他们看到了新大陆身上那清新饱满的绿色乳房。那些早已经消失的树林，为盖茨比的别墅让出空间的树林，曾低声私语，迎合着人类最后的，也是最伟大的梦想。初踏这方土地，人类瞬间被施了魔法，屏声静气地陷入一种美学沉思中。他们想象不到，也不会理解这种感觉的出现，只是不自觉地与一种奇观面对面相遇，在历史上最后一次发挥了自己感受惊奇的能力。

我坐在沙滩上，想着那个古老而陌生的世界，想着盖茨比第一次看到黛西家码头绿灯时的震惊。他跋山涉水，历尽艰辛，才走到了这片绿草地上，他的梦想看起来是那么的近，好像用手就能抓到一样。但他不知道，其实这个梦早已远离了他，消逝在城市的远方，消逝在一片无垠的虚空中。在那里，美利坚合众国暗黑的车轮正在夜色的掩盖下滚滚向前。

但盖茨比相信那盏绿灯，相信如性高潮般美妙的未来，尽管它一年又一年从我们眼前飘过，随风而逝。是的，它确实溜走了，但没有关系——明天我们会跑得更快，会把双臂伸得更远……总会看到晴朗的早晨的。

所以，我们要奋力前行，逆水行舟。不管多少次被大浪冲击裹挟，回到过去，都要逆流而上。

作者是如何构思出这段文字的？它与全文又是如何衔接的？在回答这两个大的结构性问题之前，我想先分析一下文本中一些好的细节。X射线阅读，就是要发现文章内部的一些方法财宝，它们可以让任何作品闪闪发光。

普通的事物，深远的意义

少年时期，我遇到过很多优秀的文学老师，伯纳德·霍斯特（Bernard Horst）就是其中一位。他是一位天主教神父。在高中，他给我们讲解罗伯特·弗罗斯特[1]的一首诗歌。他说："孩子们，有时一堵墙可不仅仅是墙，它会是一种象征。"于是，我们开始处处都能看见象征，但他又提醒我们："但你们还要小心，有时候看到一个'铙钹'，不见得它就是一个'象征'。"这是我中学时学到的非常关键的两句话，它们给了我很大的震撼，我一直牢记在心。

那么，长岛海峡上的轮渡是不是一个象征？如果说是，它并不像爵士乐队中鼓手的铜钹一样，能发出隆隆或咝咝的声音。其实它的象征意义很弱，可能也就只有一半，或者说，它就是一个很普通的东西，只是小说的语境赋予它一定的内

---

[1] Robert Frost，1874—1963，20世纪美国最伟大的诗人之一，被称为美国文学中的桂冠诗人，代表作有《未选择的路》("The Road Not Taken")、《雪夜林边小驻》("Stopping by Woods on a Snowy Evening"）等。

涵罢了。

对于住在长岛和纽约市的人们而言，轮渡就是他们生活的一部分。史丹顿岛[1]的轮渡应该是最著名的，它们运送来往于杰斐逊港至奥连特角和康涅狄格州之间的乘客。

但好奇的读者可能会想到这个问题：在古代文学中，轮渡是一种文学原型。在希腊神话、罗马神话和但丁（Dante）的《地狱》中，死去的人（有的时候也有活人）会乘坐轮渡去地下世界（或者说是冥府、地狱）。摆渡的船夫叫卡戎，付了钱，他就会让你上船，然后驶过阴阳世界的分界线——冥河。在古希腊，人们会在死去的人的嘴里或眼睛上放一些硬币，好让这人有"船费"到另外一个世界。

在另外一些传说中，死去的英雄们，比如亚瑟王，往往会被放到一条船上，身边堆满金银珠宝，被人们连人带船一起埋掉，或推入大海中。

我们来回想一下这部分之前的内容：有人谋害了盖茨比，他的葬礼只有几个人参加。接下来的结尾就出现了轮渡，给整篇小说增添了阴郁的色彩。无论是从表面，还是从深层意义上讲，它都代表了一段通向黑暗的旅程，以及其不可预知的未来，而这黑暗，就是我们所熟悉的死亡。

---

[1] 史丹顿岛，是纽约市的五个区之一，也是纽约市人口最少的一个区，和曼哈顿、爱丽丝岛遥遥相望。

01　X射线阅读《了不起的盖茨比》　7
　　　文章"零部件"的力量

带有象征意义的地理环境

无论是在现实生活中，还是在文学世界中，人们都在赞美各种岛屿，或许是因为像日本、英国和美国曼哈顿等这样的文明中心都是在岛上生根发芽的。再想想平时听到的笑话、谜语和各种故事，许多主人公或是迷失到荒岛上，或是被抛弃在某个荒岛上。从《鲁滨孙漂流记》(Robinson Crusoe)到《盖里甘的岛》(Gilligan's Island)[1]，从《金银岛》(Treasure Island)到《蝇王》(Lord of the Flies)，莫不如此。还有，别忘了，在约翰·多恩(John Donne)眼里，没有任何男人或女人是一座孤岛。

每座岛屿都是自然界的缩影。在这些小小的世界里，居住着数量有限的玩家，他们的每个动作、行为和价值观都代表着普通世界中的冲突。长岛是一个很独特的岛屿，整体形状像一条鱼，岛长约100英里[2]，宽约20英里，几乎占满了帝国大厦[3]和蒙托克角灯塔[4]之间的整个海域。对于菲茨杰拉德而言，它的面积太大，不能用作一个小型世界的象征。他更

---

[1] 20世纪60年代在美国播出的家庭喜剧，主要讲述了几个被遗弃在荒岛上的演员，最开始还感觉生活愉快，后来个个变得性格古怪的故事。
[2] 英制单位，1英里约为1.61千米。
[3] 美国纽约的地标建筑物之一，1931年4月11日竣工，位于曼哈顿大道，是1972年之前世界上最高的建筑。
[4] 纽约州的第一个灯塔，美国第四古老的灯塔，位于长岛东部的蒙托克角州立公园。至今仍然指引着各种船只和潜艇。

喜欢小一点的地方,而且还不能只有一个,要有两个,两个有着剧烈冲突的微型世界:东蛋村和西蛋村。这两个世界分别代表着旧时代和新时代的金钱利益,冲突就发生在这两个世界中。

和许多著名的作家一样,菲茨杰拉德也使用了我所说的"地理象征"。故事发生的环境——两个"蛋"村是这样,从长岛出发(坐火车或汽车),经由一片叫"灰谷"的工业废地,到曼哈顿的路途也是如此。这些高楼大厦之间的路,其实是通向地下世界的,代表着人们沉入地狱的过程。无论是到达这里,还是在这里路过的人们,注定会遭受厄运。

上文中提到的荷兰水手建立了新阿姆斯特丹[1],这些来自欧洲的探险者让西方历史变成了一个混血儿。在这段历史中,他们发现的"新大陆"完全是天堂,幅员辽阔、物产丰富,具有一切的可能性。它像鲜花一样,为这些试图从旧世界逃脱的新居民们开放。但这片处女地很快就被暴力和贪婪摧毁了。

循环的意象

为了让读者们真正理解他们所认为的重要的东西,作家

---

[1] 纽约市 1625 年至 1664 年的旧称,当时为荷兰的殖民地。

们会使用许多方法,比如,故意选择某个词,或改变语序,或简单重复。史摩基·罗宾逊[1]为诱惑乐队[2]写了一首歌《我的女孩》("My Girl")。为了让观众理解他所要表达的情感,他在这首不到三分钟的歌曲里,硬是把歌名重复了三十遍。没错!他就那样一直地喊着"我的女孩,我的女孩,我的女孩……",真让人受不了。

进入大学后的第一节文学课上,我就学会了这种方法,我们把它叫作"回声效果"。有一次,我们在课堂上读一本很厚的俄国小说,教授让我们分析其中的一段话,里面有一只苍蝇总是嗡嗡嗡地烦扰一个人物。我记得当时我们把整部小说翻了一遍,试图找一些线索来解释作者在这里设置一只苍蝇的原因。终于,在前面的一段话里找到了另外一只苍蝇,一个小配角。于是我就发言说:"为了理解这段话中发生了什么,我觉得应该把它与之前出现苍蝇的那个段落比较一下。"而最后的答案正是从这个比较中得出的,教授就是希望我们能发现这一点。

在第一次看到"新世界的绿色乳房"这个词组时,我觉得菲茨杰拉德应该是用它来象征当初还是处女地的美洲大陆。那些欧洲探险者们占领了它,并在这里定居下来。但"绿色

---

[1] Smokey Robinson,1940—,美国当代歌手、音乐制作人,摩城音乐的经典代表之一。
[2] The Temptations,成立于1961年的美国黑人合唱团,是20世纪60年代引领美国音乐潮流的天王级乐队。

的乳房"这几个字还真让人感觉有些奇怪,作者一定是想暗示些什么,因为这两个词之间有一种显而易见的张力,一种摩擦力。"绿色的乳房"本身是一种不真实的存在,是超现实的东西,除非在达利[1]的画中,或者是卡通片里的绿色食人魔身上,才会出现这种意象。所以,我们得思考一下,这两个词还在小说里的哪里出现过?它们的"前身"是什么?"绿色"这个词很容易找到,就是黛西家码头的那盏绿灯。这盏灯其实就是T. S. 艾略特所说的"客观对应物"[2]。它代表着盖茨比的遗憾,也代表着他的梦想和所有的期望。但"乳房"这个词就比较复杂了。难道它代表着小说中黛西和乔丹·贝克的物质欲望?提到运动员贝克小姐时,尼克说她是一个"小胸"女人。在此之后,小说又描述了一个令人更为震惊和难忘的灾难场景,就是梅特尔·威尔逊太太被车撞死的场面,司机当场逃逸了。原文是这样的:"人们解开她被汗湿透的胸衣,看到她的左胸已经松松垂下来,不需要再去听她的心跳了。"在我读的版本中,这段话在第137页,再读43页就到了结尾部分,这中间隔得并不远,足够让读者在阅读最后一段的时候想起来。

---

[1] 萨尔瓦多·达利(Salvador Dali, 1904—1989),著名西班牙画家,以超现实主义作品闻名于世。著名画作《记忆的永恒》就是他的作品。他的作品中绿色基调的画作很多。
[2] objective correlative,即把文学作品中的情感非个人化,使其脱离主观性,并赋予相应形象,使之成为客观的对应物体。

有关意义的例子

1939年,芝加哥的一位大学老师为学生编了一本书,名字叫《行为中的语言》(Language in Action)。公开出版后,成为语言学经典之作[1]。这位老师就是语义学家S. I. 早川（S. I. Hayakawa）。在这本书中,早川教授向美国读者介绍了一个新的概念：抽象阶梯[2]。你可以想出一个代表具体事物的词或词组——教授给的是"名叫贝西的牛",把这样的词或词组放在阶梯底端。比如,"莎蒂的结婚戒指""凯伦买的福特野马1966绿色敞篷车的前灯,这个灯已经坏了""一个折了边的1956年米奇·曼托（Mickey Mantle）棒球卡,罗伊把它放在一个鞋盒里,藏在阁楼上藏了50多年"。这些东西会带给人直观的感受。像"盖茨比的黄色汽车""黛西的绿灯""梅特尔血淋淋的乳房"这些词组都位于阶梯的底端。

在生活和文学世界中,这些物体会具有更深层的含义。随着时代变迁,它们可能还会有新的含义。作者们之所以选择它们,或许是为了帮助读者更好地理解文本。但即使没有作者的故意设计,文本本身也会达到一种更高层次的抽象意义。毕竟,一百个读者,就会有一百个哈姆雷特。

---

[1] 此书在美国正式出版后,书名为 Language in Thought and Action,中译本为《语言学的邀请》。——编者注
[2] 所有语言都存在于阶梯上。最概括和最抽象的,在阶梯的最顶端；最具体、最明确的在阶梯的最底部。

结尾部分刚开始，叙述者就开始回忆"消失的森林"，这些雄伟壮丽的茂盛密林曾经吸引了欧洲人来这里定居，但他们很快就破坏了这片土地，密林也很快消失，要为盖茨比的豪奢别墅腾出空间。自然世界终究要被人造世界所毁灭。

从这个意义上讲，这段自述陡然间达到了一个新的高度，语言也上升到了意义层面，像"瞬间迷醉""美学沉思"和"感受惊奇的能力"等词语，它们位于抽象阶梯的顶层，邀请读者努力从深层次上理解小说中的人物，理解人物与美国历史文化中更宏大、更深刻主题之间的联系。

能够把美国历史文化中的复杂和矛盾事件压缩到如此微小的篇幅内，菲茨杰拉德着实令我震惊。在这个过程中，他主要使用的就是"从具体到抽象，从特殊到一般"这种连续的推动方法。描述完荷兰水手们初见新大陆和密林时的感受后，叙述者通过回忆盖茨比发现黛西家码头绿灯时的感受，再现了"惊奇"（并重复了这个词）这种感觉。

盖茨比一直被这个梦诱惑着：他可以回到过去，把以前那些经历抹去，重新回到黛西的怀抱。这里更有意思的是颜色的碰撞。绿灯和蓝色的草坪的颜色原本应该很接近，难道草坪不应该是绿色的吗？小草不应该是绿色的吗？但在盖茨比的世界里，它们就不是绿色。在他那不现实的梦想中，小草必须要比普通的绿色更绿一些，甚至应该是蓝色的，就像贵族的血那样。

合适的词汇

重读斯克里布纳出版社的 2004 年版本的时候，我以为自己碰到了一个印刷错误："盖茨比相信那盏绿灯，相信如性高潮般美妙的未来……""性高潮"（orgastic）？我没看错吧，这是个词吗？我去查更早的版本，发现确实是我印象中的"狂欢般的"（orgiastic），而不是"性高潮"。我又去查"orgastic"，发现它其实还暗藏一种"极度兴奋的"的意思，代表着一种更高、更深层次的狂喜，而不仅仅是性快感。那难道说盖茨比相信的是一种能给人带来极度快乐的未来？

研究菲茨杰拉德的学者马修·J. 布考利（Matthew J. Bruccoli）说，作家本来用的就是"性高潮"这个词，而且他当时还与编辑马克斯韦尔·珀金斯（Maxwell Perkins）讨论过。但到了 1941 年小说出版的时候，另外一名编辑埃德蒙·威尔逊（Edmund Wilson）觉得这个词可能打错了，就把它改成了"狂欢般的"。于是，半个世纪以来读者们看到的就是这个版本。幸运的是，之后版本的编辑终于把它修改过来，而且 2013 年的电影中尼克·卡拉韦的独白用的也是这个词。为什么我说这是"幸运"的呢？

因为它就是那个合适的词，而不仅仅是作者想要选的词。

在各种小说和电影的描述中,当时是一个纵欲、挥霍无度,充斥着性和宴会的爵士年代,因此读者很容易会觉得,盖茨比相信的是狂欢般的未来。但读完小说后,读者就知道,盖茨比之所以举办那么多场宴会,目的只有一个,就是找到黛西,或者制造机会让黛西找到他。因此,他所相信和追求的,应该是一种很私人化的快乐。

工具的规则

阅读伟大作家的作品时,偶尔发现作家对标点的极致运用是一件颇令人愉快的事情。标点符号是一套能够帮助读者理解特定语义的规则,大多数人都是按照这套规则来学习标点的。比如,在什么地方需要停一下,就输入一个逗号;要表达的想法应该在哪里结束,就输入一个句号,或说是"完全停顿"(full stop),这是英国人的叫法。

只要掌握了这套标点符号规则,写作者就能自由驾驭它们,为自己的创意写作服务。在写作工作坊里,我常常让学生们给亨利·扬曼[1]的著名一行笑话"带走我的妻子吧,请。"(Take my wife, please.)改动标点符号。在谷歌上搜一下,你会发现这句话能变成以下几种:

---

[1] Henny Youngman, 1906—1998, 美国著名喜剧演员和小提琴演奏家, 善于讲"一行笑话"。

带走我的妻子吧。请。(Take my wife. Please.)

带走我的妻子吧——请。(Take my wife—please.)

带走我的妻子吧,请!(Take my wife, PLEASE!)

也就是说,请求的力度决定了标点符号的选择。从幽默的语言到艺术化语言,都是如此:

是的,它确实溜走了,但没有关系——明天我们会跑得更快,会把双臂伸得更远……总会看到晴朗的早晨的。

我一直很佩服这句话里用到的省略号和破折号,它们好像指向虚空或无限。梦想破灭,只留下毒药似的遗憾,狂欢终止了。

故事架构

上文的细读侧重于文本分析,下文则要分析故事的结构,或者说架构,即以语言及意象模式构建故事主干的方式。要我说,只读一遍小说是无法看清楚这些模式的。因此,我前后读了六遍,最后终于完全理解了故事结构所要表达的效果。

首先,结尾那段关于绿灯的沉思的源头在哪里?凡是书,都有结尾，文章的章节同样如此。早在第一章的结尾——尼克初遇盖茨比时，小说结局的种子已经埋下了：

> 他突然朝着外面黝黑的海水伸出胳膊，那动作看起来很古怪，而且我很确定他在发抖。于是我就没有跟他打招呼，因为这个动作看起来好像在暗示我，他更愿意自己一个人待着。我不自觉地跟着他朝海面看去，但除了一盏小绿灯，什么都没看到。那盏灯又小又远，好像是在一座码头的尽头。当我再次看盖茨比时，他却消失不见了，只留我一个人，独自站在骚动的黑夜里。

在这段文字里，所有因素都出现了：黑色海面、绿灯、码头尽头、令人绝望的奋争，包括盖茨比这个难以被人理解的人物。许多人会觉得"了不起的盖茨比"这个标题中含有矛盾修饰法。"盖茨比"，听起来很像某个伟大人物的蹩脚姓氏，比如"The Great Lipschitz"[1]，而标题又会让人联想到某个魔术师的名字，比如"the Great Houdini"[2]。"消失"这个词也和这种联想非常匹配。

在读完180页的小说后，读者还能记得第21页作者埋下

---

[1] 即鲁道夫·利普希茨（Rudolf Lipschitz，1832—1903），著名德国数学家，在常微分方程和微分几何领域做出了重要贡献。
[2] 即哈里·霍迪尼（Harry Houdini，1874—1926），美国著名魔术师，逃脱艺术家。

的伏笔吗?或许会,但如果在这中间读者再次得到提醒,那效果可能会更好。在小说的中间,盖茨比和黛西五年后重逢了,我从这里看到了这种提醒,真是应该感谢尼克·卡拉韦的安排:

"如果没有薄雾,我就能从这儿看到海峡对面的你家,"盖茨比说,"你家码头上有一盏绿灯,一整夜都不会灭。"

突然,黛西挽住了他的胳膊,但他却依然沉浸在自己刚刚说过的话中。或许,此时的他突然觉得那盏灯的重大意义已经永远消失了。曾经,他和黛西之间离得那么远,而这盏灯却离黛西是那么的近,就像是挨着月亮的星星,好像就能直接摸到她一样。而现在,它又变了回来,不过就是码头上的一盏灯罢了。对于他,有魔力的东西又少了一件。

请注意,作者在文本重要的地方重复使用了一些重要词汇。"消失"这个词呼应了第一章结尾时盖茨比突然消失,"魔力"呼应了结尾的"瞬间被施了魔法"。

有这种想法时,我刚好还在长岛,住在离那个虚构的西蛋村不到10英里的地方。而且我还注意到,这段话就在小说的第92页,而全书正好是180页!也就是说,无论是从具体的页面,还是从全书的结构和虚构的故事来说,它都位于中心位置。

那么,所有的这一切说明了什么?它们提醒我们,真正伟大的文学作品都是精心细致打磨过的,作者的写作策略都是有目的的。不管这些策略在《了不起的盖茨比》中起到了什么作用,对于后世的写作者而言,无论我们是在写小说或非小说,还是在写回忆录、电影剧本或诗歌,它们都是很好的一节写作课。

写作课

1. 海洋、轮渡、森林、月亮、尖塔等都是很普通的东西,尽管它们所含有的意义可能来自经典作品中的符号或原型故事,但也能在你的故事里与读者产生微妙的共鸣,能够使你作品的意义更加饱满。

2. 凡是故事,都会有环境(比如爵士时代的长岛北岸)。故事内部的地理环境能够传达出与之相关的东西,传达出它自己的影响,从岛屿的岛国性质到工业荒地,从堆满黄金的大都市到人造天堂都是如此。因此,要学会让景观自己以不同的形态去讲述不同的故事。

3. 如果在创作中,你想出了某个关键词或短语,不论有多长,记住,重复它们,这样会放大它们的重要性,从而帮助读者把故事的不同部分联系起来。

4. 如果想让读者用感官阅读，就多使用一些具体的细节、意象和例子；如果想让读者在阅读的过程中去思考，去回想，就要爬上语言阶梯，找到那些高处的、传达思想的词语。

5. 当你写出像"感受惊奇的能力"这样令人难忘的好词时，要有策略性地把它们放在某个句子的结尾，如果能放在段落的结尾是再好不过的，因为接下来的停顿会让这些表达脱颖而出，提醒读者停下来思考。

6. 在写作过程中，你一定要动起来，要动，动，一直动下去，从有形到抽象，从具体到一般，从思想到实例，从信息到奇闻轶事，从说明性文字到对话，都要涉及。一部好的作品就是一个永动机，不断地驱动着故事向前发展，让读者感受它的能量。

7. 词语有能指，即它们的表面意义，也有所指，即它们的内涵，它们的联想意义。颜色最能说明这一点。当绿色指的是"绿色"的时候，它是一个视觉化的概念。黛西的灯就是绿色的。但想一想随之而来的各种联想，它可以代表自然规律、一心向前，也可以代表钱，钱，还是钱，还可以代表缺乏经验、恶心、嫉妒和贪婪。我们通常用蓝色形容天空，此时的蓝色是积极的。但"蓝色的草坪"中的蓝色，却让人联想到扭曲的价值观，联想到封闭的社会。

8. 马克·吐温说得好，最合适的词与差不多的词语之间的差别，就像是闪电（lightning）与萤火虫（lightning bug）之间的差别。在词汇的使用上，要有冒险精神，甚至创造新词都是可以的。不过，读者和编辑都要注意，要避免误解或过度阐释。

9. 熟练掌握相关排版和标点符号规则，要意识到它们不仅是一些规则，也是修辞工具。古文中的一些标点符号其实来自剧本，因为在剧本中，作者或导演会利用一些符号，帮助演员掌握重点和戏剧化的停顿。如果带有目的性地使用标点，它们就会帮助你构建悬念，传达惊奇、喜悦、困惑、延迟等表达效果。

10. 本条是最重要的写作课：如果作者脑海里产生了一些非常有意思，或者非常重要的想法或意象，那就要早早地在作品中提及，到了中间部分重现一次，到了结尾再重复提及，这样就能传达出它们的重要性。

02 X射线阅读《洛丽塔》
文字游戏

上大学时,我从图书馆借了弗拉基米尔·纳博科夫(Vladimir Nabokov)的《洛丽塔》(Lolita),那是我第一次读这本小说。我记得很清楚,那本书的前几页每页都有一个嘴唇印,应该是我之前的读者留下的。这位读者应该是一位女士。这个嘴唇印鲜红鲜红的,为我的阅读平添了一种犯罪般的肉欲感。

苏·莱恩(Sue Lyon)出演洛丽塔的时候才14岁,那位迷恋着她的老男人亨伯特是由儒雅的詹姆斯·梅森(James Mason)饰演的。这部电影由斯坦利·库布里克(Stanley Kubrick)导演,在1962年上映。电影中的苏·莱恩戴着一副心形眼镜,嘴里含着一颗樱桃棒棒糖,看起来年龄要比她自己本身大得多。人们很难联想到电影中故事的叙述者其实是一个恋童癖患者,这位患者的欲望对象是一个只有12岁的孩子,而不是某位身体已经成熟了的年轻姑娘。没准儿那本书上的口红印就是苏·莱恩的。在当时的我看来，《洛丽塔》这本书是色欲的，但毫不逾矩。

现在再读这本小说时，我戴上了 X 射线眼镜，以一个作家的眼光去审视它，并试图以纳博科夫在《俄罗斯文学讲稿》（*Lectures on Russian Literature*）中的这段话来体会它：

> 欣赏文学，我是说真正的文学，不能像吞食治疗心脏或心灵之胃——大脑的药片一样，一口吞下去，而是要先把它撕开，掰成一小片一小片，然后再碾碎，在手掌中闻到它那可爱、古怪的味道，最后再津津有味地咀嚼，让它们在舌尖上翻滚。只有这样，你才能品尝到它那美妙的味道，感受到它真正的价值。而在你的心里，那些碎片会重新组合在一起，焕发出一种整体的美，让你浑身的血液沸腾。

在这里，我必须要表示一下我的震惊，因为出生在俄国、精通法语的纳博科夫，竟然能写出这么华丽、抒情的书面英语。有人说，《洛丽塔》（同样用英语写作）是作者给这一语言写的情书，这话不假。不过也有人质疑他的文风过于华丽油腻。在我看来，他好像是一个小男孩，从小到大只见过 8 种颜色的蜡笔，突然有一天得到了一整盒 64 种颜色的蜡笔，就想把 64 种颜色都利用起来，包括深褐色和碧绿色，在每页纸上制造出炫目的视觉效果。《洛丽塔》这本小说，其实就是一个语言游乐场。

这样的效果在小说著名的开篇中表现得最为明显。

洛丽塔，我的生命之光，我的欲望之火，我的罪恶，我的灵魂。洛——丽——塔：舌尖要从上颚出发，向下轻拍三次牙齿。洛，丽，塔。

清晨，她叫洛儿，简单的洛儿，站在那儿，穿一只袜，只有四英尺十英寸那么高；穿宽松裤子，她就变成了洛拉；到了学校，她叫多莉；在签名栏里，她又变成了多洛雷丝。只有在我的怀抱里，她才永远是洛丽塔。

在她之前，我还有过其他女孩吗？有过，确实有过。如果在那个夏天，我没有爱上那个女孩儿，那个名字首字母和洛丽塔一样的女孩儿，我就不会爱上洛丽塔。那是在海边的一个小王国里，什么时候呢？洛丽塔在那个夏天后的多少年后出生，当时的我就有多大。你看，一个杀人犯也是可以写出带有独特风格的文字的，你要相信这一点。

陪审团的先生女士们，我的一号证据就是让那个六翼天使，那个单纯的、总被人误传信息的、长有高贵翅膀的六翼天使所嫉妒的女孩[1]。先来看看这段像荆棘丛一样纷乱揪心的经历吧。

上面的文段一共有169个单词，分成四个段落，每个段落的侧重点都不一样，依次下来，分别是声音、名称、故事和意义。这四个重点，就像四个大房间，沿着一条语言通道依次排列。现在，我们来分析每个段落中的修辞和写作策略所要达到的目的和效果。

声音

我不是语言学家，但我对字母、音效，以及它们在口中的发音形状还是敏感的。类似s、z和sh这样的辅音，能在嘴里发出"嗞嗞"的声音，很像哈利·波特系列小说中的蛇语。它们组成了齿擦音小组。因此，当纳博科夫在写"my sin, my soul"（我的罪恶，我的灵魂）时，就会产生一种摩擦音，sin和soul这两个不同的词互相摩擦着，但又好像在试图逃脱对方。

---

[1] 这句话，包括前文中的"海边的一个小王国"，都来自美国著名诗人爱伦·坡的一首诗《安娜贝尔·丽》("Annabel Lee")。这是一首悼念早早去世的爱人的挽歌，是诗人抒情诗的巅峰之作。诗中的安娜贝尔·丽就是个小女孩，她和诗中"我"之间的爱情遭到了六翼天使的嫉妒，后她虽然死去，却得到了男孩永恒的爱。六翼天使，出现在《圣经·旧约》中，是天使之首，是爱和想象力的精灵，又被称为炽天使。小说中"我"爱上的那个女孩名字也叫安娜贝尔。

文字游戏

E. B. 怀特[1]尝试通过下面这段花哨的文字展示重复齿擦音的效果:"南方就是一片持续连绵的齿擦音王国。在大海和沙子的声音里,在歌唱着的贝壳中,在阳光和天空的热气中,在纵情声色的温柔乡里,在午睡中,在鸟儿和虫儿的骚动不安中[2],'s'这个字母时时刻刻向欣赏这片土地的游客暗示着自己的存在。"

在著名喜剧《宋飞正传》(*Seinfeld*)中,克雷默说杰里是"anti-Dentite"(憎恨牙医的人),因为他蔑视牙医。感受一下这个词里的d、t组合所发出的声音。舌头在牙齿背面发出的声音是牙间音,这不奇怪。《洛丽塔》中也存在这样连续的牙间音,从女主人公养的宠物的名字的最后一个音节,到她自己的名字"多洛雷丝",再到"舌尖要从上颚出发,向下轻拍三次牙齿"(the tip of the tongue taking a trip of three steps down the palate to tap, at three, on the teeth)中带有"t"头韵的字符串。仔细数一下,如果把"palate"的最后一个t算上的话,这里一共出现了8次t音[3]。

分析了齿擦音和齿间音后,别忘记了流音l和r,这是

---

[1] E. B. White, 1899—1985, 美国当代著名散文家, 文风清丽, 辛辣幽默。代表作有《夏洛的网》《精灵鼠小弟》《怀特散文》等。
[2] 这段话的原文是: in the sound of the sea and sand, in the singing shell, in the heat of sun and sky, in the sultriness of the gentle hours, in the siesta, in the stir of birds and insects. 其中的 sea/sand/shell/sun/sky/sultriness/siesta/stir/birds/insects 都带有 s 这个齿擦音。
[3] 这8次是:tip、tongue、taking、trip、steps、palate、tap、teeth 中的 t, 只有 palate 中的 t 没有位于词首。

两个最有性欲感的字母和声音。要想发出这两个声音，必须充分利用舌头。纳博科夫就是要读者充分欣赏他对这个名字的痴迷："洛丽塔，我的生命之光，我的欲望之火"（Lolita, light of my life, fire of my loins）。这短短的9个单词包含了大量信息。从语法上讲，这是一个故意而为的词语碎片，或者说是没有动词的句子。注意，它只用了一个三音节的名字就带动了另外八个单音节词语。而且，"光""生命"和"火"的发音都包含了长元音i。另外，在"我的生命之光"（light of my life）和"我的欲望之火"（fire of my loins）这两个同位语平行结构中，"loins"（腰胯，尤指性器官）是一个不带任何加工、天然的暗示语（这难道不矛盾？），它表面上指的是男性的生殖器，但不自觉地总会让人想起牛肉。

就在写这本书的时候，我看了安德森·库珀（Anderson Cooper）在《60分钟》节目上对白人说唱歌手埃米纳姆（Eminem）的采访。尽管埃米纳姆的童年生活并不顺利，在底特律不断转学，又连续上了三年九年级，但他说自己很喜欢学习英语。他打开一个文件盒，里面是一些写着实验性押韵词的纸张碎片，有好几百张，这是他的"弹药库"。他认为只要以适当的节奏唱出某个单词，没有什么词是不可能押韵的。所以，在歌曲《商业》（"Business"）和《愚蠢》（"Brainless"）里，通常被认为不能押韵的"橙子、橙色"（orange）配上了"门铰链"（door hinge）和"syringe"（注射器）。马歇尔·马瑟斯

（Marshall Mathers，也就是埃米纳姆，你看出他名字里的头韵了吗？）的这种创造力多少有些顽皮，他一边玩耍，一边发现音乐，表达音乐。

姓名

《洛丽塔》这部小说的影响力太大，最终使"洛丽塔"这个词被收录进词典。第11版《韦氏大学英语词典》(Merriam-Webster's Collegiate Dictionary)中提到了这部小说，把"洛丽塔"这个词解释为"早熟的性感女孩"；《美国传统字典》(The American Heritage Dictionary)对它的解释则是"性感的青春期女孩"。这样我们就能理解为什么纽约的小报会把艾米·费雪[1]称为"长岛的洛丽塔"了，这个女孩朝着情人妻子的头开了一枪。这些流音的魅力让人难以抗拒。

科学的分类法被称为"分类学"，而纳博科夫把一个本来叫多洛雷丝·黑兹（Dolores Haze）的女孩的名字分解为若干个名字，也是有其意义的。女孩的姓"Haze"[2]是一个绝妙的词，直接暗示了亨伯特的心态，而"Dolores"的一连串音节，又强烈地显示出他对女孩的痴迷。这个女孩是如此多变，如

---

[1] Amy Fisher，1974—，美国情色片演员、作家。17岁时开枪重伤了她情人的妻子，被媒体称为"长岛的洛丽塔"，并因此坐牢7年。出狱之后，她开始写书，同时成为一名情色片演员。她的故事被拍成多部电影，并公开上映。

[2] 这个词有阴霾、薄雾、疑惑的意思。

此美好，她不能被禁闭在一个名字里。纳博科夫是一位著名的鳞翅目昆虫学家，他非常喜爱收集蝴蝶，他为这个女孩创造这么多名字也是有原因的。每个名字代表的是她生命中的一个阶段。从洛儿、洛拉，到多莉、多洛雷丝（签名栏里用到的），注意其中的流音和硬音[1]之间的张力，感觉很像是一只蛾子要破茧重生，成为蝴蝶。

小说的后半部分里，亨伯特带着洛丽塔开始逃亡生涯。他们沿着乡村流浪，在不计其数、永不绝迹的汽车旅馆、路边旅游点和便宜的小饭店里栖身。亨伯特带着自己对旧大陆的情感阐释着千篇一律的美国："……所有那些夕阳汽车旅馆、铀光别墅、山峰旅社、松涛旅社、山景旅社、天边旅社、公园广场旅社、绿野、麦克旅社。"

还有这些著名的名字和旅游景点：布鲁力克斯（Blue Licks）[2]、杨树湾（Poplar Cove）、小冰川湖（Little Iceberg Lake）、熊溪（Bear Creek）、苏打泉（Soda Springs）、彩色峡谷（Painted Canyon）、莎士比亚公园、概念公园（Conception Park）等。

"名字"这个东西，从《创世记》（Genesis）就有了。这是在告诉人们，人类之所以是大自然的主宰，就是因为他们拥有为各类东西命名的能力。在这方面，诗人们更是拥有超

---

[1] 即发辅音时爆破的辅音。美国英语、法语和意大利语中发 /k/ 音的 c 和发 /g/ 音的 g。
[2] 即布鲁力克斯战场国家度假村公园（Blue Licks Battlefield State Resort Park）。

群的能力。很多高中生看《伊利亚特》(*Iliad*)的时候，都不会去看第二卷的第 603～611 行，因为这几行里全是一些船名、部落名和人名，对于不了解这首诗的人来说，读起来云里雾里。其实这些词代表的是几个世纪的历史、神话和文化：

> 统领来自陡峭的科勒奈山脚下阿卡迪亚和
> 爱普托斯墓旁的善于近战杀敌的兵勇们的，以及
> 家住菲纽斯、有成群羊儿的俄耳科墨诺斯、
> 居里培、斯特拉提亚和多风的厄尼斯培，
> 忒格亚、美丽的曼提奈亚，以及
> 斯屯法洛斯、帕尔拉西亚的战士的
> 是安格凯恩斯的儿子，强大的阿家裴诺耳，
> 一共有 60 艘海船，满载众多能征善战的阿卡迪亚

勇士们。

上面列举的都是历史上享有崇高地位的文学经典，在它们面前，我不太想提自己的作品。我只是想说，在一次写作的时候，我的确受到了《洛丽塔》开篇时名字分类的影响。当时我正在写有关著名的乔·帕特诺（Joe Paterno）的内容，他是宾夕法尼亚州立大学的前橄榄球教练，在他的前助理性侵儿童的罪行曝光后，他名誉尽失。这件丑闻震动了整所大学和整个橄榄球运动界。我是这样写的：

如果不知道他是一个真实的人，我会觉得他是虚构出来的，是20世纪50年代的作家为男孩子们写的运动冒险类小说中的主人公。他会站在球场外，背着双手，眯着眼睛，斜着脑袋看着阳光。这就是乔·帕特诺，著名州立大学的传奇教练，无论在道德、肉体，还是在勇气方面，他都是孩子们的指路明灯，是迷失男孩们的守护人，一个住在欢乐谷的家庭的父亲。

他的名字太绝了，再也没有比这个更合适的名字了。它完全可以变成这些：圣人乔，一个大学生运动员神圣家族的父亲；乔·帕（Joe Pa）；乔爸爸（Papa Joe）；帕特（Pater），在拉丁语里，Pater 也有父亲的意思。永久的父亲式的帕特诺（Eternal Paternal Paterno）。

我们陷入丑闻中的父，你的名就是一个虚空！[1]

《了不起的盖茨比》中的人物名字也会涉及主题。Jay 的家族姓氏盖茨（Gatz）太短了，种族标志也太明显，根本不足以满足主人公对浪漫的要求——他觉得自己是一个很浪漫的人。把盖茨改成盖茨比，是非常美国式的重新创造，也是一种更为古老的转变，就像《圣经·旧约》中的索尔（Saul）到

---

[1] Our father, who art in trouble, hollow be thy name! 这里作者是把"who art in heaven, hallowed be thy name"（我们在天上的父！愿你的名被尊为圣）这句祈祷语改变了一下。

了《新约》就变成保罗（Paul）一样。

在下面这段独白中，尼克·卡拉韦把参加盖茨比家盛大派对的人都记了下来。他把这些人的名字和大致情况写在了一张老旧的、皱巴巴的铁路时刻表的空白处：

> 从东蛋村来的，有切斯特·贝克尔（the Chester Beckers）和利奇（the Leeches）[1]两家，有我在耶鲁就认识的男人本森（Bunsen）[2]，有去年夏天在缅因州溺水死去的博士韦伯斯特·西维特（Webster Civet）[3]，还有霍恩比姆（the Hornbeams）[4]和威利·伏尔泰（the Willie Voltaires）两家，以及巴莱克巴克（Blackbuck）[5]整个家族，他们喜欢聚在一个角落里，不管谁靠近他们，他们就会像山羊一样向上翻鼻孔。还有伊斯梅（the Ismays）和克里斯蒂（the Chrysties）两家［其实就是休伯特·奥尔巴克（Hubert Auerbach）和克里斯蒂先生的妻子］和埃德加·比弗（Edgar Beaver）。听说，在某个冬日的下午，比弗的头发无缘无故地突然变得像棉花一样白。

---

[1] 该名字英文中有"水蛭"的意思。
[2] 名字里有"本森"的有19世纪著名德国化学家本森，也有出生于1871年的英国文学家罗伯特·本森等。
[3] Webster，也是"韦氏词典"的名字；Civet，英文中有灵猫、麝猫的意思。
[4] 英文有"角树"的意思。
[5] 英文有"印度黑羚羊"的意思。

这个人名列表延续了大概有三页，读者借此可以俯瞰长岛中盖茨比所在一隅的社会生活。荷马对船只、乔叟对朝圣者的命名也类似。菲茨杰拉德是先创造出一系列有趣的名字，为文章增添些生动的细节，在段落最后再写出最有趣的细节："亨利·L. 帕尔梅托（Henry L. Palmetto）在泰晤士广场地铁站跳下站台，结束了自己的生命。"

故事

　　在上文中，我们从声音意象和命名出发，分析了《洛丽塔》中著名的段落。但是，如果只有悦耳之音和分类学，是无法写出一个故事的。一只袜子、宽松的长裤，以及躺在亨伯特怀里的姿势等，在这些对洛丽塔的细节化描写中，我们能若隐若现地看到一个故事，看到人物的特征。不过，所有这些不过是文字游戏而已。

　　一个真正的故事，是有许多严格要求的，我们都希望能从一部长篇小说中看到这样的故事。它要有故事叙述者，要有带对话的各种场景，要有跌宕起伏的情节，要有能够引出完整故事的故事弧，要有刺激性的事件发生，要有高潮，要有结局。在写作手册中，这些都是行业术语，只有通过作者创作故事，才能把它们付诸实践。而作者，总是需要一个文章开头的。

文字游戏

上文《洛丽塔》节选的第三段就像一个圆规,带着读者从故事的起点(亨伯特少年时期爱过的一个女孩的惨死)画到终点〔亨伯特谋杀了亵渎洛丽塔的男人克莱尔·奎尔蒂(Clare Quilty)〕。在第三段里,作家完全没有涉及谋杀细节,看起来有些违背故事方面的写作理论,但很多在纳博科夫之前的作家确实也这么设计过。"叙述什么"和"怎样叙述",是两种讲故事的方法,我曾经对它们做过比较,在这里运用这种比较看来还是很有必要的。在"叙述什么"这种方法下,读者或观影者会不断猜想接下来发生的事情,这是一本书能够引人入胜的基本要素,《达·芬奇密码》(*The Da Vinci Code*)就是一个例子。这本书虽然没有什么值得读者记忆的句子,但它的情节千变万化,各种小悬念扣人心弦,一直吸引着读者往下读。

只是,如果你是第二遍读《达·芬奇密码》呢?或是第六次读《了不起的盖茨比》,第五十次看《星球大战》(*Star Wars*)呢?我们都已经知道故事结局了啊。这时,依靠"怎样叙述"这种方法,我们依然能够获得巨大的乐趣。

现在看看《罗密欧与朱丽叶》(*Romeo and Juliet*)的开头八行:

两个同样高贵的家庭

都居住在美丽的维罗纳,这个故事要发生的地方

> 从古到今，他们从怨恨发展到斗殴
>
> 让公民自己的血染红了自己的手
>
> 命运摆布这两家仇敌
>
> 一对倒霉的情人为此献上了一生
>
> 以不幸的、可怜的爱情悲剧结束了生命
>
> 他们的死，埋葬了两家的仇恨

在这个故事的开头，莎士比亚并不只是描绘了一道故事弧，还给出了将要出场的故事的许多细节。而且很有可能在此之前，读者们已经从早期的英语和意大利语诗歌、情歌中知道了这对命途多舛的恋人的故事。

那么，既然在前八行就已经告诉了读者故事的所有情节（就像新闻报道一样），作家为什么还要费尽心力地把这部剧写下去呢？那是因为这个故事是有力量的，而且作家有能力把一种经历写成故事，让它看起来栩栩如生。这样，在这对情人死亡之时，我们会真正感受到震惊，即使我们已经知道结局，已经看过许多次这部"汇集在两小时内的戏剧"——这是开场白里对故事的描述。

从亨伯特的叙述里，我们知道了洛丽塔的背后有着另一个故事。除了洛丽塔，还有另外一个女孩，她的故事发生在很久之前。她住在"海边的一个小王国里"。这个短语听起来有童话故事，有夏日的爱情，但是也有潜伏在黑暗森林里的野狼,以及遭到背叛的纯真。

意义

行文至此,离我们刚读《洛丽塔》开头那四段已经过去很久了,我想有必要再在这里重复一下:

> 陪审团的先生女士们,我的一号证据就是让那个六翼天使,那个单纯的、总被人误传信息的、长有高贵翅膀的六翼天使所嫉妒的女孩。先来看看这段像荆棘丛一样纷乱揪心的经历吧。

我们一路分析,从声音到名字,再到故事,现在到了意义。这个意义,就是故事的"引擎"。什么是驱动读者读完故事的动力?汤姆·弗兰奇(Tom French)说,这个问题只能由故事本身去回答。比如,读者会很想知道,"谁最后会坐上铁王座,统治维斯特洛大陆[1]?"或者简单一点说,"谁是凶手?""谁会赢得比赛,得到那个女孩?"他的这番话启发了我,于是我就使用了"引擎"这个词。在《洛丽塔》里,情况要复杂许多。亨伯特的讲述,最开始是感性的爱情语

---

[1] 乔治·R. R. 马丁(George R. R. Martin)的奇幻系列小说《冰与火之歌》(*A Song of Ice and Fire*)中三块大陆中的一块,原型是中世纪的欧洲。

言，后来转向了理性的法律语言。在这个过程中，我们知道他痴迷一个年轻的女孩，还因为这段感情犯了谋杀罪。他把自己设定成了一个受审者，一个要接受读者陪审团审问的叙述者。

他所要展示的一号证据，应该就是他心目中的"洛丽塔"。套用斯坦利·费希[1]的话，这段话带有一种"被罪所震撼"感。这段话意思是，就连六翼天使这位身居天使最高位的、离神最近的天使长都会被欲望——签名栏里的"多洛雷丝·黑兹"所诱惑，那本来就不完美的亨伯特又怎么能抵挡住呢？现在咱们再回到声音上，带着齿擦音的"六翼天使"（seraphs）与"荆棘丛一样纷乱揪心的经历"（the tangle of thorns）之间，存在一种基本的张力，构成了亨伯特备受折磨的生活。

写作课

1. 语言，首先是一系列带有象征意义的声音，然后才是表示这些声音的文字。如此一来，它就成了一种符号的符号，第二次远离了自身的意义。因此，一定要使口头和听觉中的故事保持同步。看到像上述《洛丽塔》中这么重要的段落时，

---

[1] Stanley Fish, 1938—，美国著名理论批评家，早期研究方向是 19 世纪英国文学，著名的著作是《为罪所震撼》(Surprised by Sin)，在美国多所大学担任教授。

一定要大声读一读，然后再戴上 X 射线眼镜去阅读它。也就是说，要养成大声朗读自己写作出的文本的习惯，这样就能做到：(a) 听出文章的重点和普通之处；(b) 感受文中的节奏、语气和音调；(c) 听到作者的声音；(d) 玩一玩"文字"这种音乐。

2. 在研究文本时，去找找你写作需要的名字，把它们收集起来，包括狗的名字、某种构件的名字、跑车模型的名字、啤酒的品牌等等。你要一遍遍地问自己：它叫什么？它有名字吗？当某个名字出现在某个列表、目录、电话簿、祈祷文、年鉴、球员名册、航海日志或博客中，就会代表特殊的语言和文化力量。名字也是一种展示的工具，可以提供性格、族群、世代、性别的概览。所以，在读虚构类作品时，我们要想到每个名字的每个音节都有特定的含义。现在可以思考，为什么洛丽塔情人的名字和他的姓氏是一样的（亨伯特·亨伯特）？

3. 无论是在阅读还是在写作中，都要特别注意叙事方法。如果选择"叙述什么"，就需要一些因素去吸引读者往下读，比如悬念。而"如何叙述"则需要放弃结局，或者至少表面看起来要放弃。如果读者很早就知道了故事的结局，他就会去关注其他问题，不仅仅是结局"怎样了"，还有"为什么会这样"。

4. 意义，往往是在阅读之旅的结尾才会出现。问问自己，你的作品是否有一台引擎，也就是一个只有通过不断向下读，才能得到答案的问题。我们都想知道谁会活下去，谁会死去，谁会赢，谁会输，谁会变成有钱人住进别墅庭院，而谁又会需要救济院的救济。

03 X射线阅读海明威和狄迪恩
省略掉的词

在美国婴儿潮[1]时出生的人都知道，欧内斯特·海明威（Ernest Hemingway）是一个伟大的作家。我们在高中的时候都读过他的《老人与海》，刚开始写作文时，还会模仿这位传奇作家简洁明快（pellucid）的文风。在海明威的身上，总弥漫着一种大男子的气概和冒险精神，那些对在世界各地探险的个人化叙述，更为他的作品增添了男性气势。

1932年，作家福特·马多克斯·福特[2]为海明威的《永别了，武器》（A Farewell to Arms）做了介绍，这是海明威第一部成功的作品。在介绍里，福特一直在赞美海明威，他这样写道：

---

[1] 1946—1964年，美国婴儿高达7,600万人，约占美国目前人口的三分之一。这个时期被称为"婴儿潮"时代。
[2] Ford Madox Ford，1873—1939，英国小说家、评论家、编辑，代表作有《好兵》（The Good Soldier）、《有的人没有》（Some Do Not）等。

这部小说里的每个字都直击人心，它们像是从一条小溪里捞出来的鹅卵石，每个都灼灼生辉，在自己的位置上发挥着作用。每一页文字就像是一条小溪，透过流动的溪水，你能清楚地看到它的底部。词语与词语之间形成了一种棋盘（tessellation）形花纹，一个连一个，井井有条。

这是一部非常优秀的作品。

单词"tessellation"也有"马赛克"（mosaic）的意思。如果是海明威，当有更普通的词可以选择的时候，他是不会使用类似的这种词的（就像我前文使用的"pellucid"这样的）。

在这狂热的赞美之光中，让我们匍匐在海明威爸爸的神坛下，去瞻仰他作品中的著名段落，例如《永别了，武器》中的开头部分。这个故事发生在第一次世界大战中的意大利。

那年夏末，我们住在一个村里。房子前面有一条小河，河对岸是一片平原，远处是高山。大大小小的卵石铺满了河床，裸露在水面上，在阳光下泛着白光。河道中的河水是深蓝色的，是清澈透明的，水流湍急。一批一批军队不断从房子旁边经过，沿着大路向前行进，扬起的灰尘给树叶，包括树干，都涂上了厚厚的粉尘。那一年，树叶早早地就落了。我们站在房前，看着这些军队沿着大道行军，看着他们不断地扬起灰尘。树叶被微风吹起，又落下。士兵们越走越远，很快，大路就一片白茫茫的，除了飘落的树叶，什么都不见了。

年轻的时候，我不太理解海明威。我对他的否定，很像20世纪60年代的少年对父母的叛逆。我能够理解莎士比亚和乔叟的伟大，但海明威是我父母的同龄人，如果他们喜欢他，那肯定是他们的问题。那时候，我喜欢的是小理查德[1]，而不是帕蒂·佩姬[2]。

有人说，这段文字文风清丽，简单、直接、纯粹，而且效果奇好。但我感受到的只有干涩、重复、没有任何修饰，非常乏味，像是一个没有化妆的电影明星。那时的我没有X射线眼镜，不能对文本进行细读。

存在的和消失了的

后来，一位著名作家拯救了我，那就是琼·狄迪恩[3]。这是一位很重要的文体作家，在小说、回忆录、散文和剧本等各

---

[1] 原名理查德·韦恩·彭尼曼（Richard Wayne Penniman, 1932—），美国著名摇滚歌手、作曲家，是摇滚世界的历史缔造者之一。
[2] Patti Page, 1927—2013，美国 20 世纪五六十年代当红歌手，其最著名的歌曲《田纳西华尔兹》（"The tennessee Waltz"）曾被选为美国田纳西州州歌。
[3] Joan Didion, 1934—，20 世纪 60 年代步入文坛，在美国当代文学中占据重要位置，曾两次获得"美国国家书卷奖"，代表作有《向伯利恒跋涉》（*Slouching Towards Bethlehem*）、《顺其自然》（*Play It As It Lays*）等。

种文体间游刃有余。1998年，海明威一本未完成的小说面世，狄迪恩在《纽约客》(*New Yorker*)杂志上发表了一篇评论。这篇评论写得特别好，开头引用了《永别了，武器》的第一段话，对它进行了X射线式阅读，但作者不是从评论家或学者的角度，而是从作家的角度展开分析的。很明显，她看到了文本的深层，并只用了下面这一段话就表达了出来：

> 这段文字发表在1929年，完全经得住推敲。一共126个单词，4句话，带有一定的迷惑性。第一次读到这段话时，我大概12岁或13岁。从那时到现在，我一直觉得这种安排很神秘，令人震动，如果我认真学习这段话，认真去模仿，或许有一天我也会写出这样一个126个单词的段落。
>
> 全文只有一个单词有三个音节，22个单词有两个音节，其他103个则只有一个音节。有24个"the"，15个"and"，4个逗号。
>
> 在第二句和第四句中有逗号，在第一句和第三句却没有。这种标点符号的安排，以及"the"和"and"的重复，给人带来了一种仪式感，还有很强的节奏韵律。在第四句话中，"leaves"（叶子）前的"the"省略掉了，作者在这里丢弃了该丢掉的东西，留下一种冷冽的气氛，为将要发生的故事做好了铺垫，预示着将要发

生的故事，也让读者意识到，作者开始把故事的时间从夏末转向一个更加黑暗的季节。

这段话中故意删掉的词汇，故意保留的信息造成了一种张力，带给读者一种幻象，但没有具体的情节。比如说，文中所说的晚夏是在哪一年？什么河流？哪座山？什么军队？等等。

迄今为止，这段分析是我见到过的最精彩的 X 射线式阅读，它细化到每个字母，就连"and"和"the"都没有逃脱掉，而且文字极具说服力，让我对海明威有了新的认识。欢呼吧，海明威爸爸，因为狄迪恩女士，你才进到我的这本书里。

充满意义的空格

任何东西，只要过度设计，就会让人觉得杂乱、拥挤，艺术同样如此。迈尔斯·戴维斯[1]和托尼·贝内特[2]一直认为，在音乐创作中省略一些音符是非常重要的。在这方面，狄迪恩深知海明威的意图，她能看到作家删掉的小地方，它们虽然不起眼，却能制造强烈的效果。

---

[1] Miles Davis，1926—1991，美国爵士乐小号演奏家，20 世纪最伟大的爵士乐大师，获得过 9 次格莱美奖。
[2] Tony Bennett，1926—，美国著名爵士乐歌手。

为什么在"leaves"（叶子）前删掉"the"就有完全不同的效果？这个问题的答案我并不清楚，但事实确实如此。或许是因为在某个模式建立后，如果它的标准突然变化，就对读者产生一定的冲击。请注意，"leaves"（叶子）这个词在文中出现了四次，三次前面带有定冠词"the"。在第三次出现时，"the"突然消失，之后又在段尾重现，变成了倒数第二个词。作者发出许多信号告诉读者"leaves"很重要，比如把它重复四次，比如让它成为这个段落的最后一个词，紧挨着右边的空白。

那，"the leaves"和"leaves"这两个词到底有什么不同呢？你可以说它们一个是特指，一个是泛指，也可以说前者是"包含某个空白或停顿"的词，而后者是"突然出现"的词。一个带着定冠词"the"，限定了"叶子"是被灰尘覆盖的、将要掉落的叶子；一个省略掉"the"，会带给人一种强烈的混乱感：这些叶子曾经是那么的生机勃勃，但最后却一片片地腐烂了。

在故事里，有时候树叶不仅仅是树叶。"落叶"是一种直接而古老的象征，象征着生命的消逝和季节的更迭，它们一般都在秋季落掉。但在这里，路上的尘土覆盖了树叶，好像是一种环保的落叶剂。但这些灰尘是从哪里来的？是军队扬起的。那为什么会有军队？因为要发动战争。战争是做什么的？战争是要践踏一切、杀死一切的。因此，这里的灰尘或许不仅仅是灰尘，而是一种死亡的象征。尘归于尘，土归于土。

有些读者可能不熟悉这个故事，我在这里介绍一下。小说讲述了第一次世界大战中一位救护车司机的故事。他受伤后，在医院里爱上了照顾他的护士。这位护士后来怀上了他的孩子，但最终和孩子一起在分娩中死去。故事的结局很悲惨，甚至《乌云背后的幸福线》(*Silver Linings Playbook*) 中，布莱德利·库珀 (Bradley Cooper) 饰演的男主角在看完小说后，厌恶地把书扔出了窗外。但是对不起啊，布莱德利，你，其实也是一粒尘土。

重复，而不是制造冗余

"冗余"，已经深入到了英语语言中。有了它，我们甚至能从不太完美的作品中获得意义。我很喜欢这句歌词："我的女孩叫博尼·莫洛妮，她瘦得皮包骨，像是一根通心粉。" (I gotta girl named Bony Moronie. She's as skinny as a stick of macaroni.)[1] 真有意思，在这里，"Bony"（女孩的名字，有"瘦骨嶙峋"的意思）、"skinny"（皮包骨）、"stick"（棍子）和"macaroni"（通心粉）四个词表达的是一个意思：极度的瘦，

---

[1] 出自美国歌手拉里·威廉斯（Larry Williams）的《皮包骨头的莫洛妮》（"Bony Moronie"），约翰·列侬等众多歌手都翻唱过。

它们把这个意思给强化了。在歌曲和口语中，这种冗余现象很常见，但如果出现在文学作品中，就会变得很讨厌。比如，某个人这样写："那个间谍偷偷摸摸地透过灌木丛窥视。"看到这句话，人们一定想把"偷偷摸摸地"这个副词狠狠删掉，老天，如果一个间谍透过灌木丛窥视什么，那难道不就是"偷偷摸摸地"吗？

冗余的反面，是有目的的重复。真正与众不同的词语值得拥有自己的空间，比如海明威的"粉尘"。不过，也没有必要费尽心思地为河流、房子、道路、树叶和灰尘等找同义词。这些词是构成文章的基础，它们的重复会像鼓声一样重重落在读者身上。在之前引用的海明威的那段话中，"river"（河流）和"house"（房子）重复了两次，"road"（道路）和"dust"（灰尘）这两个更重要的词重复了三次，而"leaves"（叶子）这个最重要的词则重复了四次。重复了两次的"troops"（军队），到了段尾变成了"soldiers"（士兵），这是一种非常明显的变化。如此一来，一个原本难以区分个人的群体，随着慢慢接近和通过主人公身边，变得个体化了。

另外一种变化是让关键字组成平行结构，比如最后一句中的这些短语：troops marching（军队行进）、dust rising（尘土飞扬）、leaves...falling（叶子……落下）、soldiers marching（士兵行军）。

海明威的句子和他的词汇一样，也非常简单。有 20 个单词的，有 26 个的，有 30 个的，也有 50 个的。最后一句话模仿了军队的行军，句子形式和功能完美地结合在一起。短句子听起来像是福音书[1]中的真理，长句子则带着读者踏上一段旅途。

在这段话的遣词造句中，有两个引人注目的特质。一是狄迪恩所指出的简短。这里的大多数词语都是单音节，这样的词在英语中要比意大利语更容易找到，因为英语源自盎格鲁-撒克逊语，或说是古英语。在这种语言中，有许多单音节词语。1066 年后，盎格鲁-撒克逊语被诺曼法语慢慢入侵，多音节词汇在英语中逐渐增加，还混入了许多抽象的拉丁语。因此到 1308 年，乔叟开始写作时，他的手指尖已经在一个语言宝库里跳舞了。海明威似乎更喜欢盎格鲁-撒克逊语，所以总是用 house（房子）、dry（干燥）、dust（尘土）、white（白色）、trees（树木）、road（道路）、breeze（微风）和 leaves（树叶）这样的词。我查了一下，除了 breeze（微风），其他词都来自古英语。breeze（微风）可能来源于西班牙语中的 bris。这些简短的单词总是能找到汇入英语的不同道路。

除了"简短"，这段文字中的词汇还有两个特点：平直、

---

[1] 在基督教中通常指的是《圣经·新约》中的内容，记述了耶稣生平与复活事迹，主要是一些文件、书信和书籍。

普通。虽然海明威小说的主题和人物都很复杂，但在上文引用的段落中，他使用的词基本上小学生都认识。其中，可能也就"powered"（粉末状）这个描述性比喻词是最文学化的了，它代替了"dusted"（被灰尘覆盖）这个简单词。如果要选一个最重要的词，那显然是"leaves"（树叶），因为作家不断地强调它、重复它，用它来铺垫小说的主题。还有一个比较微妙的词，就是"afterward"（之后）这个副词。副词通常是一种很弱的词，所以把它当作这段话中的"重要词"就有点出人意料。只是，它是这段话中的唯一的三音节词，所以也就脱颖而出了。在一片单音节的土地上，这个三音节修饰语拥有了独特的地位，它代表的意义则更为重要。"afterward"，指的是军队离开后的世界状态，象征着一片粉末世界中的死亡。

在这片房前的土地上，最终结出了一枚苦果，它出现在故事的结尾，主人公马上就要失去还未出生的孩子和孩子的母亲。一些大事件，比如世界大战中人的死亡，往往可以由一些小东西去预示，比如地面上裹满尘土的树叶。爱情、性爱、新生命等，在一定程度上或许可以成为战争毒药的解药，但显然在海明威的世界中并非如此。

我在写这一章的时候，《美国学者》（*The American Scholar*）杂志上出现了一个名为"十佳句子"（Ten Best Sentences）的小专题。这十个句子都是编辑选出来的，其中一句的作者是琼·狄迪恩，选自她的书《向伯利恒跋涉》：

> 1976年的晚春，天气十分寒冷。美国市场稳定，国民生产总值（GNP）很高。许多能言善辩的人看起来抱着崇高的社会目的。这个春天看起来充满着勇敢的希望，全国上下对未来充满期待。但事实并非如此，越来越多的人开始不安，他们觉得实际情况并非如此。

这段话一共只有67个单词。读到这段话时，我看到了一种熟悉的模式，可能是我当时正沉浸在海明威的文字中的缘故，但它比海明威的文字要更抽象。虽然没有类似道路、河流、房屋、树木或被尘土覆盖的树叶这样的普通词，也没有什么东西可看，但它的词也确实很简短。冠词"the"和连词"and"都重复了四次，"and"很像连接轨道汽车的耦合器。在海明威的文字中，张力出现在自然秩序与战争机器之间，而狄迪恩则是在对"it was not（并非如此）"的不断重复中，在对"brave hopes"（勇敢的希望）和"high social purpose"（崇高的社会目的）的否定中，表达了一种虚无主义。我可以想象到，狄迪恩是在阅读了海明威的作品后，写出了这段文字。

写作课

1. 省略和增添一样重要。但道理说起来容易，做起来就难了。完成草稿后，要大声地读一读，而且要读给自己听，因为读给别人的话，他们就会问许多问题，草稿就会越来越厚。读出来，让问题清晰化。如果你想节约用词，就多听听无用的或偏离中心思想的词或短语。在纸上它们可能看起来并不多余，但当你听到之后，它们就成了小号独奏中的多余音符。

2. 重复与冗余不同，但也不要费尽心机去找同义词。在本书里，我会不断强调这一点。把重复当作鼓声。战场上的鼓手即使不断重复一个节奏，人们也不会感到厌烦，因为敲上一阵后，鼓声会越来越不明显，慢慢地就变成了心跳，被人忽略掉。但所有的重复，必须是为效果而生，必须有一定的目的存在。因此，如果你在无意间重复了某个词或意象时，就要非常注意，因为读者们会觉得这是你的疏忽。

3. "那些大词们起作用，那些小词们也一样"（The big words count, but so do the little ones），为了证明这一点，我把这句话改成："大词起作用，小词也同样"（Big words count, but so do little ones）。我更喜欢改完后的这句，因为它更简洁，更直接。但在改之前，定冠词"the"的存在确实是放大了它修饰的词的效果，可能是因为它强调了平行结构"the big

words"（那些大词们）和"the small words"（那些小词们）之间的不同。

4. 海明威笔下充满灰尘的场景提醒我们，环境也可以是一种象征。2014年夏天，我开始研究电梯里发生或未遂的暴力事件。在这个过程中我发现，电梯浓缩了时间和空间，在许多故事中都是非常有效的环境因素。它就是装满恐惧的盒子：有一定的高度，有封闭的空间，有拥挤的人群。它让我意识到，作家们会经常选择某些空间来为人物活动施压，比如花园、地牢、塔楼、洞穴等。与这些封闭空间相对应的，是一些开阔的环境，比如海洋、山峰、沙漠、沼泽等。写到这里，我想起了电视剧《绝命毒师》(Breaking Bad)[1]，主角沃尔特和杰西在一辆拖车里建造了一间毒品实验室，为了隐秘和安全，他们把拖车开到了荒芜的沙漠中。紧张的气氛就在这个禁闭的空间里产生了。

---

[1] 美国基本有线电视频道AMC制作的犯罪类电视剧，2008年开播，2013年结束，一共5季，62集。讲述的是一个普通的高中化学老师身患癌症后，利用化学知识制造毒品，成为顶级毒王的故事。

04 X射线阅读詹姆斯·乔伊斯
语言的神圣化

现在,我手里拿着在大学的英语课堂上读的第一本小说:爱尔兰小说家詹姆斯·乔伊斯(James Joyce)的《都柏林人》(*Dubliners*)。这是一本故事集,故事与故事之间松散地联系在一起,讲述的是20世纪初发生在爱尔兰首都及其周围的事情。我在课堂上读的第二本书还是乔伊斯的,名字叫《一个青年艺术家的画像》(*A Portrait of the Artist as a Young Man*),主人公是斯蒂芬·迪德勒斯(Stephen Dedalus),小说讲述的是发生在他和爱尔兰天主教徒朋友身上的神奇而叛逆的故事。我虽然不是爱尔兰人,但却是天主教徒,接受过爱尔兰修女和兄弟们的教育,所以还是很喜欢读斯蒂芬的故事的。小说的最后,主人公逃离了爱尔兰——一如现实之中的乔伊斯。他写道:"我要与这个经验的现实世界碰撞百万次,在我的心灵作坊中,锻造出我的民族还没有的良心。"(I go to encounter for the millionth time the reality of experience and to forge in the smithy of my soul the uncreated conscience of my race.)〔我偶然发现，这个著名的句子有接近 140 个字符，我们可以把它叫作《一个推特青年用户的自画像》(*A Portrait of the Artist as a Young Tweeter*)[1]吧。〕

第一次读到这个句子时，我想，天啊，这个年轻人真有抱负，他这人生目标可与我当年大相径庭。在他那个年纪的时候，我的目标就是找一个女孩，和她约会。

1971 年 8 月 13 日，我和妻子去蒙特利尔度蜜月。去之前，我买了一本乔伊斯的小说《尤利西斯》(*Ulysses*)，到了海关，却被一位加拿大官员没收了（当时的收据我还收着），因为小说里有很多意识流式的性爱描写，尤其是莫莉·布卢姆的那段"Yes"独白。也正是因为这个原因，小说多次出现在禁书书目中。青年时期，我一直在研究乔伊斯，对他在小说创作方面的实验非常痴迷，很喜欢小说里批判天主教的主题。我最欣赏他的，是他在语言上的冒险实验。这些语言令人迷醉。莎士比亚把诗歌带上了舞台，乔伊斯则把诗歌引入了英语散文。他让读者至少要从两个层面去感受文本，一个是故事，一个是文字，甚至还让我们有欲望去看透文字表面，寻找让每一页都闪闪发光的隐形墨水。那么，如果要进入更深层次，还需要……什么呢？当然是 X 射线阅读了。

---

[1] Twitter，是美国一种社交网络的统称，相当于国内的微博。其用户被称为 tweeter。用户每条消息不超过 140 个字符，统称为推文。国内最普遍的译法是："推特"。

名字和神话

我们先从斯蒂芬·迪德勒斯这个名字开始说起。它看起来非常完美,融合了两种有着剧烈冲突的传统叙事:天主教圣徒传和希腊神话。在基督教《圣经》中,司提反[1]是第一位殉道者,因对耶稣的忠诚而被乱石打死。庆祝他的节日在12月26日,因此他还与圣诞节有关系。还记得"在司提反的宴会上/好国王温塞斯拉斯向外望去"[2]这句歌词吗?

在古希腊神话与荷马创作的史诗中,迪德勒斯是制造商、工程师、建筑工人、铁匠。他建造过囚禁弥诺陶洛斯[3]的大迷宫,还曾为儿子伊卡洛斯打造过一对翅膀,翅膀上的羽毛是用蜡粘上去的。因此他告诫儿子,不能飞得离太阳太近,但伊卡洛斯没有听,飞到了离太阳特别近的地方,于是蜡熔化掉,他坠入大海死去了。这是一个关于雄心的伟大寓言。

最关键的是,这位迪德勒斯是铁匠和制造商,而小说中的斯蒂芬和作者乔伊斯也是这样的人,只不过他们制造的是诗歌、故事和意义,他们和伊卡洛斯一样有着危险的雄心:"在我的心灵作坊中,锻造出我的民族还没有的良心。"所谓的"危险",就隐藏在不定式"to forge"(锻造)中。这个词

---

[1] 英文即 Saint Stephen,中文一般译为圣司提反。
[2] 出自《好国王温塞斯拉斯》("Good King Wenceslas")。
[3] 希腊神话中的半人半牛怪。

的使用颇为令人震惊，它有"通过加热、锤打等方式形成"的意思，就像普通铁匠所做的那样，但也有"仿制，伪造"的意思。其实"forge"这个词，并不是真正的"具有相反意义的词"——英语中自带相反含义的奇怪词汇，像 cleave[1] 和 sanction[2] 就是。但它代表的两个意思就像微小的分子一样，无意中撞到对方，导致了摩擦和热量的产生。

词汇宝库

对作品语言的详细研究属于修辞学范围，即"措辞"（diction），我说的不是语言发音的清晰度，而是作者所使用的词语汇集到一起之后带给读者的感觉和效果。《哈克贝利·费恩历险记》中的措辞就与人物保持了一致。主人公是一个没有受过教育的 11 岁小男孩，生活在密苏里州，那时美国南北战争还没有爆发。《麦田里的守望者》(The Catcher in the Rye) 的语言也带有一定的真实性。这本小说的主人公是一个生活在 20 世纪 50 年代的纽约高中生，是一个问题学生。控制好措辞，作家就可以很好地表达文章的重点、主题、语气、环境、时间等因素。

20 世纪有三位重要作家：詹姆斯·乔伊斯、菲利普·罗

---

[1] 同时具有"裂开、砍开"和"粘住"的意思。
[2] 同时具有"制裁、处罚"和"支持、鼓励"的意思。

斯[1]和萨尔曼·拉什迪[2]，让我们来对比一下他们作品中的措辞。这三位作家有许多相似点。比如，他们的作品都与宗教文化有着密切的联系。他们都远离正统，不管是生活还是作品都在挑战传统，他们自己正是在这些传统环境中长大。我的一位牧师朋友曾说，这三个人是一个部落的人，都在用生命质问上帝，而且提出的问题都颇为恶毒。大学时，我写了一篇论文，文中指出罗斯的《再见，哥伦布》是一部"反犹太主义的犹太人小说"。关于乔伊斯对爱尔兰天主教的描述，以及拉什迪在《撒旦诗篇》中对伊斯兰教的观点，我也有相似的评论。拉什迪因为他写的书遭到了官方批准的暗杀威胁。

虽然如此，但如果你说乔伊斯的作品依靠的是伊斯兰教典故，或罗斯依靠的是基督教神圣化语言，我会觉得很吃惊，因为读者可以轻易辨认出他们使用的词语其实来源于他们在自己的文化传统中浸淫后得到的真实体验，这些词语也就是盎格鲁-撒克逊诗人们所说的"宝库"（就像百宝箱）。尽管我得说这些语言遗产具有一定的影响力，但它们毕竟不能彻底

---

[1] Philip Roth, 1933—，获芝加哥大学文学硕士学位，多次被提名诺贝尔文学奖，获得过国家图书奖、福克纳小说奖、普利策文学奖等奖项。代表作有《再见，哥伦布》(*Goodbye, Columbus*)、《人性的污秽》(*The Human Stain*) 等。见12章。
[2] Salman Rushdie, 1947—，出生在穆斯林家庭，因出版批判穆斯林小说而蜚声世界。代表作有《午夜之子》(*Midnight's Children*)、《撒旦诗篇》(*The Satanic Verses*) 和《摩尔人的最后叹息》(*The Moor's Last Sigh*)。1989年因《撒旦诗篇》被伊朗宗教领袖判为死刑并悬赏刺杀，直到1998年这个裁决才被解除。

决定文本。通过接受教育和旅行，我们可以提高运用语言的能力，也可以丰富自己的语言词库。但是我们继承的语言遗产是不可逃离的，人们必须拥抱它们。

现在，让我们戴上 X 射线眼镜，好好研究一下小说《尤利西斯》的开头段落。

巴克·马利根出现在楼梯口。这个胖子神态庄重，端着一碗肥皂水，碗上交叉放着一面镜子和一把剃须刀。他身着黄色袍子，没有系腰带，袍子在早晨和煦的微风中，微微向他身后鼓起。他高高举起手中的碗，吟诵道："吾将走向天主的圣坛。"

吟完，他瞥了一眼下面昏暗的螺旋楼梯，粗声粗气地喊了一句：

"上来，金赤。上来，你这敬畏天主的耶稣信徒。"

然后，他庄严地向前走，登上圆形的炮楼，转过身面对远处的塔楼、周围的田野和刚刚苏醒的群山，祈祷了三遍。看到斯蒂芬·迪德勒斯后，他又朝对方弯腰鞠了一躬，在空中画了个十字，摇摇头，喉咙里发出了咕噜咕噜的声音。斯蒂芬·迪德勒斯很困，不太开心，他把胳膊放在栏杆上，冷冷地看着那张晃动着的、发出咕噜咕噜声的马脸。那没有剃掉的稀疏头发，无论是在纹理还是颜色上都颇似浅色橡木。

小学四年级时，我做过神父的弥撒助手，已经能够熟练地背诵拉丁语弥撒曲的祈祷语。只要有这方面的经历，看到这段话，你就能很快意识到，这个场景是对天主教重要礼拜仪式的戏谑式模仿。巴克·马利根是正在做晨间弥撒的神父，斯蒂芬·迪德勒斯（绰号金赤）是他的弥撒助手。巴克吟诵的拉丁文弥撒文"Introibo ad altare Dei"，已经被全世界的人们吟诵了数千年，意思是，我将走向上帝的圣坛。

从黑暗的楼梯口，到塔楼，再到开阔的野外，环境一直在上升，周围的一切都体现出了"创造"的伟大。这简直就是深度宗教体验的完美场所，或者说，在小说的环境中，为一把剃须刀提供了完美场景。

在第一句话中，巴克·马利根举着神圣的剃须物品：一碗肥皂水，上面交叉放着一面镜子和一把剃须刀。假设巴克是牧师，那装着肥皂水的碗就是圣杯，里面装着的是基督的鲜血。镜子和剃须刀是交叉着的，这真是太恰当了，因为在十字架前演唱一首弥撒曲子，就是拯救耶稣行为的再现，而不仅仅是象征性的模仿。

现在，再来看看这些生动的物体所暗含的意义。装着肥皂水的碗像是半个地球，承载着孕育生命的大海；镜子的联想含义就多了：模仿生活的艺术、能导致自恋的自我反省和内省；而剃须刀，刀片或者刀子，则象征着勇士的生命。其与镜子的交叉，是不是象征着一种积极、活跃的生活与一种冥想的、充满沉思的生活之间的冲突？

然后，是那件明黄的、不系腰带的袍子。演唱弥撒曲的牧师通常穿的都是白色的麻布圣职衣服，腰里会系一条带子或绳子，象征着"救赎的铠甲"，与这件黄色的袍子完全不同。另外，乔伊斯也没有让巴克削发为僧，头顶一块光秃秃的、仪式感十足的秃斑。

这段文字非常有深度，有质感，给人一种特别"复杂"的感觉，这种复杂程度的确令人震惊，但它却是建立在一种自信的基础上的，这种自信来源于作者对语言、对语言的象征符号的深度理解。

宗教仪式和偶像人物

《都柏林人》的最后一篇小说是《死者》（"The Dead"）。在小说结尾，乔伊斯同样囊括了大量的意象，且没有费多大的脑力，只是描述得更为细腻。这篇小说备受世人称赞，结局像《了不起的盖茨比》一样精彩，措辞文雅，感人至深，让无数崇拜者都铭记在心，甚至能一字不差地背诵下来。这其中有一位研究文化的著名教授，叫詹姆斯·凯里（James Carey）。我们叫他吉姆。他是一位爱尔兰天主教徒，很虔诚，但也相当务实。有一次，我去参加朋友的生日派对，我记得那天的派对闹哄哄的。中间有人敲门，门开后，吉姆竟然边吹风笛边走了进来。派对过后的一天晚上，我们在一起喝啤酒。喝了酒后的吉姆变得很柔和，带着明显的罗得岛口音开始朗诵《死者》的结尾。听着他的声音，一种神奇的"运输魔法"充斥着整个房间，我们仿佛离开了自己的身体，随着他的声音向爱尔兰海飘去：

在房间的冷空气里，他的肩膀觉得很冷。他小心地钻进被子，在妻子身边躺下。一个接一个，它们全部都要变成幽灵。最好在某种激情全盛时期勇敢地进入那另一个世界，切莫随着年龄增长而凄凉地衰败枯萎。他想到躺在身边的妻子，想到多年来，她心里深锁着情人告诉她不想活下去时的眼神。

泪水蓄满了加布里埃尔的双眼。他从未觉得自己对哪个女人有过那样的感情，但他知道，这种感情一定是爱情。泪水越来越多，在半睡半醒中，他想象着自己看到了一个年轻人的身影，正站在一棵滴雨的树下，周围还有其他东西的影子。他的灵魂接近了那个居住着大量死者的地狱。他意识到了这些扑朔迷离、忽隐忽现的存在，却不能理解。他自己也将消失在一个灰色的无形世界。而这个实实在在的世界，这个死去的人曾在这里成长、生活过的世界，正在逐渐缩小，逐渐消失。

有轻轻拍打玻璃的声音响起,他转过身面向窗户。啊,又开始下雪了。他睡意蒙眬地望着雪花。在灯光的映衬下,雪花是银白的,是灰暗的,它们正斜斜地飘落。时间已到,他该出发西行了。是的,报纸是对的:整个爱尔兰都在下雪。雪,落在阴暗的中部平原的每一寸土地上,落在光秃秃的山丘上,落在艾伦沼泽上,轻巧无比,随后向西飘去,轻柔地落入香农河汹涌澎湃的黑浪中。雪还落入山丘上孤零零的教堂墓地的每一个角落,迈克尔·富里就埋葬在这里。它飘落下来,厚厚的,堆积在歪斜的十字架和墓碑上,堆积在小门边一根根栅栏的尖顶上,堆积在光秃秃的荆棘丛上。雪花穿过宇宙,虚弱地飞舞,隐隐地飘落,落到所有生者和死者身上,就像他们衰落的人生结局一样。听着听着,他慢慢地沉睡了。[1]

后来,我很荣幸地在吉姆·凯里的追悼会上朗诵了这段文字。这是对一位拥有诗人灵魂的学者的献礼。我敢说,只为这一段话单独组织一次研讨会也是值得的。它的美,它的戏剧深度和复杂度为我们提供了许多创新的途径。

首先,我们要注意它的背景。这个故事一共有 50 页,长

---

[1] 中文译文出自《乔伊斯文集·都柏林人》,上海译文出版社 2013 年版,王逢振译,略有改动。

度接近一部中篇小说。故事发生在圣诞节，人物是年轻的康罗伊夫妇。这对夫妇在一个寒冷的雪夜参加了一个派对。在派对上，爱尔兰人夸夸其谈，在国家、教会和家庭的问题上争论不休。终于，一首古老的爱尔兰民谣响起，一切在此时开始变化。丈夫加布里埃尔抬头望向楼梯口，看到一个专心听音乐的女人的剪影。让他吃惊的是，这个女人正是他的妻子格雷塔。

> 他静静地站在昏暗的前厅里，试图捕捉那声音的曲调，仰头注视着他的妻子。她的神态显得优雅而神秘，仿佛她是某个东西的象征。他问自己，一个女人站在楼梯的阴影里，倾听着远处的音乐，这代表什么呢？如果他是个画家，他一定把她此时的神态画下来。她的蓝色毡帽在黑暗的背景中，会突出她那古铜色的头发，她裙子上的黑色图案会突出浅色的图案。假如他是画家，他会把这幅画叫作"远方的音乐"。

很快，加布里埃尔就会明白这首歌的意义，明白它为什么会让格雷塔那么忧郁。她会向他讲述一个爱慕者的故事。这个爱慕者叫迈克尔·富里（Michael Furey），是一个17岁的柔弱男孩，他曾在冬日寒冷的雨中站在一棵树下，为亲爱的格雷塔唱小夜曲。当时他已经病重，因这次淋雨而感冒并最终死去。这个故事带着满满的抒情基调，妻子突然爆发的激情和情感让加布里埃尔始料不及。他在想，他对妻子的爱能比得上迈克尔·富里的爱吗？这些心理活动直接引出了故事的最后三段。现在再来阅读这三段，效果会更好些。

还记得之前我们用 X 射线眼镜分析斯蒂芬·迪德勒斯的名字吗？这个名字是基督教和希腊神话的混合体。而在迈克尔·富里这个名字上，乔伊斯又重复了相同的模式。第一个名字迈克尔，暗示着大天使圣迈克尔，就是那个在基督教艺术中以各种形式出现的战斗天使。而在希腊神话中，"富里"代表的是一种勇士，一种有仇必报、经常惩罚恶人的精灵。一个虚弱的、病态的、被爱包裹的男孩，却拥有这样一个有力的名字，这不是很奇怪吗？

迈克尔所象征的天主教形象也在主人公加布里埃尔名字中出现。迈克尔是战斗天使，加布里埃尔则是报喜信使[1]，就是他来告诉圣母玛利亚，她将接受圣灵的力量孕育圣子耶稣。

类似的神圣化语言贯穿故事的最后一段。雪，飘落在爱尔兰的大地上，飘落在被埋葬了很久的恋人的墓地上。请注意这句话："它飘落下来，厚厚的，堆积在歪斜的十字架和墓碑上，堆积在小门边一根根栅栏的尖顶上，堆积在光秃秃的荆棘丛上。"读第一遍时，我们看到的只是一片清晰的、亮晶

---

[1] 即天使长加百列，是上帝传送好消息给人类的使者，传信是其主要职责，传说中末日审判的号角就是他吹响的。

晶的墓地。但在这表面下，还有更多的东西：十字架、长矛、荆棘丛，这些都是代表基督的爱和死的工具。

在这段话中，基督教的象征和迈克尔·富里为爱殉难的方式确实让我印象深刻，但飘落的雪花所带来的精致意象更令我震惊。"falling"（落）这个词反复出现过七次，与雪花飘落的轻柔声音遥相呼应。这种声音是带着齿擦音的短语所赋予的，比如"His soul swooned slowly"（他慢慢地昏晕过去）。falling softly、softly falling、falling faintly、faintly falling[1]，这些倒置的平行结构达到了一种平衡高潮。

一直到小说结束，乔伊斯一直坚守着爱尔兰天主教的措辞，使用了读者很熟悉的"赐福祈祷语"结束了全文，尽管只是雪花，而不是降临在所有生者和死者身上的圣人恩典。过了很久，我才意识到，这篇小说的最后两个字就是标题。

写作课

1. 给人物命名的时候，记住你会有许多选择。有非常合适的，比如一个棒球运动员的名字可以是查利·斯派克斯（Charlie Spikes）[2]；也有非常粗鄙，带有讽刺性的，比如可以把一个表演杂耍的人称作克朗凯特（Kronkite）博士，德语

---

[1] 字面意思即"飘落，轻轻地""轻轻地飘落""飘落，轻柔地""轻柔地飘落"。
[2] Spikes，在英语中有"钉鞋"的意思。

中,"krankheit"的意思是"疾病"。在《死者》中,乔伊斯把那个早逝的年轻男孩叫作迈克尔·富里,从而展示了不同的内涵和外延。为什么要拿战斗天使的名字为一个身体虚弱的男孩命名?在这样的问题中,艺术产生了。因此,当你给人物配上佩德罗、伊莎贝尔、布奇、康斯坦丁、布鲁斯这样的名字的时候,要问问自己,还有谁有这样的名字,要多考虑这些名字的联想含义。

2. 行文要清晰明确,使用精确的词汇,因为它们能表达特定的、有针对性的意义。我们都听过这样的建议。但不要忘记,词语也有不合作的时候。借用狄兰·托马斯(Dylan Thomas)的话就是,每个词都在自己的词语链上唱歌。"锻造"(forge)这个词就是个典型的例子。斯蒂芬·迪德勒斯的声明一点都不假,他说的"锻造"就是铁匠的"锻造",而不是骗子写支票时的"伪造"。然而读者和作者都要意识到这个词语所带来的张力,并且最终接受它。

3. 要写熟悉的事物,要从词汇宝库中筛选词语。我们通过教育、宗教和文化经历,去学习象征性的语言、叙事传统和神话,并尽可能从他们中获取信息。要注意写作中的措辞,要用最合适的语言,通过最和谐的方式去表达。首先,列出你所属的语言团体。然后思考一下,你能从这些人的嗜好、手艺、文化和专业性格中获得的语言遗产。如果是我,我的单子上会有:记者、学者、摇滚乐手、影迷、天主教徒(有犹太亲戚的天主教徒)。

4. 冗余和重复之间有着巨大的差别,这一点我们还会在下文继续讨论。在写作中,冗余是一种无意识的、不必要的重复。而创意性的重复则意味着节奏,意味着回声或歌曲的副歌。重复可以聚集在一起,也可以散落在文本中;可以是微弱的,也可以是大胆的。乔伊斯的重复就非常大胆,比如 falling faintly 和 faintly falling 这两个创造性的变体,这种大胆的描述让行文变得非常美妙。因此,请勇敢大胆一些!

05　X射线阅读西尔维娅·普拉斯
令人震惊的洞察力

12岁那年，我放弃了"哈迪男孩"（*The Hardy Boys*）[1]系列，改看成人严肃小说，比如埃德温·奥康纳[2]的《最后的欢呼》（*The Last Hurrah*）[3]。这是一部非常复杂的小说，涉及波士顿政治，也关注了爱尔兰家族关系中的忠诚。读完小说后，我的掌心感受到了它的重量。我知道，我的生活永远地变了，因为我接触到了成人世界中的秘密。

读这本书时，我正在圣艾登中学读八年级，当时的英语老师要求我们读这本书。从六年级到上大学前的11年间，我一直在天主教男校里读书。这里的教育非常严格，为我打下了良好的文学基础，但它也是有局限性的。我们都是天主教白人

---

[1]　畅销青少年冒险小说系列，1927年开始出版，一共有52本。
[2]　Edwin O'Connor，1918—1968，美国记者、小说家、广播评论员，1962年获普利策奖。祖籍爱尔兰，作品多关注爱尔兰籍美国人的生活，重点关注政客、牧师的生活状态。代表作是《悲伤的边缘》（*The Edge of Sadness*）。
[3]　作家在1956年写下的小说，讲述了一位长期任职的波士顿市市长最后几年的政治生涯。

男孩，老师也都是天主教白人男性，许多还是独身主义者。

从1960年开始，我的同班同学中就没有女孩，老师中也没有女性。在那些年的学习和阅读中，我只在课堂上接触过一些女性作家的作品，包括艾米莉·狄金森[1]、薇拉·凯瑟[2]、蕾切尔·卡森[3]的，作为学校课程的一部分。进入公立大学后，弗兰纳里·奥康纳、琼·狄迪恩和诺拉·艾芙隆（Nora Ephron）的作品震撼了我的心灵，丰富了我的阅历。从那之后，事情才开始有了变化。

应该是在1968年的夏天，我在牛津读书时，对一位名叫西尔维娅·普拉斯[4]的女诗人有了模糊的认识。她的丈夫是英国桂冠诗人泰德·休斯（Ted Hughes）。她自己是一位才华横溢的作家，但有着严重的精神疾病，在1963年，即31岁时自杀身亡。她的死亡方式颇为骇人：她把自己的头放进烤箱里窒息而死。她留下了大量的诗歌、短篇小说、杂志文章，以及一本闪耀着才华的小说《钟形罩》（The Bell Jar）。如此杰出的作品，竟然出自一个如此残缺的灵魂，这真是20世纪的文学奇迹。

---

［1］ Emily Dickinson，1830—1886，美国诗人，20世纪现代主义诗歌的先驱，代表作有《逃亡》《希望》《补偿》《神奇的书》等。
［2］ Willa Cather，1873—1947，美国作家，20世纪美国最杰出的小说家之一。代表作有《啊，拓荒者!》（O Pioneers!）、《我的安东尼亚》（My Antonia）等。
［3］ Rachel Carson，1907—1964，美国海洋生物学家，代表作有《寂静的春天》（Silent Spring）等。见本书第23章。
［4］ Sylvia Plath，1932—1963，美国诗人，代表作有《爱丽尔》（Ariel）。

惊人的入侵

本书提到的大多数小说都是我在几年前读过的。不久以前，一股神秘的力量（我没有开玩笑）把我带到了《钟形罩》面前。2014年10月，我读完了这本小说，当时，我刚把这本书的草稿提交了一个月，本以为这本书已经写完了，但读完这本小说后，觉得还应该去写点什么。这些想法是被小说的第一句话激发起来的：

> 那是个奇怪的、闷热的夏天，那个夏天他们把罗森堡夫妇[1]处了电刑，我不知道当时我在纽约正在做什么。

在接着往下读之前，我觉得需要对这句话做X射线分析。这句话一共有23个单词，句子简短，很容易记住。以一个主句开头，有主语和动词，对读者而言，这样的句子是个好信号。

"那是个奇怪的、闷热的夏天……"

我觉得形容词"奇怪的"（queer）和"闷热的"（sultry）之间有一种张力。"奇怪的"，是对某种变形事物的判断，让人感到空气中好像有什么东西不太对。"闷热的"就很具体，

---

[1] 即朱利叶斯·罗森堡（Julius Rosenberg, 1918—1953）和艾瑟尔·罗森堡（Ethel Rosenberg, 1915—1953）夫妇。他们在冷战期间被指控在苏联进行间谍活动，最终被判电刑。这是冷战期间美国仅有的两位因间谍活动被处死的公民，他们的死至今仍有争议。

高温湿热，倒并不太惹人讨厌，反而有种性暗示，发音很像中音萨克斯管。［我总觉得每个字母都有暗含的意义，这样说或许有点奇怪，但"u"这个字母总是让我感到不安心，它在"奇怪的、闷热的夏天"（queer, sultry summer）中出现了三次。］

接下来是一句颇令人震惊的话，它突然闯入了文章中："那个夏天他们把罗森堡夫妇处了电刑……"

在故事发生的时间——1953年的夏天，世界上发生了很多事情：朝鲜战争结束；肯尼迪和杰奎琳在罗得岛的纽波特结婚；电视机问世；对一对因间谍罪被处决的纽约犹太夫妇和同性恋的痴迷。这一切把麦卡锡时代的集体妄想症与主人公扭曲的世界观集结在了一起。

在阅读过程中，读者经常会把自己的经历代入到文本中。坦白地讲，当时我对罗森堡夫妇非常着迷，一是因为我对间谍、苏联威胁、FBI和原子弹这类事情都保持着一种孩子式的兴趣。小学时，我还参加过民防演习。我们当时练习的是，在受到武装力量的威胁时，要双手抱头躲在课桌底下。二是，在我生命的前四年，即1948年到1952年，我们一家人住的地方，就是纽约下东区的"荷兰纽约人村"小区。罗森堡夫妇当时就住在这里。1953年他们被处决后，一直在等待空房的叔叔皮特和婶婶米莉，竟然住进了他们的房子！

这句话里最后的一个从句非常突出，包含了许多含义。

如果是演员，完全可以用许多不同的方法去读它：

> 我不知道当时我在纽约正在做**什么**。
> 我不知道当时我在纽约正在**做**什么。
> 我不知道当时我在**纽约**正在做什么。

整个句子的节奏紧凑高效，从一个季节迅速转向一个时代，然后又转向一个困惑的单身年轻女人。

抬高死人的地位

有些非常重要的事情，必须放在开篇第一句话，哪怕表面上看它已经离题了，在文中的其他地方应不应该再次强调它？在《了不起的盖茨比》的第一章，作者提到了黛西家码头的绿灯，之后，在小说中间和结尾部分也提了它。到结尾时，这盏灯已经有了许多种暗示含义。在读我们喜欢的作家作品时，我们期待着这种精致的故事结构能够出现。

因此，是不是也应该期待罗森堡夫妇在小说后面继续出现呢？当然，我个人对他们是很好奇的。第一句话之后，接下来是这段话：

> 我不太了解死刑。但一想到电刑的感觉，我就觉

得极度厌恶。但是，报纸上到处都是它的报道，那些标题就像吐出来的眼球，在每个街角看着我，在发霉的地铁里看着我，这些地铁里还挤满了冒着花生味儿的大嘴巴。这件事本与我无关，但我总是忍不住地去想，还活着时每寸神经都被烧焦会是什么感觉。

我想那肯定是世界上最难忍受的事儿。

"这件事本与我无关。"是的，是这样，但它却与小说的主人公埃斯特·格林伍德密切相关。在这部自传体小说中，主人公就是作家的替身，她在纽约的一家时尚杂志实习期间，心理不断受到伤害。

罗森堡夫妇当然会再次出现，在我读的这个版本里，是在第100页，即第九章的开头。在这段话里，埃斯特和她在时尚杂志的女同事在聊马上要被执行死刑的艾瑟尔和朱利叶斯：

我说："罗森堡夫妇这事儿也太吓人了吧？"

他们在那天晚上将要被处决。"当然了！"希尔达答道。她那颗心就像是小猫的摇篮，我觉得自己终于拨动了她心中的人性之弦。这是早晨，会议室里像墓地一样死寂、昏暗，除了我们，还没有别人来。也就是在这个时候，希尔达才敢放大声音说"当然了"。

"这种人要是活着就太可怕了，还好他们马上就要

05　X射线阅读西尔维娅·普拉斯　令人震惊的洞察力

死了,我真开心。"

这回答真是让人难过。接下来,在小说前半部分的最后发生了一件事儿,主人公崩溃了。她本来是要去相亲,最后却差点被强奸。这件事过后,她不仅身体上受了伤,精神上也遭到重创。回到旅馆后,她把所有的漂亮衣服都扔掉了,这些衣服是她靠着在那栋摩天大楼里工作的收入积攒起来的。

衣服一件一件扔到了夜晚的风中,它们飘动着,如心爱之人的灰烬一般。风儿要把这些灰白的碎片空运走,运到纽约城的黑暗中心,最后放到某个地方,这儿或那儿,但到底放到哪儿,我永远不会知道。

在这个黑暗时刻,普拉斯静静地把公众事件与个体结合在一起。恰好就在这个时候,罗森堡夫妇要被处以电刑。主人公经历了一场象征性的死亡,她的衣服一件件散落在风中,"如心爱之人的灰烬一般"。

与恐惧共舞

《钟形罩》的后半部分发生在马萨诸塞州。埃斯特回到家乡,整个人笼罩在抑郁的黑云中。这部分其实就是作家本人的扭曲心理和情感的写照，她多次想象和付诸尝试的自杀行为，使主人公进入了精神病院。房间、病人、医生和相应的治疗方案逐一进入小说，累积成一次可怕的失败治疗：

> 戈登医生把我带到了房子的后面，进入了一间空房子。我发现，这边房间的窗户上都带有栅栏，而房间门、衣柜门、办公桌的柜子门等所有能开能关的东西上都带着锁孔，可以锁上。
>
> 戈登医生把两片金属板放在我的头两侧，用皮带把它们固定好，额头上面被皮带压出了凹痕。之后，他让我咬住一根金属丝。
>
> 我闭上双眼。
>
> 房间里瞬间安静下来，就像有人吸了一口气似的。
>
> 然后，有个东西弯下来抓住我使劲摇，摇得像是世界末日要来了一样。喂咦——咦——咦——咦，它尖叫着，周围的空气噼里啪啦地响，闪着蓝光，每次闪光，我就会受到一次剧烈的撞击。我感觉骨头要碎了，身上的血液像是裂开的植物一样被甩出了体外。
>
> 我心里想，这事儿是不是太可怕了。

在小说结尾，主人公遇到了一位更"慈悲"的医生，接受了更深度的休克治疗。她回到了外部世界，希望能过上更健康的生活（令人伤感的是，小说主人公的结局要比作者本人的真实生活幸福得多）。

直到读完整本小说，我才发现普拉斯创造了一个美丽的世界，它让我震惊无比，就像是在黎明时分，看到曙光自教堂的玫瑰色窗户倾泻进来一样。罗森堡夫妇的一切，其实是一个序曲，预示着主人公将受到的一系列伤害，尤其是作者一直在强调电刑，而不是他们被处决这个事实。这些伤害也包括了医疗设备的治疗过程。这些设备无论是表面，还是操作起来，都像是在一个监狱里，而主人公则被固定着接受电击（就像罗森堡夫妇那样，绝对是这样）。这其实就是主人公所经历的死刑，至少在最开始时是这样。

诗化的散文

我知道普拉斯是一位很会写散文的诗人，这也是我要 X 射线阅读《钟形罩》的一个原因。我在新闻行业工作多年，新闻写作并不鼓励使用比喻。换句话说，不是不可以使用修辞化的语言，新闻专题和评论就可以用，但中立性的新闻报道就不能用。这很容易理解。比如，如果我写："斯科特州长走过舞台，脸上赤裸裸地露着卑鄙的信心，好像他是伏地魔的弟弟一样。"这就不是直接的报道，而是带有一定倾向的文章，尽管这也是有趣的。

从这个意义上讲，诗歌其实是新闻的对立面，它会使用比喻和其他修辞手法，以达到扩展语言和视觉效果可能性的目的。因此，像西尔维娅·普拉斯这样大胆的诗人，能把富有联想和想象的诗歌世界带入小说世界，这并不奇怪。

请看她最著名的诗歌《爸爸》（"Daddy"）的第一节，欣赏一下作者在诗歌上的敏感：

> 你再不能，再不能这样做了
> 一双黑色的鞋子
> 我像只脚，在里面生活了三十年
> 白白的，穷困潦倒
> 只敢呼气，只敢打喷嚏

在《破裂、打击、燃烧》（*Break, Blow, Burn*）中，评论家卡米拉·帕格利亚（Camille Paglia）这样描写诗歌中危险而敏感的语气：

> 文风花哨，语气尖刻，充满不敬，《爸爸》是迄今为止女性创作的感情最强烈的诗作。诗歌的语气中带着强大的驱动力，让个人与政治联姻，以对抗现代历史上的暴力。西尔维娅·普拉斯与另外一位不太张扬的美国新英格兰作家艾米莉·狄金森相似，想要挑战男权体

制，讽刺过时的性别观念。但《爸爸》激发的能量却吞噬了自我。这首诗过于极端，建立不了什么意义。有很多人试图模仿普拉斯，但在创造这首诗歌的过程中，她的创作风格早已被消磨殆尽。

如果上述评论的最后一句是事实，那么我要说，她的散文并不是这样的。在她的小说中，修饰性的语言不仅丰富了读者的阅读体验，还构建了一种小说风格，如果普拉斯再活得久一些，她很可能会据此进行更多的文学创作实验。

比喻的强化

戴着 X 射线眼镜阅读小说的时候，我注意到普拉斯非常喜欢一种特殊的写作方法，几乎每一页她都会用上两到三次，有时候会更多。更有意思的是，虽然读者每一页和每一章都能看到这种方法，但读者根本察觉不到。也就是说，这种方法并不起眼，却总是推动着故事向前发展。

如果留意一下《钟形罩》（标题本身就是一个比喻，指代一种扭曲封闭、令人窒息的存在）中的明喻和暗喻，你会发现，普拉斯在句子的开头、中间都会使用比喻，但她更喜欢在句子结尾使用，而且句尾的每个词和短语都像匕首一样，直刺读者的心脏。如果这个比喻性的词语或短语恰好又是作者要强调的，那读者就要忍受两次匕首的利刃，一次进，一次出。

只要看到这种方法，我就会把它圈起来，在旁边的空白处写上"方法"（戴 X 射线眼镜的读者都喜欢在空白处写字）。下面列举的就是典型的例子：

· 我能分清男人和女人，也能分清我这个年纪的年轻男孩和女孩，但他们的脸对我来说都是一样的，就好像他们已经在书架上躺了很久，一直见不到阳光，身上落满了灰白色的尘。

· 我想笑一笑，但脸上的皮肤就像羊皮纸一样僵硬。

· 和乔迪、马克、卡尔一起这件事开始压迫我的神经了，就像一块无趣的木块压在钢琴的琴键上一样。

· 向下看去，水面绿莹莹的，而且是半透明的，好像一大块石英石。

· 在卡其色的沙滩、绿色的波浪的映衬下，他的身体一分为二，像个白色的蠕虫。

· 一种强烈的顽皮感刺痛了我的静脉，就像一颗松动的牙齿带来的疼痛，很恼人，却让人不得不注意它。

这是我从文中摘出来的句子，已经脱离了上下文语境。它们修饰的都是动作，句子中的明喻和暗喻就像语言化的惊叹号，为某个读者的脑袋，或者说所有人的脑袋增加了些许洞察力。就像这句话："我从被子里探出头，盯着床沿看，打翻的搪瓷托盘周围，温度计的碎片像星星一样闪闪发亮，跑出的水银球微微颤抖着，像天上的露珠一样。"

为什么说是"天上的露珠"呢？因为作者要用它来表达和象征主人公破碎的、流动的心理状态：

> 我微微伸开手掌，像一个带着秘密的孩子，对着凹在手掌里的水银球微笑。如果把它丢到地上，它会变成许许多多小水银球，就像它自己的小型副本一样。如果让它们互相靠近，它们就会融合在一起，没有任何裂缝，完美地融为一个整体。
>
> 我对着这个小小的水银球，微笑着，微笑着。

我很喜欢修饰"ball"（球）这个结尾词的4个齿擦音。[1]

虽然小说的场景很隐晦，主人公也备受折磨，但《钟形罩》的作者一直在玩弄语言。如此阴郁，如此有自我毁灭倾向的一个精神体，怎么还会找到一个地方，去玩语言游戏呀？这真是艺术上的一个谜。普拉斯的确在玩文字游戏。在小说中，主人公埃斯特决定把自己的经历写成一本小说。这

---

[1] 即上文引用的最后一句话，原文是"I smiled and smiled at the small silver ball"，其中里面的 smiled、smiled、small、silver 都是以齿擦音"s"开头的词。

就有一种镜中镜的效果,因为这个决定就是创造了埃斯特的作家本人正在做的事情。作家写道:

> 我的心里顿时涌上一股柔意,女主角就是我自己,只是伪装了一下而已。她的名字就叫伊莱恩。伊莱恩,我用手指数了数这个词的字母数,刚好和我的名字埃斯特一样,真是幸运。

读到这一段的时候,我还戴着 X 射线眼镜。我拿食指压着这一页,然后翻开封面,数了数作家名字的字母数。S-y-l-v-i-a,确实也是六个字母,就和 Esther(埃斯特)和 Elaine(伊莱恩)一样。我觉得,这不是幸运,而是聪明、有趣,甚至是智慧。

写作课

1. 许多经典作品都有"一—二—三"这种特点,即主语—谓语—宾语,因为在大多数情况下,作家不希望读者在阅读时停下来,甚至暂停都不可以。我的老师唐·弗里(Don Fry)把这种效果称为"稳定的前进"。但也会有例外情况。有时,作家会突然打断读者的预期想象,即使在句子正中间也会出现这种情况。这就是路面上的凸起物。普拉斯在小说的第一句插入了罗森堡夫妇的电刑，成功地达到了这种效果。如果第一句话改成这样："那是个奇怪的、闷热的夏天，我不知道当时我在纽约正在做什么。"句意是清晰了，也足够引人注目，但不够精彩，没有爆炸性。大多数句子都是 A-B-C 表达，但如果要让读者不提防、出人意料，考虑一下 A-X-B 这种形式的表达。

2. 并不是所有的引用都有相同的功能。当某个作者引用另外一个作者的话，或者提到某个历史人物时（就像罗森堡夫妇），他（她）就是把一个故事嵌入到了另外一个故事中。在《钟形罩》的开篇，一个本来很清晰的随意评价，最后变成了一个宏大的比喻，于是就产生了新的语境，新的隐含意义，故事也就产生了新的能量。大多数连贯的文本都包含一个主导的意象，有时候还会是多个，这个意象会连接文章的所有部分，加快故事情节的发展。

3. 在某些写作形式中，类似明喻和暗喻的修饰性语言会更多一些。在散文中，如果过多使用类似语言，就会引起读者的注意，让读者觉得作者醉倒进了语言里。但如果能控制好，这些修饰性语言就能扩大阅读的感觉，尤其是在语言本身并不吸引人注意时。乔治·奥威尔[1]曾说过，好的作品就像是窗玻璃。这个比喻本身就很像一扇窗玻璃，为读者提供了

---

[1] George Orwell，1903—1950，英国小说家和社会评论家，以政治小说《动物庄园》（*Animal Farm*）和《1984》闻名于世。

一个看世界的窗棂,这是一个几乎很难察觉到的界线。

4. 无论作者有意还是无意,句子和段落的最后一个词或短语总是能引起读者的特别注意。优秀作家都知道这些地方是重点区域,所以会把最重要、最有意思的语言留在这里。用扑克牌行话说,普拉斯在这些地方"双倍下注",因为她同时安排了明喻和暗喻,于是整体效果就会像这样:先透过奥威尔的"玻璃窗"看向外面,然后哗的一下打开窗户,呼吸外面清凉的空气。

5. 聪明的作家有时会玩一些小把戏,他们知道读者会喜欢。我有一位老友,名叫豪厄尔·雷恩斯(Howell Raines),他曾在《纽约时报》担任编辑,也是一位作家。有一次,他为一位年轻的政客写简介。这个政客的父亲是当地非常有名、非常有势力的参议员。简介的第一句话是:"这个儿子也能崛起吗?"(Will the son also rise?)这句话的表面含义非常清楚,要是你能想起海明威的《太阳照常升起》(*The Sun Also Rises*),就更好了。但是,如果你能从这句话中想到《传道书》(*Ecclesiastes*)[1],那它的效果可就真不一般。即使大多数读者没有读懂,只要有一些能明白,那也算没有白费力气。普拉斯在"埃斯特"和"伊莱恩"这两个名字上玩着6个字母的游戏,如果戴上X射线眼镜,读者就能看到,她在自己

---

[1] 书中有一句为:The sun rises and the sun sets. 中文一般译为:日头出来,日头落下。

的名字上也在玩这个游戏。在不同层面上来看，这种写法都是很顽皮的。这是一个游戏，一个关于语言、连接和意义的游戏。看在上帝的份儿上，玩得开心点。

06 X射线阅读弗兰纳里·奥康纳
恶龙之齿

在我心中,弗兰纳里·奥康纳[1]是美国文学圈中的巴迪·霍利[2]。39岁去世的她的确很伟大,但我们也很希望能看到她69岁时的作品。与爱丽丝·门罗[3]一样,弗兰纳里·奥康纳擅长写短篇小说。她没有留下特别好的长篇小说,但却有超过500页的短篇小说(一共有32篇)问世,这些小说目前都已跻身美国最伟大的文学作品行列。

在本章中,我将戴上X射线眼镜分析她的两篇故事:《好人难寻》("A Good Man Is Hard to Find")和《善良的乡下人》

---

[1] 即玛丽·弗兰纳里·奥康纳(Mary Flannery O'Connor, 1925—1964),美国小说家、评论家,美国文学的重要代言人,主要作品有长篇小说《智血》(*Wise Blood*)、《暴力夺取》(*The Violent Bear It Away*),短篇小说集《上升的一切必将汇合》(*Everything That Rises Must Converge*)、《好人难寻》(*A Good Man Is Hard to Find*)等。1964年因红斑狼疮发作去世,年仅39岁。

[2] Buddy Holly, 1936—1959,美国当代著名摇滚乐歌星,摇滚乐坛最早的青春偶像之一,他的音乐和歌曲风格被大量模仿和复制,包括甲壳虫和滚石乐队,22岁时因飞机失事坠毁遇难。

[3] Alice Munro, 1931—,加拿大女作家,代表作品有短篇小说集《快乐影子之舞》(*Dance of the Happy Shades*)和《逃离》(*Runaway*),2013年获诺贝尔文学奖。

("Good Country People"），这是我自高中毕业以来最喜爱的两篇故事。第一个故事类似科马克·麦卡锡[1]的作品，残忍而充满暴力。第二个故事则颇有马克·吐温的风格，带些喜剧和自嘲的味道。

注意，我在介绍《好人难寻》的情节时会有剧透。其实我早在1974年就知道了它的结局，但之后每读一遍，那种毛骨悚然和心绪不宁的感觉都会加深一层，这种感觉与我们马上就要X射线阅读的另外一个故事《摸彩》（"The Lottery"）很相似。《好人难寻》的第一句话是："那时，我的祖母不想去佛罗里达。" 17页后，这位女士将会被一个名字叫"不合时宜"（Misfit）的逃犯枪杀——胸部中三弹而死（我的一位推特好友认为，这小说是要告诉我们，要乖乖听祖母的话。嗯，很快我们会看到，事实并不是如此）。

如果你是学习写作或文学的学生，那这篇小说里可有太多东西要学习了。比如，祖母一家六人和三个逃犯的性格设置，南方公路和偏僻小路周围的哥特式地理环境，以及我们熟悉的天主教主题——原罪、为什么善良的人总会遭到厄运等。但我只重点分析小说的一种叙事策略，由于没有更好的称呼，我暂时把它叫作"为恶龙种植牙齿"，它就生存在"伏

---

[1] Cormac McCarthy，1933—，美国著名小说家、戏剧家。一共创作了十多本小说，涉及哥特式、西部以及后现代预言等多种题材，2007年《老无所依》（*No Country for Old Men*）被改编为电影并获奥斯卡最佳影片奖。

笔"和"预兆"中间的精巧空间里。

它来了

这个策略还有另外一个名字："它来了"。在悬疑片里，这个"它"可以指所有危险的东西，比如鲨鱼、怪物、犯罪分子、跟踪狂、敌对帮派、辐射云、海啸、僵尸、小行星、外星细菌，只要你能想到的，都可以。但在"它"到来之前，我们需要让读者或观影者有心理准备。因此，我们要沿着故事线为恶龙种上牙齿，这些牙齿就是种子，包括故事的细节、对话、地名等，它们会在之后的故事中变成非常重要的东西。如果你看到一个小镇的名字是土墓斯博罗（Toombsboro）[1]，那就是作者种下的恶龙之齿。

在《好人难寻》里，故事的引擎或者说故事的主要问题是：祖母一家人有多大概率能与"不合时宜"及他的同伙相遇？在真实的世界里，这个答案很简单：会比被闪电劈死或中彩票的概率还要低一些。但在故事里就不是了，这次致命的相遇发生在"不可逃避海"（Sea of Inevitability）中的"命运之岛"（Island of Destiny）上。在最开始，读者对危险感知力还很弱，但随着一系列无休无止、看似模糊但实际却很令

---

[1] 这个词里含有 tomb，在英语中意思是"坟墓"，见本书 91 页。

人不安的指示牌（恶龙之齿）的出现，这种感知力会越来越强。故事越发展，这个指示牌会变得越清晰。每个人物的道路都会交织在一起，而被害人（以一种扭曲的道德观来说）的命运也早就注定了。

在分析这些预示之前，先来看看"foreshadow"（伏笔）与"forebode"（预兆）之间的区别。这两种写作策略经常是合并在一起的。来看看《美国传统词典》对它们的定义：

预兆：使人意识到即将到来的危险或不幸。
伏笔：对将要发生的事情提前给出的暗示。

经典的吸血鬼电影就充满类似的预兆：一对年轻情侣坐马车去旅行，经过特兰西瓦尼亚[1]时，白天突然变成黑夜，晴朗的天上突然出现了疾风暴雨，宽敞的大路向森林中的小道延伸。根本不需要风力计，你就知道飓风要来了。

但"伏笔"要比"预兆"更加细微，且不局限于喜剧、悲剧或恐怖故事中。但它的效果会更加惊人，例如在我们马上就要读到的《摸彩》的开始，男孩儿们的口袋里都装满了石头，这为故事最后的石头打人事件做了铺垫。在寓言《坎特伯雷故事集》（The Canterbury Tales）中，"伏笔"在阿布

---

[1] Transylvania，位于罗马尼亚中西部地区，多瑙河支流蒂萨河流域，中世纪时曾经是一个公国，著名吸血鬼小说《德古拉》（Dracula）中吸血鬼德古拉的居住地，被称为吸血鬼的故乡。

索隆身上用得特别好。最开始看，这个人物的设置好像有些没必要，他长得很漂亮，也很挑剔，还有点神经质，尤其是放屁的时候。相比起其他，他的这些细节很快被湮没，直到淘气的尼古拉斯和艾莉森合伙戏弄这个小丑般的教士时，关于他的一切才又浮现出来[1]。

大多数情况下，你能感知预兆的出现，但伏笔，则需要读上两到三遍原文，才能辨认出。

在奥康纳的作品中，预兆和伏笔时而汇聚，时而分开，让读者很难确定到底哪个人物会受到报应，这一点真是厉害。故事的要素——恶龙之齿，也随着故事叙述，开始发挥"预兆"的作用，预示邪恶力量的登场。

在小说的第一段，祖母的儿子贝利出场了，他是"她唯一的孩子"。这听起来倒是很诚实，但却像某个母亲在一场事故或暴力事件中失去了自己的孩子时，我们常用的那种语气，"真正的悲剧是她失去了自己唯一的孩子"。

祖母不想去佛罗里达，因为她"想去看看住在田纳西州东部的老熟人"，但她没有说实话，而是找了一个借口，说从报纸上看到有一个逃犯逃到佛罗里达去了，所以去那儿会很危险，"这个人管自己叫'不合时宜'，他从监狱里逃出来后，就跑到佛罗里达去了。你看看报纸上怎么说的，看他都做什么

---

[1] 见《坎特伯雷故事集》中"磨坊主的故事"一章。

了"（至于"不合时宜"都做了什么，在故事中没有具体说明，但在祖母一家经历这场致命暴力事件时，它又被提起了一次）。

在第一页的最后，祖母的孙子约翰·卫斯理和琼·斯塔出场了。这两个孩子尖叫着顶撞祖母，一点都不尊敬老人。当然，我们不能因为孩子顶撞长辈就认为他们该死，只是在恐怖小说中有一个叙述传统，那就是自大、淫乱、无礼的人最后都要付出相应的代价。

奥康纳的猫

在第二页，祖母"第一个上了车，准备停当"。她带了一个黑色旅行袋，下面藏着一只篮子，篮子里是家里的猫，名字叫皮蒂·辛格（Pitty Sing）。带这只猫的原因是："她担心它会碰到煤气开关，窒息而死。"此时，这些细节似乎与小说中的事故和死亡完全不相关，但到了故事结局，它就变得有意义了。奥康纳的猫，就是一种叙事技巧，正式名称叫"契诃夫的枪"[1]。这个概念很简单，意思就是，如果作者在壁炉架上放一把枪，那故事中就必然会有人物拿起它开枪。因此，如果作家在篮子里放了一只猫，就肯定会让它在某个最不应该出现的时机突然出现。

---

[1] 一种文学技巧，即在故事早期出现的元素，到最后才显现出它的重要性。来源于契诃夫的名言：如果故事里出现了手枪，它就非发射不可。

随着故事向前发展，祖母的孙子越来越无礼，说他们的家乡佐治亚是个"烂地方"。祖母斥责他们，但同时也暴露了她自己的种族观："在我小时候……孩子们对家乡、父母和其他事情都比你们尊敬得多。那时候的人们就是这样。啊，看，那有个土著小黑孩儿[1]，真可爱。"祖母看到了一个黑人小孩站在一间棚屋前，觉得这个场景很像一幅画。奥康纳不是第一位善于通过并置两种事物来展示人物矛盾性格的作家。在乔叟的《坎特伯雷故事集》中，有一位女修道院院长，她外表纤弱高雅，讲述的故事却血腥、恶毒。故事里的祖母，虽然在斥责孙子们的无礼，却也马上暴露出她自己的种族歧视和麻木。

"他们驶过一大片棉花地，中间有一圈篱笆围住了五六个坟堆，好似一个小岛。"这是全文的第三页。在这里我们看到，车里坐着丈夫、妻子、祖母、三个孩子（包括一个婴儿）共六个人，他们路过了一块墓地，墓地里有"五六个坟堆"。第一遍读的时候，读者可能不会注意这些细节。但如果多读几遍，你就会觉得这是一个很恐怖的伏笔。

接下来，两个孩子的不礼貌行为越来越多；祖母讲了一个关于西瓜的笑话，带着强烈的种族歧视感。读者们对那些可以证明人物性格的证据似乎触手可及。一半路程过去后，他们经过了一个叫"宝塔"的烧烤酒吧，老板叫红萨米·巴

---

[1] 原文为 pickaninny，是北美历史上对具有非洲血统的黑人小孩的一种带有种族歧视的称呼。——编者注

茨（Red Sammy Butts）[1]。他和祖母的对话代表了两人的道德世界，他们也谈到了逃犯"不合时宜"。祖母认为红萨米是一个"好人"。

"好人难寻呀，"红萨米说，"什么事情都变坏了，我记得以前出门的时候，大门都不用锁。那种日子再也不会有了。"故事标题很自然地在这里出现了（或者说，这句话变成了故事的标题）。在这种扭曲的逻辑中，我们也可以把小说中的这一关键点颠倒过来：如果好人难寻，那么坏人一定就好找到了。或者也可以让祖母的预感成真，让坏人很容易就找到你。

一家人继续向前走，到了一个叫"土墓斯博罗"的地方（这是现实中佐治亚州的一个小镇，只是没有第一个字母"b"）。别让地名的"toomb"里多出的那个"o"妨碍你。现在，他们从有六座坟墓的地方走到了有一座墓穴的地方。祖母突然想起附近有一个很有名的种植园。之后，大家就开始争论，要不要绕道去那儿看看。最后，开车的父亲贝利勉强同意了，他说："好吧，但记住，只有这一次，以后再也不会在这种地方停车了。"他说得真是太对了。

接下来，故事的设计非常巧妙。车子在一条土路上磕磕绊绊地跑着时，祖母的脑子里突然闪过一个念头，她碰翻了旅行袋，让下面的篮子露出来，小猫也蹿出去，蹦到父亲的

---

[1] 英语中，Sammy 有"傻瓜"的意思，Butts 有"笑柄、臀部污毛"的意思。

肩上，惊得父亲突然转弯，把车开进了路旁的沟里。此时，作家说出了祖母的那个念头。原来她记忆中的那个种植园，那个让他们绕道、最后导致车祸的种植园并不在佐治亚州，而是在田纳西州，就是她自己很想去的那个州。"出车祸啦！"孩子们尖声喊叫。奥康纳把"车祸"这个单词全部大写了：ACCIDENT。我们有必要戴上 X 射线眼镜，来分析一下这个词。普通情况下，这个词是指意外发生的日常事件，通常会造成人身伤害或财产损失。但从抽象意义上说，这个词就是命运、天命和天意的反义词。奥康纳信仰天主教，在这里她显然是在问：我们到底生活在一个什么样的世界里？一个善良又仁慈的神会控制这一家人，让他们身陷灾祸吗？

一辆汽车开了过来，祖母挥手求助。"它又大又黑又破，像是一辆灵车。"这当然是灵车。开车的三个男人就是杀死这一家人的刽子手。

我采访过许多作家，包括许多小说家。他们基本上分为两类：一类是非常小心的规划师，在写小说第一章之前，就会构思出故事的大体构架。第二类可以说是莽撞作家，他们是想出一点就写一点。E. L. 多克托罗（E. L. Doctorow）把第二类作家比成夜间行车的司机。他们开着夜灯，能看到前面的路，让他们刚好能够向前行驶，但也仅限于此。从奥康纳文中的细节来看，在写这个故事前，她已经绘制好了一幅非常详尽、细节饱满的地图。不过，写作没有必要必须这样。

作家可以在第一稿时从开头一直写，写出一个可怕的结尾，修订时再添加详细的细节，比如墓地中坟墓的数量，或类似"土墓斯博罗"的地方。

不久前，我在给一些英语老师上课时，还讲解了这篇故事。在讲解的过程中，我也学到了很重要的一课。当时，我让老师们注意那只猫的名字"皮蒂·辛格"。我觉得，这个名字很奇怪，也很荒唐。有一个老师开始在手机上查这个名字，之后告诉大家，原来编剧吉尔伯特（Gilbert）和作曲家沙利文（Sullivan）曾在歌剧《天皇》(*The Mikado*)中用过一次这个名字，那是一个小人物的名字，叫"Pitti-Sing"，与那只猫的名字的不同之处就是一个字母"i"。这个人是主刽子手的护卫，在一片"疯狂的国土"上生活。这个国家影射的就是英国，其实是在讽刺英国。而在《好人难寻》的结尾，皮蒂·辛格活了下来，并以自己的方式成了刽子手"不合时宜"的守护者。由此可见，在写作过程中，一定要多查资料，这是作家的一个写作原则。

除《好人难寻》外，作家还写了另外一篇故事《善良的乡下人》("Good Country People")。这两篇故事虽然风格和主题不同，而且第一篇气氛恐怖，第二篇滑稽欢闹，但还是不难想象，作家既然能写出第一篇，也就会写出第二篇，毕竟这两篇故事有很多相似的地方，比如南方乡村文化，比如真实的乡村语言模式，还有人物角色里混合的既熟悉又奇特的有趣设计。可以说，这两篇故事虽然写作方式不同，但却像从两台一模一样的收音机里发出的声音一样。

不过，戴上 X 射线眼镜后，你能看到其中有一个很大的差别。在《好人难寻》里，读者很早就能从许多迹象判断出，故事的高潮部分不管多么令人震惊，都会不可避免地发生。而在《善良的乡下人》里，读者本来会觉得结局应该是对主人公的一种理想回报，但它却那么令人震撼，甚至像是一个笑话。

《善良的乡下人》大致讲述的是佐治亚州的一个乡下女人和一个流浪商人的故事。女人是一个哲学博士，一直和母亲生活在一起。她因为童年的一次打猎事故失去了一条腿，于是装了一个木质假肢。流浪商人卖的是《圣经》。女人主动约商人出去，他们在田边的干草棚里约会，她很想勾引他。他们在干草棚里亲吻、拥抱，他说服她取掉假肢，但最后竟然把这个假肢给偷走了——原来他并不是什么"善良的乡下人"，而是一个恋物癖，一个变态。我在这里故意省略掉了故事最精彩的部分，你信不信？

名字游戏

在分析最精彩的部分之前，我想认真分析一下故事中人物的名字。主人公原名乔伊·霍普韦尔（Joy Hopewell）[1]，是

---

[1] Joy 有"快乐、欢乐"的意思，hopewell 是 hope（希望）和 well（好）的组合。

性格乐观的妈妈给起的。上大学之后，她自己就把名字改成了赫尔珈（Hulga）。

"霍普韦尔太太（母亲）确信，她女儿一定是思考了很久，才给自己起了这么一个名字，这真是在所有语言里都最难听的名字。而且，她都没有告诉自己一声，就直接把这个美丽的"乔伊"给改了。所以，她现在的正式名字是赫尔珈。"

为了强调这个名字确实难听，奥康纳和读者们玩了一个漂亮的文字游戏，如果不戴上X射线眼镜，你可能看不出来，它是这样的：每次这个名字出现时，后面就会出现头韵或谐音，尤其是对"u"这个难听的音的重复。比如下面这些例子（黑体是我特意标注出来的）：

- 每当想到赫尔珈这个名字，霍普韦尔太太就会想到一艘战舰宽阔的、空荡荡的**船身**（hull）
- 她觉得，这个名字就像那个整日待在熔炉里、满身臭汗的**伏尔甘**（Vulcan）[1]一样丑
- 当赫尔珈**僵直着走进**（stumped）厨房……

除了这些，还有其他名字游戏。这家佃农是自由民，还有另外两个女儿叫格利尼丝（Glynese）和卡拉梅（Carr-

---

[1] 罗马神话中十二主神之一，朱庇特之子。长得最丑陋的天神，是个瘸腿，最后娶了最美丽的女神维纳斯，可以轻而易举地冶炼出各式各样威力无穷的武器，像丘比特的金箭这样的诸神武器都是他制造出来的。

amae）。"乔伊称她们为格利塞里（Glycerin）[1]和卡拉梅尔（Caramel）[2]。"卖《圣经》的商人叫"曼利·波因特"（Manley Pointer），应该是出自某本卡通版的《花花公子》（Playboy）[3]杂志或某部复辟时期的喜剧。

转变故事形式

第一次读《善良的乡下人》时，我觉得是在听一个熟悉的老笑话。"一个流浪商人在一家农户门前敲门，门开了，屋里站着一个农夫和他的妻子，以及他的漂亮女儿。"在大多数类似的故事中，商人最后会欺骗农夫，把他天真、性感的女儿弄上床。

想一想奥康纳对固定角色和标准元素的掌控能力吧。也许一些作家会把这个女儿设计成性感撩人的黛西·杜克[4]，或者埃莉·梅·克兰佩特[5]，或黛西·梅·斯克拉格[6]，奥康纳却

---

[1] 英语有"甘油"的意思。
[2] 英语有"焦糖"的意思。
[3]《花花公子》早期的封面看上去很像卡通画报，形象可爱，画面轻松，从20世纪60年代开始，封面才开始有大量美女照片。
[4] 电影《正义前锋》（The Dukes of Hazzard）的女主人公。是一位农场主的女儿，喜欢穿超短裤，在剧中是佐治亚州最靓丽的农场女孩。
[5] 电影《贝弗利山人》（The Beverly Hillbillies）中的一个贫苦乡村家庭的唯一的女儿，非常漂亮。这个家庭后来因在自己的土地上发现了石油而成为暴发户。
[6] 持续15年的美国漫画《李尔·艾伯纳》（Li'l Abner）的主角，是一个吸血鬼女人，一直主动追求男主人公，最终漫画作者迫于公众压力，让她与男主人公结婚。

创造了赫尔珈，一个拥有博士学位的无神论哲学家，还有一只假腿。她很傲慢，觉得自己要比曼利·波因特世故复杂得多，甚至还有些瞧不起他，觉得他不谙世事。

但当这个商人拎着装《圣经》的箱子到了干草棚后，故事有了反转。引诱开始后，读者们才看清了到底是谁在控制着谁：

> 他身子离开她，拉过来旅行包，打开了它。包是蓝色碎花的衬里，里面只有两部《圣经》。他取出一部，打开封面，里面居然是空的，装着一小瓶威士忌，一副纸牌和一个蓝色的小盒子，盒子上面印有图案。他把这些东西摆成一排放在她面前，中间的间隔还非常均匀，就好像在女神神殿上供祭品一样。然后，他拿起那个蓝色的盒子，放在她手里。**产品用途为预防疾病**，她读上面这些字，读完后她放下它。他扭开威士忌的瓶盖，笑着指了指那副纸牌。这不是普通的纸牌，每张牌的背面都有淫秽图片。"来，喝一口。"他把酒瓶递给她，一直放在她面前，可她却像被催眠似的一动不动。

这儿的细节设计得非常巧妙，还有什么能比一个掏空的《圣经》更能象征虚伪？这个空盒子里装着敬奉罪恶之神的圣物：避孕套、酒、色情图片。盒子里还刚好留下足够空间，能装下她的假肢,这是他那诡异的征服欲下的又一战利品,他说:"有一次,我就这样弄到了一个女人的玻璃眼珠。"

写作课

1. 故事中既要有"预兆",又要有"伏笔",要在故事发展的路上种上恶龙之齿。这是故事的种子,在结局都会结出果实。而且,要让它们多样化,把它们撒到整个故事中去。

2. 记住,大多数读者在第一遍读故事时,就能感受到故事中的"预兆",但是要想感受到里面的伏笔,就需要多读很多遍。也就是说,在读第二遍时,读者很可能会分辨出故事中的暗示,这些暗示最终通向一些不可避免的结局。

3. 可以在人名和地名上玩一些花样,让人物更加突出,同时揭露出人物的美德或恶习。记住,记住,奥康纳笔下的"好人"叫红萨米·巴茨。

4. 当你想要设计一些模板化、固定化的人物(比如流浪商人、农民女儿)时,要平衡好互相冲突的两个目标:一,满足模板化的所有需求;二,改变固有的模板,让读者震惊。

5. 找到具体的东西,或汤姆·沃尔夫(Tom Wolfe)所说的"状态性细节",可以展示出人物的优点或缺点。比如,象征着商人虚伪的空《圣经》盒子,以及赫尔珈为了引诱商人的特意打扮:"她穿了一条宽大的裤子,一件很脏的白衬衫,后来一想,又在衣领上抹了些'花碧氏',因为她没有香水。"她会用薄荷药膏代替香水,这就说明了她的经济条件并不好,也并不怎么懂浪漫。

07 X射线阅读《摸彩》
投石

雪莉·杰克逊[1]说过,《摸彩》这篇小说她是一口气写完的,这我绝对相信。1948年6月26日,她刚写完,小说就发表在了《纽约客》杂志上。这是第一篇让我非常受触动的小说,不对,"触动"这个词太轻了,应该是"把我吓得屁滚尿流"。杰克逊是一位才华横溢的作家,她非常善于唤起读者的恐惧感。1959年,她发表了《邪屋》,这部作品被公认为最优秀的鬼屋小说之一。

20世纪60年代早期,我还在读高中,在一本小说选集中读到了《摸彩》,第一感觉是这篇小说很短,读起来要比长篇小说轻松许多。小说只有10页,节奏明快,文风犀利,像是一把小刀插进人的背部。小说这么短,却流传甚广,影响至深,真是让人难以置信。

---

[1] Shirley Jackson, 1916—1965, 美国著名哥特惊悚小说家, 代表作有《摸彩》《邪屋》(The Haunting of Hill House), 是美国文学史上的经典作品。

美名到来之前，恶名先到了。《摸彩》发表之后，《纽约客》收到了创刊以来数量最多的读者来信。大多数人的态度都是疑惑、厌恶和愤怒。信件把作家在佛蒙特州家的邮箱都塞满了，而且几乎每封信都充满恶意。在作家写的散文《一个故事的传记》("Biography of a Story")里，可以看到这段经历。为什么会这样？因为大多数读者把《摸彩》当成了真实的事情，而不是虚构的故事。

也就是说，他们当真了。他们相信在美国——也许就在新英格兰[1]——有这样的一个村子，每年夏天会举行祈求丰收的仪式。人们把一个老旧的黑箱子运到小镇广场中心，里面装着每个家庭每一个成员的名字。人到齐之后，大家先投票选出一个家族名，然后在这个家族中再选一个人。最后赢得彩票的人会被乱石打死。

为避免你跳过上文的最后一句话，我在这里再重复一下，并用黑体标明：**最后赢得彩票的人会被乱石打死**。杰克逊埋怨读者，他们太无知，误解了她。这其实不太公平，要知道就在这个故事发表的十年前，即1938年，奥逊·威尔斯（Orson Welles）的广播剧《世界大战》(The War of the Worlds) 播出后就引起了民众的混乱，因为广播员宣称火星人已经入侵了地球。我们肯定也不会忘记，在20世纪40年代的纳

---

[1] 位于美国东北部的一个地区，包含六个州，其中就有雪莉·杰克逊所在的佛蒙特州。——编者注

粹集中营中发生过大屠杀行为，包括对犹太人的种族大屠杀等。在这篇故事中，这种大规模屠杀行为被一种仪式化屠杀代替，也不是难以想象的。只是，《纽约客》是一本非常成熟的杂志，很难想象这种杂志的读者会这么无知，这么头脑简单。

我现在觉得，让读者产生误解的是作者的写作方式。她创造了一个非常逼真的世界，让读者觉得这个故事是真实的。那么，作家是如何做到这一点的？我们也能够做到吗？就让我们戴上 X 射线眼镜来分析一下。

故事发生在一个小镇上，每年夏天镇上都会举行一次摸彩活动。如果活动进行顺利，传统就保存下来，庄稼就能丰收。小镇上有三百多位居民，他们聚集在广场上，从一个黑箱子里抽纸片。在故事结束前，作家一直在制造悬念，一直没有告诉读者摸到彩票的人，即泰茜·哈钦森会获得什么奖。下面是故事的结尾，读起来真是令人恐惧。

> 比尔·哈钦森走到妻子身边，从她手里抢过纸片，上面有一个黑点，这是昨天晚上萨莫斯先生在煤炭公司的办公室用粗铅画的。比尔·哈钦森举起纸片，人群一阵骚动。
>
> "好了，乡亲们，"萨莫斯先生说，"咱们快点结束这一切吧。"

虽然大家早已经忘记了该有的仪式,也弄丢了最早用的那个黑箱子,却都记得要用石头。男孩们已经提前堆好了石堆,地上也散放着很多石头,旁边是从箱子里吹出来的纸屑。

德拉克洛瓦夫人挑了一块很大的石头,得两只手抱着才行。她转身朝邓巴夫人喊:"快来呀,快点。"

邓巴夫人双手里满是石头,喘着气说:"我根本跑不动了,你先走,我马上就跟上来了。"

孩子们也准备好了石头,有孩子还递给小戴维·哈钦森一些卵石。

泰茜·哈钦森一直在空地中间站着,看着大家一步步逼近她,她绝望地伸出双手,大喊着:"这不公平。"刚说完,一颗石头飞过来砸到了她的头上。

老华纳说:"快来,快来,大家都来呀。"史蒂夫·亚当斯站在全村人前面,格拉夫斯夫人站在他的旁边。

"这不公平,这样做不对。"哈钦森夫人尖叫。人们开始朝她扔石头。

现在,我们来分析结尾这一幕是如何展开的,重点关注大多数作家都能用到的写作策略。

把镇民们集合起来

　　以前，我母亲经常坐在电视机前看肥皂剧，一边看还一边分析故事的情节。她告诉我："要好好看里面那些派对场面，尤其是婚礼。"因为就是在这些社会活动中，各类人物、次要的情节才和故事线交融在一起。在所有我能想到的故事形式中，这个道理都适用。在《坎特伯雷故事集》中，乔叟在故事开篇就把29个朝圣者聚在了塔巴旅馆里；在《十日谈》（The Decameron）里，7个女人和3个男人为了躲避黑死病，聚在佛罗伦萨郊外的一栋别墅里；在《哈姆雷特》中，莎士比亚把大部分人物聚集起来，参加《捕鼠器》这幕剧中剧的演出。正是在这幕剧中，国王的背叛行为被揭露出来。在《高文爵士和绿骑士》（Sir Gawain and the Green Knight）[1]开篇，亚瑟王把自己的侍臣们召集在圣诞派对上；《教父》（The Godfather）以教父女儿的婚礼开篇，以一场洗礼仪式（就在同时，一伙罪犯开枪打死了对手）结束；《吸血鬼猎人巴菲》第二季的结局场面壮观，角色们在中学毕业典礼上上演了末日大战；弗兰克·卡普拉（Frank Capra）导演在《生活多美好》（It's A Wonderful Life）中努力让观影者相信，电影结局展示的生活是多么美好（电影上映时，杰克逊正在写她的故

---

[1] 英语韵文骑士文体代表，属于亚瑟王和圆桌骑士传说系列，成文于14世纪，是中古英格兰北部头韵诗歌艺术的最高成就。见14章。

事)。在结局时,全镇人都挤进了乔治·贝里[1]的客厅,给他捐款,帮他还债、买酒,然后大家一起合唱圣诞颂歌。

杰克逊完美地掌握了这个技巧,在短短几页里就把人们聚集在一起,而且摸彩活动在两小时内就结束了,这着实了不起。如此一来,故事就有了"三一律":有时间,有地点,有情节。随着时间一分一秒流逝,广场上的人也越来越多。最初,读者会觉得节奏缓慢,而且没有什么罪恶的事情,毕竟还有小学生,后来,气氛才变得越来越紧张。

故事中有一种集体恐怖行为:所有民众盲目顺从,轻易夺走一条生命,用于祭祀。看看这些依次出场执行死刑的人。最开始,是"替罪羊"的丈夫,之后是萨莫斯夫妇,然后是两个妇女,之后是小儿子,后来又是老华纳,之后是一个年轻男人,站在人群的最前面,身边是格拉夫斯夫人[2]。作者选中这些人,并不是因为他们有什么独特的地方。他们的区别也仅仅在于年纪、体力等方面,唯一把他们联结在一起的,是一种群体的恐惧和厌恶,把他们都变成了仪式上的杀手。

从石头到卵石

要理解《摸彩》中的叙述效果,就要明白"石头"(stone)

---

[1] 电影中的男主角。
[2] Graves,在英语中意为"坟墓、墓穴"。——编者注

和"岩石"（rock）的区别，这就需要戴 X 射线眼镜了。在字典里，其实两个词在大多数情况下是同义词。我可以说，朝邻居窗户上扔了块石头，或者说扔了块岩石，读者们基本上察觉不到这其中的区别。

但在这篇故事中，杰克逊没有使用过"岩石"这个词，一直是"石头""石头"和更多的"石头"。来看下面这段话：

> 博比·马丁已经在口袋里塞满了石头，其他孩子也学他，挑了最光滑、最圆的石头。博比、哈里·琼斯和迪基·德拉克洛瓦……最后，广场的角落里堆起了一堆石头。他们守护着它，避免其他男孩们偷袭。

在接下来的一段里，"石头"被提到了两次。在哈钦森夫人被乱石打死前的那一段里，这个词又被重复了七次（唯一替换这个词的就是"卵石"。其他孩子往小戴维·哈钦森手里塞了卵石，让他砸自己的妈妈。这个词选得特别好，特别能切中要害。看到它，读者就会想到人类会教育孩子，让他们继承我们文化中的黑暗部分）。

作家选择"stone"这个词，是因为它本身是一个刑法的名字——stoning（石刑）。它在许多文化和宗教中都存在，特别野蛮，而且至今都没有消失。在很长一段历史里，人们用它来惩罚通奸的男女。它是一种公共活动，没有职业的刽子手,也没人能确定到底是谁扔出去那致命的一块石头,这是这个刑法的好处——如果你非得找出一个好处的话。而《摸彩》这篇小说的主题,就是被愚蠢传统洗脑的公众的盲目和无知。因此,石刑是最好的选择。

这个故事我读过很多遍,几乎都想不起来自己从哪个地方开始担心结局了。有些故事的伏笔和铺垫会很明显,但在有些精彩的故事里,很难一眼看出里面的伏笔。你可能需要读许多遍,才能看清其中的关系。《摸彩》的开篇就是如此。孩子们堆起来的石头看起来很像游戏,而不是某种杀人祭祀的工具。作家每次提到的"石头",都会变成死亡进行曲中的一个有力节拍。

阳光灿烂的黑暗夜晚

在小说的第一段,没有任何能够引起读者担忧的因素。天空晴朗无云,鲜花盛开,青草绿油油的,很茂盛。在这样美丽的天气里,人们聚集在广场上。摸彩活动不到两个小时就可以结束,这样很好,因为村民们还可以赶回家吃中午饭(嗯,我们赶紧把那个人打死,然后回家吃炸鸡吧!)。

读者常常觉得,环境是一种重要提示,会暗示故事的风格和情节,其中也包括了对天气的描写。用 X 射线阅读完《摸彩》后,我们就会知道,大自然是不会在意人类的心情和需求的。我记得我家有一天过得很不好，但那天佛罗里达却艳阳高照，暖风融融，好像天堂一般。2001年9月11日，纽约市的天气非常好，却发生了飞机撞大楼的事件。从小到大，我们看到的都是些发生在暴风骤雨的黑暗夜晚的惊悚故事，因此自己在编故事时，也要让故事情节、感情和大自然一致起来。但这通常是错误的。天气当然会改变人类的行为，但至于结果是好还是坏，大自然是不在意的。

那读者到底是在什么时候开始感到不安的？或许是看到人物都聚在一起，"安静地讲着笑话，微笑着，没有人会大声笑出来。"我承认自己有时候对语言过于敏感，但是此处"微笑"与"大笑"的区分确实暗示了人们的焦虑，以及他们内心的自我意识。当黑色的箱子出场后，故事的调子更暗了。杰克逊详细地描绘了箱子的外观，它不仅是黑色的，而且又旧又破，都快成碎片了。人们不用它的时候，会用它来装东西，到处乱搬。接着，我们知道，马上要进行一个摸彩仪式，会有"不成调的圣歌"，有"敬礼仪式"，人们先聊着，讨论这个仪式在一些村子里已经被取消。这种负面能量一直在聚集，直到中彩票的人开始抱怨不公平，直到最后一句：人们开始朝她扔石头。

人物在故事结局时死去，这已经成为了一种叙事模式，比如《了不起的盖茨比》结尾的谋杀，《洛丽塔》结局时的凶杀案，海明威《永别了，武器》中母亲和孩子的死，《好人难寻》结局时有六个人被杀,《摸彩》结局的仪式化死刑。无论人类抱有什么样的希望和梦想,大多数故事都会去书写某些值得同情的人的痛苦——有时是死亡。

祝福变诅咒

诅咒变祝福,或祝福变诅咒,是文学和新闻写作中历史最长的一种叙事方式。在我所知道的有关彩票的真实事件中,大多数中彩票的人在得到一大笔钱后,都会把钱挥霍殆尽,然后陷入无尽的绝望和悔恨中。在佛罗里达,甚至有一个中彩票的人被谋杀。《摸彩》这篇小说就呈现了这种模式,小说和电影版的《饥饿游戏》(*The Hunger Games*)也效仿了这一模式:一个年轻女人须拼尽全力和摸彩活动中的赢家决一死战。这个摸彩活动代表的是一种国家控制人的仪式。在很多时候,你可能会因为什么事情被选中,然后赢得奖品。在赌博中,你可能会"摇到你的号码"(hit your number),但在俚语中,也有"你的死期到了"(Your number is up)的说法。你可能在征兵中被选中,可能会被选为陪审团成员,也可能会被选去值夜班。在类似情况中,随机因素会与人的选择产生冲突,然后产生命运。于是,像"变成戴安娜王妃"这样的祝福,反而会变成诅咒,而类似扭伤脚踝的诅咒,很可能会变成祝福,比如当你想要和一位护士结婚的时候。

写作课

1. 把全镇的人聚集起来。故事中的人物会互相影响,有一对一的影响,也有团体间的影响。要找机会把他们聚集起来,最好是在故事叙述的中心,这样读者可以全面观察他们。大多数聚会都是仪式化的,比如婚礼、葬礼,这些仪式能把自身的能量转化到更大的故事叙事中去。

2. 注意同义词之间的区别。记住,杰克逊一直在重复使用"石头"这个词,没有允许任何"岩石"出现。故意重复某个关键词肯定是有价值的。如果要重复某个词,必须是有目的性的,要把它每盎司的意义都挤压出来。一直重复、重复,然后突然变化,就像杰克逊提到的那个小男孩手中的卵石,这样会放大故事的效果。

3. 大自然不需要配合人物,也不应该配合。作者要给故事创造合适的环境或场景,就要描写天气,但没有必要把天气与人的意志联系起来。暴风骤雨里可以拥有美妙的时光,灿烂的阳光也可能在朝着残忍的杀手微笑。作品越现实,人物及主题的外部环境与内部风景之间的联系就越不可预知。

4. 把结局和开头联结起来。我们再一次看到了这种叙事模式:到了结局时,故事似乎又回到了开始。《了不起的盖茨比》中,叙述者在故事开始和结局都看到了绿灯;《好人难寻》中,祖母在故事开篇读到了关于"不合时宜"的新闻,在结局时遇到了他；《摸彩》开始时，孩子们堆起了石头，故事结局时，这些石头砸死了哈钦森夫人。这其中的关键点是：不管是叙事模式重复，还是人物到最后又出现，所有的一切都要有变化，都要与第一次出现时不同。

5. 要向读者展示祝福如何变成诅咒。祝福和诅咒，像是向前不停转着的阴阳轮，轮流出现，直到界限模糊化，让人认不清它们。在真实生活中，这样的事情是存在的，短语"不要轻易许愿"就是典型代表。从故事的方方面面到神话传说，从创世故事到动物寓言，再到童谣，这种模式都存在着。编辑麦克·威尔逊（Mike Wilson）曾经说过，如果某个人物太完美，某件事情过于美好，那就要去找找"苹果上的瘀伤"了。

6. 在故事的结局杀死人物。放手去做吧，开枪、点火，或者拉开抽屉，拿出匕首。戏剧叙述中有两种主要的模式，一种是喜剧，一种是悲剧。悲剧的确需要痛苦，结局也需要死亡。但喜剧中也会有死亡，它可以是下一代人出生的序幕。

08 X射线阅读《包法利夫人》
显示内心世界的迹象

我法语说得不流利,但读法语书是一点儿问题都没有,这要感谢大学几年的学习。如果我不是英语语言专家,而是法语专家的话,那我最喜欢的作家肯定是福楼拜。(这么说有些对不起你呀,威廉·莎士比亚,不过我觉得你肯定也会喜欢老福楼拜,我都能想象出,你一定会把《包法利夫人》改编成剧本,让它走上舞台的。)

重读这本经典法国小说时,我阅读的是洛厄尔·贝尔(Lowell Bair)翻译的英文译本。这个版本我读了好多遍。我还读过一本评论它的书:《摹仿论:西方文学中现实的再现》(Mimesis: The Representation of Reality in Western Literature),这是20世纪现代主义文学评论中的经典之作,1953年出版,作者是埃里克·奥尔巴克(Erich Auerbach),在我刚踏入学术圈时,我非常仰慕他。

他是一位非常优秀的X射线阅读者。他建议写作者(间接性的建议），在完成重要的虚构和非虚构文学作品前，先拿一面镜子照照这个现实世界，然后再去创造另外一个可以让读者信服，让他们可以进入的世界。通过这个建议，我们就能理解像福楼拜这样的艺术家是如何展示或模仿（在希腊语里，模仿是"mimesis"这个词）现实的。

如果你还没有读过《包法利夫人》，请把它列入你的书单。爱玛是一个设计得很好的人物，她是一个浪漫主义者，外表性感美丽，内心多愁善感，同时还很有野心，总想摆脱法国小地方的令人窒息的平淡生活，她的丈夫查理也对她非常忠心。他是一个医生，人很普通，心胸狭窄，整日木呆呆的，根本没有爱玛极度欣赏的那种冲劲。爱玛努力想要打破这种生活，最终背叛了丈夫，生命也以悲剧结尾。她的痛苦，她的死，都是一种生活的必然。

福楼拜寥寥几笔就刻画出了她对生活的厌倦：

尤其是在午饭时，她觉得自己真的无法再忍受这样的生活了。这个小屋子，以及屋子地面上冒着烟的炉子、吱吱叫的门、流着汗的墙壁和潮湿的石头地面，都让人无法忍受。她觉得，餐桌上的盘子里装的是生活的悲苦。看着煮着的肉冒出的烟气，一阵阵恶心的感觉从她的灵魂中窜出来。查理吃饭吃得很慢，而她或小口咬点榛子，或头倚在胳膊上，拿刀子在桌布上懒懒地划线。

在引用奥尔巴克的 X 视线阅读观点前，我想先谈谈自己的一些想法。首先，我想提一个大多数作家都必须回答的策略性问题：在看似什么事情都没有发生的情况下，如何描述一个时刻，才能让故事产生能量，从而让读者产生兴趣？福楼拜的这段描写就回答了这个问题。如果我们和查理、爱玛一起坐在饭桌上，那至少从我们的感官角度看，这段时间里不会发生什么重大的事情。

这段话反映的其实就是大多数人的日常生活。我坐在沙发上，双腿平放在桌子上，吃着重新加热的比萨，喝着可口可乐，看着棒球比赛。妻子坐在旁边给孩子织毛毯。我们的猫威洛卧在我们中间。这种场景在千家万户都能看到，就是一种日常的家庭活动。但谁知道在这表面下会酝酿什么样的冲突呢？我现在来编一下：或许她正在为我担心，或许她心里正在生气，因为我一到周末就窝在沙发里吃垃圾食品，看各种运动节目。而她呢，每天吃的是健康的食物，每周去上四次瑜伽课。她努力为家里人做健康可口的饭菜，而我却喜欢吃一袋袋撒上了白糖的甜甜圈，爱喝巧克力奶。所以她是真心爱我的，她关心我，希望我能长命百岁。当然，她也可能是在想那个不穿上衣、沿着道路慢跑的邻居，也许她希望自己的丈夫也能像人家那样。又或者，她想的是，坐在身边的这个男人是她的长期饭票，他的工作能够让她过上自己想要的生活，她不想失去这种生活。

生活中的许多外部细节有时会掩盖我们内心的骚动（正是这些骚动，构成了我们的内心世界），但同时也会提供蛛丝马迹，把我们内心的狂风暴雨展示出来。在这篇小说中，福楼拜完美地利用了这个技巧。在写作中，我们也需要努力做到这一点。

关于绝望的细节

先看第一个从句。虽然这是一个故事，但这句话总给人一种传统议论文主题句的感觉："尤其是在午饭时，她觉得自己真的无法再忍受这样的生活了。"这句话的负面能量非常大，语气充满绝望，甚至还流露出一丝自杀倾向。我们会想，到底经历了什么毁灭性的事件，才让她对生活如此绝望？带着这个问题，我们会继续向下寻找证据。注意，福楼拜把这样的绝望情绪放在午饭时间。想象一下与午饭有关的美好东西：美味的食物、家人、庆典、团体、圣餐等。但是，从普通人的经验看，在这种大家聚集在一起的时刻，常常会有特别不好的事情发生在夫妇或家人之间。

那么，到底这种绝望的来源是什么？房子开始和爱玛、和读者对话了："这个小屋子，以及屋子地面上冒着烟的炉子、吱吱叫的门、流着汗的墙壁和潮湿的石头地面。"这句话里的每个词都有意义。爱玛梦想着住大别墅，可现在的房子那么小；她想象着自己能住在城堡里，站在塔楼和阳台上瞭望远处漂亮的风景，但她现在却在一个平房里住着。房间里的每个部分都令人不满意，令人讨厌，令人恼火，根本不能满足她的感官。炉子在冒烟，门在吱吱叫，墙壁在流汗，地面潮湿阴冷。

注意，译者在这里把福楼拜原文中的物体顺序颠倒了。法语原文是这样的："avec le poele qui fumait, la porte qui criait, les murs qui suintaient, les paves humides"。字对字地翻译就是"炉子冒着烟、门吱呀吱呀地叫、墙壁流着汗、潮湿的地面"。除了最后一个词"潮湿"，原文完全是以动词，而不是形容词来表达意义的。这就让人感觉，好像屋里的每个东西都会把爱玛逼疯一样。

盘子里的悲苦

在第二句中，福楼拜为写作者提供了一种普通写作方法。他运用表面语言和隐喻语言，带着读者在一座抽象之梯上爬上爬下，在具体的和概念化的语言中穿梭。他写道："餐桌上的盘子里装的是生活的悲苦。""生活的悲苦"（在法语中，它要比"存在"的悲苦更让人觉得痛苦）是一种描述痛苦的抽象语言，注意作者从这个短语到"把它装在盘子里"这种想法间的快速转换。如果不是在饭桌上，这个短语就是陈词滥调了。

接下来是这句:"看着煮着的肉冒出的烟气,一阵阵恶心的感觉从她的灵魂中窜出来。"句子前半部分是刺激爱玛的厨房物品,后半部分使用了平行结构,以达到对立的效果。你看,烟气从肉上冒出来,恶心的感觉从灵魂中升起来。在法语原文中,这里并不是平行结构,是英文译者颠倒了原文的顺序,把句子的最后一个强调词变成了"soul"(灵魂),而不是原文中的恶心感觉。这顿午餐,本来应该是极富营养的,但最后却变成了精神上的消化不良。赶紧给我来点黄金养胃泡腾片或讨厌的碱式水杨酸铋片!

充满意义的小动作

在前两句中查理一直没有出场,第三句出场时也不过寥寥几个字:"查理吃饭吃得很慢",而没有任何引起爱玛挫败感的性格描述。通常情况下,我们在遇到无聊或痛苦的事情时,都会祈祷它快点过去。在查理慢慢吃饭的时候,爱玛陷进了自己的思绪和无意识的小动作中:"而她或小口咬榛子,或头倚在胳膊上,拿刀子在桌布上懒懒地划线。""小口咬榛子"和"拿刀子懒懒地划线"中有种平衡感,我被迷住了。我确定,这里一定有一种东西,对爱玛或者对别人都非常危险,那就是对生命存在的一种焦虑。正是它,促使20世纪法国作家让-保罗·萨特（Jean-Paul Sartre）提笔写作，他的《密室》（*No Exit*）和《恶心》（*Nausea*）这两本书的标题就是爱玛·包法利的真实写照。

在这里，我再次发现了法语原文与译文之间的轻微差别。在原文中，最后一个用来加重语气的词不是"刀"。如果字对字地翻译原文，这个句子是这样的："为了消遣，她用刀尖刺着桌布的表面。"原文的句子结尾是落在"刺桌布"上的，就是那种很便宜的、覆盖着桌子的那种布。如此一来，在译文中，最关键的东西就被隐藏了起来：她希望在生活中拥有一张昂贵的桌布。

神秘的动机

现在来看评论家埃里克·奥尔巴克发现的表面下的东西："这段话就是一幅画，画的是一个男人和他妻子在吃午饭的场景。这幅画不是为它自己存在的，而是为'爱玛的绝望'这个主题而存在的。"

事实的确如此，这显示了文学批评家对作品主题的洞察力。所以我们会说，这段话描写的是"绝望"，就像我们会轻易说，《奥赛罗》（*Othello*）的主题是嫉妒。但事实上，像《奥赛罗》和《包法利夫人》这样的名作的主题是多样化的，我们在讨论主题时，也应该扩大范围。只是，在大多数情况下,这种讨论往往限制了我们的选择和对作品的想象。

福楼拜的确很伟大,但莎士比亚的作品要比他优秀许多。为什么呢?哈佛大学学者史蒂芬·格林布拉特(Stephen Greenblatt)曾解释说,这是因为"动机的不透明"。他的理论是:读者对人物(比如伊阿古)的动机知道得越少,或者说某个人物(比如哈姆雷特)的动机越复杂,艺术作品就越伟大。

在《奥赛罗》的早期版本中,伊阿古的动机是清晰的。他很爱苔丝狄蒙娜,但对方并不知道。于是,他开始报复奥赛罗,对他实施阴谋诡计,让他最后在愤怒和嫉妒中杀死了苔丝狄蒙娜。到了后来的版本,莎士比亚把"嫉妒"这个动机删掉,换成了什么都没有。伊阿古最后说了一句很冷漠的话:"什么也不要问我,你们所知道的就是你们已经知道的。从这一刻起,我不会再说一句话。"

因为读者总喜欢对不清楚的问题问为什么,所以人物动机不清晰的作品总要比清晰的作品要好许多。在《包法利夫人》中,爱玛的动机不是不清晰,而是"复杂",且非常真实,真实得就像桌布上的刀尖一样。这种复杂化也提醒作家,在写作过程中应该避免单一动机的逻辑错误,比如一个人杀死了很多人,他的动机仅仅是"精神疾病",或"很容易获得枪支",或"暴力性电子游戏的影响"。在虚构作品中,动机的复杂化可以增加作品的质感,让读者在阅读过程中获得神秘感和趣味性。

迂回之箭

奥尔巴克注意到,《包法利夫人》的主题是爱玛的绝望,这是很明显的。不过,他也注意到了作家向读者传递这种感觉或信息的途径,这对我们会更有帮助。他认为,福楼拜没有直接表达出自己的观点,而是通过对爱玛内心世界和外部经历的描述实现了这一点。他这样说:

> 我们听到作者在说话,但他没有表达意见,也没有发表评论,他的任务是选择事件,把它们翻译成语言。作家们坚信,比起"观点"或"判断",事件能更好地、更完整地诠释自己,诠释相关的人。当然,这里的前提是,作家能够纯粹地、完整地把它们叙述出来。也就是说,要对语言的真实性抱有深刻的信心,要完完全全、彻彻底底地相信,并且还要小心地驾驭它。出于这种信念,福楼拜在作品中才没有进行任何形式的艺术实践。

作者没有表达自己的观点,不意味着他没有观点,他只是在间接表达自己,尤其是与人物有关的想法或感觉。这种写作技巧也来源于一句老话:展现出来,不要说出来（当然，我们也要尊重弗朗辛·普罗斯[1]的建议：不是故事中的所有感情都必须演绎出来）。已故记者、作家理查德·本·克莱默（Richard Ben Cramer）很擅长政治和体育类文章，在这个问题上，他也有过建议。就我个人而言，我更喜欢他的想法。他说，他会衡量一下自己的研究，看看它是否能让他对笔下的人物产生清晰的、带有主导性的感觉，这些人物可以是杰瑞·李·刘易斯[2]，可以是鲍勃·多尔[3]，也可以是乔·狄马乔[4]。然后，他会问自己：是什么让我有这种感觉的？在寻找答案的过程中，他会再次审视那些最有力的证据，然后再利用场景、对话、人物细节、逸事叙述等方式，把这些证据呈现在读者面前，目的就是让读者有多样化的体验，然后引导他们去感受他所感受到的那种主导性的感觉，同时也让他们明白，没有一个作家可以完全控制读者对作品的看法。

写作课

1. 寻找最微小的内部细节，去展示人物内心的复杂世界，

---

[1] Francine Prose, 1947—，美国小说家、散文家、文学评论家，著有十部小说，《忧郁的天使》（Blue Angel）入围 2000 年美国国家图书奖。
[2] Jerry Lee Lewis, 1935—，美国摇滚乐手、作曲家、钢琴家，摇滚界的元老级人物。
[3] Bob Dole, 1923—，美国律师、政治家，1996 年曾参加美国总统竞选。
[4] Joe DiMaggio, 1914—1999，美国著名棒球球星。

往往包括面对生存产生的消极、疑惑、痛苦的感受，背负的十字架，遗憾的往事，等等。

2. 人物不能做的动作与他们的直接动作一样重要，有时候甚至会更重要，更能揭露出人物的历史和个性。爱玛在餐桌旁的那些微小的、懒懒的动作，要远比掉在地上碎了的盘子更能说明她的消极迟钝。

3. 如果人物没有动作，就必须让另外一些力量介入。这个力量可以是无生命的物体，比如一扇门、一面墙、一个盘子，或者盘子里的东西，都可以起作用。福楼拜的这部小说就包含了这一切。

4. 是选择形容词，还是选择动词？当然是动词，因为它们能够表达更强烈的效果。因此，我更喜欢福楼拜的原文，而不是译文。"一扇门吱呀吱呀地叫"要比"一扇吱呀吱呀叫的门"的文字效果更强烈。而平行结构还可以增强这种效果，这种结构通常是用来比对或比较相同元素的。

5. 利用普通环境设置隐喻。在这篇小说里是盘子，它里面放着的不仅有难吃的食物，还有生活的悲苦。要学会在抽象之梯上移动，在概念化和具体化的语言之间转换。

6. 在人类世界中，动机就是一面破裂的镜子，不可能纯粹地反映现实。因此，无论是在虚构还是非虚构作品中，都要避免对人物做出重要决定的原因做简单的解释。

7. 收集各类证据，然后从这些创作来源中得到一种主导性感觉。之后,不要带任何个人观点,直接亮出证据,去影响(而不是决定)读者的反应。在必要时,展示或说明自己的想法,而且尽量要"展示",不要直接"说明"。

09 文本中的文本
X射线阅读《寂寞芳心小姐》和《恶棍来访》

作家和读者都喜欢"文本中的文本",这种写作方法在故事诞生时就出现了。在《奥德赛》(*Odyssey*)第八卷,奥德修斯返乡征途的叙事中,就包含了盲诗人德莫多库斯[1]写的一些故事,主题是特洛伊战争和希腊诸神的嫉妒。在本章中,我将分析几部虚构和非虚构作品,它们都是依靠嵌入的文本来解决叙述上的问题,推动故事向前发展的。其中我会着重分析两部作品,它们的写作时间相距约八十年:一部是《寂寞芳心小姐》(*Miss Lonelyhearts*)[2],一部是《恶棍来访》(*A Visit From the Goon Squad*)[3]。前一部的作者是纳撒尼尔·韦斯特[4],小

---

[1]《奥德赛》中的吟游诗人,与竖琴相伴,在各地吟唱特洛伊战争中英雄的故事。
[2] 美国作家纳撒尼尔·韦斯特(Nathanael West)的代表作,美国现代文学经典之作。"寂寞芳心小姐"其实是一位男士,是《纽约邮报》广受欢迎的谈心专栏的主持人,接受读者来信倾诉,但最终自己却一路下沉,跌入到灵魂的谷底。
[3] 美国作家珍妮弗·伊根(Jennifer Egan)的代表作,整部小说由13篇小说错位组合成的,获得普利策奖和美国国家书评奖,是最具实验性的后现代小说。
[4] 1903—1940,美国编剧、作家,黑色幽默之父,1930年开始创作,1940年死于车祸。

说由读者写给一位专栏作家的信件组成。第二部的作者是珍妮弗·伊根[1]，她把一个 PPT 报告变成了长达 75 页的一个章节，内容非常感人。

由心而生的信件

有些形式的故事更容易嵌入文本，比如在大萧条时期发表的流行小说《寂寞芳心小姐》。随着时间的流逝，20 世纪 70 年代以后，它自带的阴郁魅力开始流失。这部经典小说需要重新被发现，需要读者戴上 X 射线眼镜仔细阅读。

强纳森·列瑟[2]曾介绍过 2009 年版的《寂寞芳心小姐》，他非常欣赏这部小说。小说类似一种解释性的说明文，由一名讲述者叙述出来。强纳森·列瑟认为，小说"行文干净利索，非常直接，让人觉得有那么一点不安和窘迫，很像好莱坞的处理方式"。他的意思是，小说写得很像在拍一部电影：

> 或者我能帮你理解。我们现在从头开始分析。报社雇了一位男士为读者答疑，帮您解决生活中的问题。

---

[1] 1962—，美国当代作家，美国最具传奇色彩的当红作家。
[2] Jonathan Lethem，1964—，美国小说家，代表作有《布鲁克林孤儿》(*Motherless Brooklyn*)、《孤独城堡》(*The Fortress of Solitude*) 等，曾获得过美国国家书评奖和世界奇幻奖。

这只是报社为了增加发行量而设置的噱头，同事们都把它当成一个笑话。他自己也把这份工作当作笑话，但倒不排斥，因为他不想一直做外勤记者，而且这个答疑最后可能会做成一个八卦专栏。只是，几个月后，他不再这么觉得了，因为大多数信里，都是寄信者低声下气的请求，是他们平日里说不出口的真正痛苦，他们需要他在道德和精神上给予帮助。更重要的是，这些写信的人对他非常认真。有生以来他第一次被迫审视自己赖以生存的价值观，审视之后，他发现，自己并不是这个笑话的作恶者，而是它的受害者。

不出意料，列瑟说："这本小说是作者受真实经历启发而作的。韦斯特当时的确收到过许多真实的信件，这些信都是写给一位咨询专栏作家的。"

小说开篇的"文本中的文本"是报纸编辑施拉克胡乱写下的，目的是嘲笑这个咨询专栏作家。他模仿祈祷文字，在白卡片上写下下面这些文字，把它们贴在了编辑部的墙上：

　　寂寞芳心小姐的灵魂，照耀我。
　　寂寞芳心小姐的肉体，滋润我。
　　寂寞芳心小姐的血液，麻醉我。
　　寂寞芳心小姐的眼泪，洗刷我。

> 哦，好心的小姐，原谅我的请求，
> 把我深深藏在你的心中，
> 保护我免受敌人的欺侮。
> 救救我，寂寞芳心小姐，救救我，救救我。
> 在这个最重要的世纪，阿门。[1]

这段假祈祷文，给了小说一种非正统的感觉，而绝望的读者邮寄来的一封封信更是把这种感觉放大了。下面是全文的第一封信，文中的语法和拼写错误都是故意的：

亲爱的寂寞芳心小姐：

我太痛苦啦，真不知道怎么办好，有时候我想我会杀死自己，我的腰痛得那么厉害。我丈夫以为，女人如不生育，就不配当一个好天主教徒，不管她身上有什么病痛。我是在教堂里光明正大地结婚的，但我始终不知道婚后生活会是什么样子，因为从来没有人告诉过我什么是夫妇之道。

我祖母从来都不告诉我，她是我唯一的母亲，可是她从来不告诉我天真无邪并没有什么好处，到头来只会得到很大的失望，这是个很大的错误。我在 12 年内

---

[1] 原文为拉丁文，n sæcula sæculorum. Amen. 出自施咸荣译文，湖南文艺出版社出版《寂寞芳心小姐》。

生了7个孩子,生了最后两个孩子后我就病得很厉害。我动了两次手术,医生说我如果再生孩子,就可能送命。我丈夫听了医生的劝告后,答应不再生孩子,但一出医院回到家里,他就食言了,现在我又有孩子了,我觉得我再也无法忍受下去,我的腰疼得那么厉害。我是那么痛苦,那么害怕,因为我是天主教徒,不能打胎,我丈夫又非常虔诚。

我一直在哭,腰那么疼,我都不知道怎么办好。

敬仰您的

厌倦一切的人[1]

显然,小说里的每封信都是小说的叙述者之外的人写的,每封信的声音和风格都是不同的,尤其是语言和修辞,从标准英语,到标点,再到误用文字,一切都有明显的不同。但相比于故事里的种种辛酸和悲惨,这些多样的文风就成了次要的事情。这封信总共才200字,但里面的故事立刻就抓住了读者的心。它简单地刻画了一个女人的痛苦、一个男人的暴虐,以及无知和狭隘的后果。这封信里的"天真无邪并没有什么好处"让我感到很震撼。

但生活的苦难并不仅仅是因为不公正,还有命运的捉

---

[1] 出自施咸荣译文,湖南文艺出版社出版《寂寞芳心小姐》。原文基本上没有标点符号,而且很多拼写、语法错误。

弄。下面这封信是一个 16 岁的女孩写来的,她生下来就没有鼻子。

> 我坐在那儿,看着我自己,整天哭个不停。我脸中间有个大洞,不说别人,连我自己看了都害怕,因此我不怪那些男孩子不肯带我出去。我母亲很爱我,但她一瞧我,就要嚎啕大哭。
>
> 我到底干了什么了,就得遭受这样可怕的命运?即使我做过些坏事,我也不可能在一岁前就做出来,但我确实一生下来就是这副模样。我问过父亲,他说他也不知道,我可能在前世干了什么坏事,或者也许我正在为我爸爸的罪孽受惩罚。但我不相信这一点,因为他是个好人。你说我应不应该自杀?
>
> 您真诚的
> 绝望的人

请注意,一个 16 岁的女孩和一个绝望的母亲在语气和文风上的区别。女孩信里的语言不太成熟,但绝望感更强。出生时出了一场事故,又无法做矫正手术,于是事故就演变成了悲惨的、绝望的嚎啕大哭,控诉那控制人的生命之路的命运。

从上面的例子来看,把文本嵌入文本中,或者说"文本中的文本"，是有无限可能性的。甚至让我们升级一下——文本中的文本中的文本。比如在某个故事里，有个男人在阁楼里发现了一份旧报纸，他打开报纸，看到了父亲的照片，从一旁的报道里知道了父亲曾参与过犯罪活动。在报道里，一位律师援引了一份所谓自杀遗言中的句子。在报道边上的空白，一个女人工工整整地写了一条批注，可能是她母亲写的："精神错乱因而无罪！！！"所有类似的丰富文本汇聚在一起，就会组成一个戏剧性故事的所有元素。

能量点

珍妮弗·伊根因《恶棍来访》中的创意和冒险精神获得普利策奖。这部小说主要叙述了音乐行业里的12个人物在40年里的故事，打破了常规，运用了许多后现代叙事技巧，也涉及数字化未来。其中，最重要的当数第12章。这一章一共有75页，全部都是PPT演讲稿，每一页都设计成了PPT幻灯片，内容非常精彩，由书中人物艾莉森·布莱克创作。

我最喜欢的是"关于父亲的事实"这一页，页面上是一系列文件夹，每个文件夹中的文字从上到下排列，文件夹则从左到右排列，里面写着：

· 如果你用手指轻抚他刚用剃须刀刮过的皮肤，就

09　X射线阅读《寂寞芳心小姐》和《恶棍来访》
文本中的文本

能听见吱吱的声音

- 他的头发又黑又密，跟其他爸爸都不一样
- 他还能把我扛到肩膀上
- 他吃东西时，我能听见他牙齿碎裂的声音。【下面的字体要小一些】他们应该碎成片片了，但他们一直又白又坚韧
- 他睡不着觉的时候，会到沙漠里散步
- 他为什么那么爱妈妈，始终是一个谜

最令人吃惊的是，每一页 PPT 上面还有许多不同的视觉图片，承载着嵌入的文本。这些图片有金字塔、啮合齿轮、汇聚型箭头、流程图，等等。

其中最有创意的是一个跷跷板，上面写着父亲询问儿子的一些问题。儿子一直痴迷于音乐。想象一下这个画面：跷跷板一头坐着很重的父亲，另外一头坐着很轻的儿子。父亲这一端脚挨着地，儿子那一端悬在空中。黑色大圆圈里是父亲的问题，白色小圆圈里是儿子的答案。对话在传统印刷中看起来是这样的：

"那天晚上的比赛结果如何？"

"我们输了，比分是 5 比 2。"

"你击打了几个球？"

"3个。"

"今天学校里有啥新内容没?"

"没有。"

"今天和妈妈一起去上音乐课了没?"

"今天不用去。"

"今天想找哪些孩子一起玩?"

"我在学校里已经和他们玩过了。"

"晚饭后还想再玩会儿棒球吗?"

"还不如去玩音乐呢。"

接下来儿子说的最后一句话没有用圆圈,而是用一个很卡通的发言气球:"可以吗,爸爸?"

无论在哪个时代,都应该鼓励作家们尝试这样的实验性叙事方法。从本质上讲,这种叙事的基本模式都是一致的,即"文本中的文本",只是文本的形式会随时代和科技的发展而变化:对荷马而言,是在流传至今的成文史诗中嵌入口头流传的诗篇;对韦斯特来说,是失恋的人的信,报纸上一个受欢迎的专栏,作为这部悲情小说的一部分;对于伊根来说,是PPT,这种数字化展示形式已经让人们感到厌烦,她却用来叙述故事、揭露人心,做到了少有人做的事情。

时间的标志

韦斯特和伊根很直接、明显地使用了"文本中的文本"这个策略,其他作家们用的时候,会更加隐秘,读者基本很难察觉。文本,包括标牌,内化成了场景中的一部分,比如《了不起的盖茨比》中的那块俯视"灰谷"的著名广告牌:

> 但在片刻之后,读者看到的却是 T. J. 埃克尔伯格医生的那双眼睛,就在这片灰色的土地上,在一片漫天弥漫的荒凉尘埃上。这双眼睛是蓝色的,而且非常大,只是视网膜就足足有一码[1]那么高。而且只有眼睛,没有脸,眼睛上戴着一副巨大无比的黄色眼镜,在一个看不到的鼻子上架着。很明显,这是某个不太正常的、爱开玩笑的眼科医生立在这儿的,目的是给他在皇后区的诊所打广告,但后来他自己可能完全瞎了,或者完全把这个广告牌给忘掉了,忘记挪走它了。这双眼睛因为没有再刷油漆,在阳光和雨水中逐渐模糊,却一直在这片垃圾成山的肃穆土地上沉思。

故事刚开始没多久,这个广告牌就出场了。之后,在技工汤姆·威尔逊哀悼因暴力死去的妻子时,它起的是一种象

---

[1] 英美制长度单位,1 码约等于 0.9 米。

征作用，其中甚至包含有超自然的功能。威尔逊这么向邻居解释他得知妻子通奸的时候说了些什么：

"我说，上帝知道你一直在做什么，知道你做的所有事情。你可以骗我，但你骗不了上帝！"米凯利斯站在他的后面，震惊地发现他居然在看 T. J. 埃克尔伯格的那双眼睛，它们在夜幕中显得苍白无比，巨大无比。

"上帝能看到所有的一切。"威尔逊又说了一遍。

"那只是一块广告牌。"米凯利斯提醒他。

在 X 射线阅读《了不起的盖茨比》的过程中，我试着找了更多"文本中的文本"，下面就是一些例子以及其效果，页码来自我所读的版本，括号中是这一"文本中的文本"的作用：

25 页：乔治·威尔逊车库上的标识（为了介绍人物性格）

29 页：客厅桌子上的书和杂志目录（展示社会阶层和人物性格）

38 页：尼克在火车站读报纸（显示他的心理状态）

78 页：流行爵士歌曲《阿拉伯半岛的酋长》("The Sheik of Araby")的歌词（通过性暗示创造一种当时的

流行文化氛围）

95页：《我们不是得到乐趣了吗》（"Ain't We Got Fun"）的歌词，以及信息量很大的"富人变得更富有，穷人会得到更多孩子"（社会评论）

166页：迈耶·沃尔夫山姆写的哀悼信（完成扫尾工作）

167页：芝加哥报纸上的死亡通知书（新闻价值）

173页：一本很老的儿童读物《霍巴隆·卡西迪》（*Hopalong Cassidy*），写的是一个牛仔的冒险故事，以及小说扉页上盖茨比童年时期的文字

最后一个"文本中的文本"很能揭露问题。这是一个牛仔的故事，把年轻的盖茨比的梦想与美国西部冒险精神联结在了一起。其中，年轻"吉米"写下的日常计划更能说明问题，这计划涉及他的工作、学习和娱乐。下面就是他的"大概决定"：

不要把时间浪费在沙夫特或者【另外一个难以辨认的地名】上

不要吸烟或嚼东西

每天都要洗澡

每周读一本有教育意义的书或杂志

每周省出5美元【画掉】3美元

对父母好一些

这本由盖茨比的父亲发现的书，把盖茨比这个角色彻底变成了美国精神的一部分，让他成为一大批期待自我实现的美国人的代言人，本杰明·富兰克林就是这样的美国人中最早的一位。

不同的文体

一个好的故事，就像是一个满是镜子的大厅，一个魔盒，一摞俄罗斯套娃，一首诗中诗，一幕剧中剧，一栋房子中的儿童游戏屋；是古巴乐队指挥戴斯·阿纳兹[1]在《我爱露西》[2]中扮演古巴乐队指挥里基·里卡多[3]；是《迪克·范·戴克秀》(The Dick Van Dyke Show)[4]，一个讲述如何制作喜剧的喜剧。我的博士论文写的是《坎特伯雷故事集》，里面有一帮朝圣者从伦敦出发，前往坎特伯雷，他们讲了一共有20

---

[1] Desi Arnaz，1917—1986，出生在古巴的美国演员、音乐家、制片人，最著名的角色就是美国电视剧《我爱露西》(I Love Lucy)中的男主人公里基·里卡多（Ricky Ricardo），同时也是古巴戴斯·阿纳兹管弦乐队的指挥。
[2] 美国著名电视连续剧，播出时间为1951年至1960年，开启美国肥皂剧的新时代。
[3] 美国连续剧《我爱露西》中的男主人公，家庭主妇露西的丈夫。
[4] 美国著名情景喜剧，1961至1966年播出，演员迪克·范·戴克饰演男主人公范·戴克，一个喜剧作家。

多个故事。

"书信体小说"（epistolary novel）是一个文学子文体，现代长篇小说形式的确立从它这里获益良多。这个概念来源于词根"epistle"（书信，使徒书）或"letter"（信）。18世纪，长篇小说的篇幅都是从主要人物你来我往的信件中形成的，比如托比亚斯·斯莫利特[1]的《汉弗莱·克林克历险记》(The Expedition of Humphry Clinker)[2]就是如此。

在非虚构作品里，还会有"书信体新闻"（这是我的叫法）。记者在推进某个报道时，会引用大量的书信、日记、电子邮件、即时消息、语音消息、Facebook更新、推文，甚至某些名人的毕业纪念册签名。这些引语是另外一种形式的独白或对白，拥有很强大的力量。

2003年，记者凯茜·弗赖伊（Cathy Frye）向我们展示了这种写作方法的强大功能。在获奖的《搜索》（"Caught in the Web"）系列报道中，有一篇叫《魔鬼找上门》（"Evil at the Door"）。这个故事讲述了一个天真无邪的13岁小女孩在网上被人追踪、绑架，最终被谋杀的故事。故事大部分是以这个女孩和杀手之间的电子邮件展开的：

---

[1] Tobias Smollett, 1721—1771, 英国小说家，出生于苏格兰，另外的作品还有诗剧《弑君者》(The Regicide) 等。
[2] 托比亚斯·斯莫利特的最后一部作品，发表于1771年。小说是由六个人物写的书信组成的，是作家的代表作。

Tazz2999：你好啊，小甜心

　　modelbehavior63：你好

　　Tazz2999：你好吗，小天使？

　　modelbehavior63：还行吧……你呢

　　Tazz2999：甜心来了，我感觉好多了

　　1996年，我写了一个系列故事，名字叫"三个小词"（Three Little Words），讲述的是一个家庭的故事。这家人的父亲因艾滋病死去，他高中毕业纪念册上的留言有许多信息，母亲在生孩子的几年里也记了很多日记。通过这些留言和日记，我能够直接进入父亲年轻时的生活，也了解了他妻子的生活。

　　如果在现实世界里偶然发现类似的文本，你可以把它利用起来，把它变成故事中的元素，或新故事的种子。2014年1月，我和我的哥哥弟弟们一起找到了母亲1934年的高中毕业纪念册。在她那个庞大的移民家族里，她是唯一一个高中生，毕业于曼哈顿的华盛顿·欧文高中。纪念册里全是她同学和亲戚的信息，上面的人现在几乎都去世了，包括她的弟弟文森特。文森特在19岁时死于肺结核，他死后没几个月，抗生素就被发现了。如果他能撑到那个时候，这药很可能会挽救他的生命。11岁时，他很孩子气地在姐姐雪莉的毕业纪念册上写道："谁偷了这本纪念册，就等着从辛辛监狱毕业吧。"在这一页的四个角上，他还写了"为了""得

到""我""不"[1]四个字,它们好像是从坟墓里飘出的声音。这是我从未见过面的舅舅留在这个世上的唯一文字。发现它的时候,我感到特别惊喜,特别感动。它就是一种文本,很可能会在某天被我用到书里去。任务完成!

因此,只要有机会,就让文本自己说话。我们可以使用这些文本来推进故事、揭露人物、反映故事背景、渲染情绪、建立主题,组建一个混合不同声音,甚至不和谐声音的合唱团,并最终揭示人类生活的复杂。

写作课

1. 把人物间的书面交流,作为小说中的一种独白或对话。在简·奥斯汀(Jane Austen)的小说中,这种交流方式是书信;在《寂寞芳心小姐》中,则是大众传媒——报纸;在类似《恶棍来访》的当代虚构和非虚构作品中,人物间或人物与大众间则可以在多种媒体平台上交流,包括电子邮件、Instagram、推特和PPT等。

2. 利用所有机会,用下列方式呈现文本:公共记录、法庭文件、讣告、结婚公告、墓志铭、涂鸦、文身、棒球卡、幸运饼干、T恤、麦片盒、期刊、日记、书信、口袋里的便

---

[1] 原文:FOR...GET...ME...NOT.连起来有"不要忘记我"的意思。

条，以及数字时代的博客、推文、状态更新、短信等。

3. 如果想在文本中插入文本，可以使用下面三种不同的方式：

- 插入某一单一元素，例如一封失窃的信。这个因素具有独特性，把它嵌入到更大的故事中后，就会产生特殊效果。这封信或许是揭开某个秘密的线索。再比如，某个孩子雪橇上的名字，"玫瑰花蕾"。
- 多个相似的元素，例如书信往来或收发短信。这样做可以建立一种可预测模式，蓄积动力，引导读者向目的地前进。
- 多种多样的文本因素，例如《了不起的盖茨比》里面的元素。这些因素会让读者感到震惊，即使这些元素最后组合在一起只构成了某个环境，塑造了某个人物，传达出某种主导性的感觉，或者表达一个主题，也能有同样的效果。

10 X射线阅读《李尔王》和《愤怒的葡萄》——对人物的考验

有一部小说,名字叫《圣殿春秋》(*The Pillars of the Earth*)[1],我听过它的有声版。这是肯·福莱特[2]的一部史诗小说,背景设置在12世纪的英国和法国,讲述了笃信天主教的建筑工在面对暴行和腐败时,决心自己完成上帝的工作的故事。小说一共有一千多页,结局虽然很完美,但我仍然记得自己当时对着汽车仪表盘,大声喊叫:"为什么你不能放过那些可怜的人?难道他们遭受的苦难还不够多吗?"

但事实上,故事中的人物是注定要遭受磨难的,他们就应该这样,因为有了这些磨难,读者才会觉得生命有意义,才能从中学到智慧。耶稣在《圣经》福音书中遭受磨难;犹太人和其他受害者在那场大屠杀的故事中遭受磨难;俄克拉

---

[1] 历史小说家肯·福莱特(Ken Follett)的一部小说,讲述了一位想要建造新教堂的中世纪男子的故事。
[2] 1949—,大师级历史小说作家、惊悚小说家,出生于英国,代表作有《针眼》《圣殿春秋》等。

荷马州的某个家族在《愤怒的葡萄》中经历磨难——他们向加利福尼亚州迁徙,途中经过了大沙碗(Dust Bowl)[1],也经历了经济大萧条。

作家们通过各种形式的写作去说明情节和人物的关系。他们常常集中笔墨,描述主人公遭受的苦难。库尔特·冯内古特[2]在《巴贡博鼻烟盒》(*Bagombo Snuff Box*)[3]前言中提出了这些很好的建议:

- 至少创造出一个能让读者支持和喜欢的人物。
- 每个人物都有需求,即使只是一杯水。
- 做一个虐待狂。无论故事中的主要人物多么可爱,多么天真无邪,都要为他们设计一些恐怖的遭遇,让读者透彻地理解他们。[4]

---

[1] 特指美国和加拿大西部平原的干旱尘暴区。20 世纪 30 年代出现在美国的重大干旱和沙尘灾害,使美国和加拿大的自然生态和农业受到毁灭性打击。受害中心是得克萨斯州和俄克拉荷马州,这两个州的许多家庭被迫迁居,自此失去土地,往往靠替人干农活或采摘葡萄为生。
[2] Kurt Vonnegut,1922—2007,美国黑色幽默作家,写过大量剧本、散文、短篇小说,以及 14 部长篇小说,代表作有《五号屠场》(*Slaughterhouse-Five*)、《猫的摇篮》(*Cat's Cradle*)等。
[3] 库尔特·冯内古特的短篇故事集,一共有 23 个故事,1999 年出版。《巴贡博鼻烟盒》是其中的一篇小说,曾在 2010 年被改编成电影。巴贡博是中非共和国的一个地名。
[4] 作家在这里一共提出了八条建议,除这三条之外,还有以下五条:1. 如果要读者在完全陌生的人身上花费时间,就要让他们觉得这样做是值得的;2. 故事中的每句话都应达到以下两种效果之一:表现人物、推动情节发展;3. 首尾应尽可能呼应;4. 只为某个人写作,如果你打开窗讨好全世界的人,那你的故事就会得肺炎;5. 要尽可能快把尽可能多的信息传达给读者。让悬念去见鬼,故事的进展、故事发生的场所,以及为什么这个故事会发生,这些因素都应该让读者了解。这样的话,即使蟑螂把最后几页啃掉,读者自己也能完成故事。

10　X射线阅读《李尔王》和《愤怒的葡萄》
对人物的考验

英语文学中有两个著名的主角——詹姆斯·邦德和哈利·波特，现在来看看他们的故事与冯内古特的建议是否吻合：

1. 读者的支持和喜欢：在这一点上，邦德和波特都是高分。他们的敌人都很强大，不仅能威胁到他们自己，还威胁到了人类文明和人类整体。他们不是什么国王或王子，但他们身上都有一种特质，总让读者希望他们最后能够成功。

2. 需求：哈利是个孤儿，他希望自己有一个家，希望自己有家人陪伴，他怀念逝去的父母的爱，他渴望友谊。邦德想要得到的则是女人、酒、跑车，以及其他奢侈品，但于他而言，更重要的是他的使命，是女王和国家赠给他的特许证，让他有权利杀死邪恶的间谍和恐怖分子。

3. 虐待狂：邦德的敌人残忍野蛮，恶毒凶残，他们绑架他，暴揍他，用尽世界上最残忍的方法来折磨他。在《007之女王密使》(*On Her Majesty's Secret Service*)中，邦德的新娘被杀死。金手指威胁他，要用激光沿着腹股沟到脑袋把他给切开。哈利出生时父母就死去了，抚养他长大的是让他很讨厌的亲戚。在七部小说中，他受尽折磨，不断与暴力对抗，被恶魔捕获，生命不断受到威胁，到了最后竟然发现，想要杀死伏地魔，他自己要先死去才行。

暴风雨中的赤身裸体

《李尔王》是一部很适合 X 射线阅读的作品,因为里面的主要人物都在承受作家的"施虐癖"。这个故事很像童话:国王李尔王年纪很大了,不想再继续统治国家,想把它分成三份,分给三个女儿。这个想法真可怕,因为他的两个大女儿就是俩怪物,小女儿科迪莉亚最后还被他驱逐出国。

果然,没过多久,李尔王就失去了一切:他的大臣侍从,他的影响力,他的尊严,包括他的女儿们。也就是说,一切都清空了(用一个词概括就是"神性的放弃")。最后,在一场可怕的暴风雨中,他赤身裸体地站在荒原上,只剩两个盟友"弄人"和"疯子"陪着他。以下是原文:

> 李尔王:在这暴风雨里,你这么赤身裸体地回答我,还不如躺到坟里去。不过,人不就是这样的吗?想想看,本来你不欠蚕一根丝,不欠野兽一张皮,也不欠羊一根毛,不欠麝猫一块香料。哈,我们三个现在都太"世故"了,只有你才是人类原本的模样。在原始时代,人们不就是一个可怜的、赤身裸体的双脚动物吗,就像你这样?脱下来,脱下来,把这些借来的东西都脱下!来,从这儿把纽扣解开。【脱掉了他的衣服】
>
> 弄人:老伯伯,不要急躁,在这样的夜晚去游泳

10　X射线阅读《李尔王》和《愤怒的葡萄》对人物的考验

可有些太顽皮了。现在，这旷野的一点微光，很像是一个老色鬼的心，只有那么一点点火花，全身其他地方都冰冷冰冷的。

我曾经在英国的斯特拉特福观看过一场特别精彩的戏剧，但即使在这样精彩的戏剧中，也很难看到像李尔王和弄臣之间的这种神奇对话。剧中风暴的声音和光效掩盖了语言的光芒，因而我们有必要对它进行 X 射线研究。

在这场暴风雨中，到处弥漫着狂乱的失落和绝望，而李尔王则充分地展示出他作为哲学家的一面。他不像麦克白，不是一个虚无主义者，也没有干过任何坏事，相反，他是一个疯狂的人类学家，一直在用尺子测量人类文明身上那层薄如蝉翼的虚假外衣。他和他的那些衣衫褴褛的随从一样，身上的皇家蚕丝衣服都已经被剥去，成了"可怜的、赤身裸体的双脚动物"，这是迄今为止关于人类最卑贱的描述。在他把身上那层"借来之物"剥去的时刻，他的思想也与行动保持了一致。

麦克白的身边就没有"弄臣"提醒他，让他恢复理智。这里更精彩的是，在李尔王感伤地吼叫后，作家竟然讲了个充满智慧的下流笑话，说的是老色鬼的性无能。他们能感觉到一点火花，却没有能力真正兴奋起来。莎士比亚可以把悲剧和喜剧巧妙地混合在一起，这种能力成就了他作为剧作家的举世无双。

请注意，这种赤裸裸的脆弱和绝望发生在戏剧的中间，第三幕的第四场。在故事的开篇，李尔王是这个国家里最有权势的人。故事发展到中间，他变成了一只对天嚎叫的动物。在故事剩下的部分里，他忠心的朋友、随从和亲爱的小女儿科迪莉亚帮助他，让他慢慢地重新获得了人类的尊严。到了结局，他和小女儿都死去了。就是在这样的苦难中，人类内心的悲剧意识才被唤醒。

绝望中的生命线

李尔王遭受的痛苦太多，让有些观众和批评家难以接受，于是出现了许多改写的版本，其中至少有一版是大团圆结局。有人会想，这个"黑客"会怎样改写《愤怒的葡萄》(*The Qrapes of Wrath*)[1]？难道要把乔德一家改成住在纳帕谷[2]的葡萄酒富商？

乔德一家经历了地狱般的磨难，但小说中并没有设计出

---

[1] 美国现代作家约翰·斯坦贝克（John Steinbeck）的代表作，发表于1939年，描写的是美国20世纪30年代大批农民破产逃荒的故事，获1940年美国普利策文学奖。约翰·斯坦贝克（1925—1968），20世纪美国作家，1962年诺贝尔文学奖得者，代表作有《人鼠之间》(*Of Mice and Men*)、《愤怒的葡萄》等。
[2] Napa Valley，位于美国加利福尼亚州旧金山市的美国酒谷，以盛产葡萄酒闻名于世。纳帕，是高档葡萄酒的代名词。

某个点，让这一家人突然失去一切，然后再设计某个事件，让他们恢复原状或与苦难和解。他们经历的只有失去，失去，再失去。读者可以从一页页的阅读中体会到这一点。斯坦贝克曾说过："我拼尽力气，要把读者的神经撕成碎片。"我能理解他这句话，却不觉得他是个施虐狂，真正的施虐狂是故事中做坏事的人。作家写道："我想在那些贪婪的混蛋身上贴上'耻辱'这个标签，因为是他们制造了大萧条，造成了大萧条所带来的一切，他们应该为此负责。"在小说中，这样的混蛋比比皆是，有堕落的企业主，有坏警察，也有欺诈公众的政客。在现实生活中，这类人一直在抨击这部小说，说它是"共产党的宣传总部"。作家同情穷苦的工人，这让资本家们感到了威胁，不论作家到底是支持政府的改革，还是支持工会势力的壮大发展。

乔德一家完全符合冯内古特的三条建议：他们能获得读者的同情；他们急切地渴望摆脱贫困；他们一次又一次地遭受磨难。随着阅读的深入，读者会意识到，无论他们做出什么决定，采取什么行动，结果都是徒劳。如作者所愿，读者的神经被撕成了碎片。但这并不意味着没有让读者把握的生命线（不管多细都可以），相反，这里有两条线。

第一条是汤姆·乔德告诉妈妈他认为贫困农民团结在一起可以改善困境。他说，农民就是自己的警察，可以自己发展自己的经济。妈妈担心儿子会被警察杀死，这样她就永远不会知道发生了什么事情了。儿子回答说:"一个人没有自己的灵魂,但却有一个比这个灵魂更大的,然后……"

"然后什么,汤姆?"

"没关系。然后,我会隐藏在黑暗里,我无处不在,你朝哪儿看都能看到我。只要有人为饥饿的人们奋起斗争,我就在那儿;只要有一个警察打某个人,我就在那儿。人们大吼大叫,快要疯掉的时候,我在那儿;孩子们饿了,但知道晚饭已经准备好了,因此开心地大笑时,我在那儿;当我们的家人能吃上自己种的粮食,住上自己盖的房子,我也在那儿,知道了吗?"

这段话带着某种教义或圣歌的力量,是一种工人阶级的道德观。在这种观念的激发下,像布鲁斯·斯普林斯汀[1]这样的歌手开始为汤姆·乔德写歌。开始X射线阅读这段话后,我们很快就会发现,这段对话中充斥着"大沙碗时代"俄克拉荷马州的农民口音,它成功地把一种个人的兴趣与集体融合在一起。大多数名词都是复数形式的,比如饥饿的人民、孩子们、家人等,偶尔也穿插个体化的表达,比如"一个警察在打某个人"。

---

[1] Bruce Springsteen, 1949—,美国摇滚巨星、作词作曲家,曾获得过格莱美奖、金球奖和奥斯卡奖。

神秘的结局

故事讲到这里基本上就要结束了，但最后一个词并不是关于汤姆的，而是关于母亲和怀孕的女儿罗撒香的。这是小说的第二条生命线。女儿的丈夫逃跑了，可能是因为吃不到东西，也可能是因为大篷车里的艰难生活。罗撒香最后生下了一个死婴，于是，故事中就又多了一个死人，多了空虚，多了徒劳。

在一场类似《李尔王》的暴风雨中，乔德一家在一个谷仓里避雨，遇到了一对饥饿的父子。儿子说，他爸爸把仅有的一点食物给了他，而自己已经连续六天没有吃东西了。他给了乔德家的妈妈一条旧毛毯，妈妈用它裹住了女儿。罗撒香浑身湿透，饿得厉害，还要忍受刚生完死婴的痛苦。妈妈帮她把湿衣服脱了下来，用毯子裹住她，她还想照顾这个男孩。于是，就发生了下面这一幕：

> 那孩子忽然喊道："他快死了，真的！他快饿死了，真的。"
>
> "嘘。"妈妈说。她望着爸爸和约翰伯伯，他们无可奈何地站在那里，瞪眼看着那个病人。她又看看裹在被窝里的罗撒香，眼睛掠过罗撒香向远处看去，之后又收回视线望着她。两个女人心心相印地彼此望了一会儿。

女儿的呼吸变得短促而且喘急了。

她说:"可以。"

妈妈笑了。"我知道你会同意的,我知道!"

妈妈把旁边站着看的人赶出了谷仓,让他们到农具棚里去。之后,"她关上了那扇吱嘎吱嘎响的门"。

谷仓里发出飒飒的声音,罗撒香呆呆地坐了一会儿。然后,她抬起疲惫的身体,裹着那条毯子,慢慢地走到那个角落里,低着头站着,看着地上的那张憔悴的脸,看着那双鼓得很大的、吃惊的眼睛。慢慢地,她在他身边躺下。他在震惊中缓慢地摇头。罗撒香把那条绒被解开,露出乳房。"你得吃一点才行。"她说。她扭着身子靠近他,把他的头拉了过来。"吃吧!"她说,"吃吧。"一边说,一边伸手到他的头下面,把它托起。她的指头轻抚他的头发。她看着上面,又看看仓棚外面,渐渐合拢嘴唇,神秘地笑了。

我敢说,在美国文学史上,这个结尾完全可以与《了不起的盖茨比》媲美。但它们也有不同,《了不起的盖茨比》是以叙述者的沉思结尾,而《愤怒的葡萄》则以人物的动作结局。这可能是唯一一部以副词为结尾("smiled mysteriously"),

10　X射线阅读《李尔王》和《愤怒的葡萄》
对人物的考验

还这么好看的作品。罗撒香和蒙娜丽莎一样，神秘地笑了。戴上 X 射线眼镜，我看到"神秘的"这个词有两个层面的功能。第一个层面是故事发生的语境。一个女孩遭受那么大的磨难，她的行为大多数人都会觉得震惊，甚至不由自主产生生理上的厌恶。在这种情况下，她为什么会笑？答案可能是，在这么多徒劳无功的努力后，这种无私的行为可以喂饱一个饥饿中的男人，这对于她来说算是一种幸福。但从另外一个层面上看，"神秘地"这个词本身也带有神秘性，有着宗教含义。罗撒香（圣母玛利亚的另外一个普通称呼）其实就是饥饿的圣母玛利亚，而那个饥饿的、头发灰白的老男人则是她的孩子。

本章涉及许多内容，从伊丽莎白时期的英格兰到美国的大沙碗，从詹姆斯·邦德到哈利·波特。最后，让我们再回溯一下生活在公元前 3 世纪的亚里士多德，他一生的思想和著作涉及无数领域。其中的文学理论，尤其是关于悲剧的理论，对作家们都很有借鉴作用。想象一下，当一个古代人走进古罗马剧场观剧，在接受了诸如"俄狄浦斯王变瞎"或"李尔王的失势"等间接性经验时，会有什么事情发生？在读书或观看一幕剧的过程中，我们会经历什么？亚里士多德说，是"净化"，即对"同情"和"恐惧"这两种情绪的清除。自他开始，这个词在英语语言中生存了下来。

所谓"同情"，是当我们认同另外一个人的痛苦时所经历的情绪。这股情绪可以让我们更贴近受挫的主角。但同时我们也能感受到"恐惧",我们会担心,控制作品中的世界的那股力量最终会落到自己头上,让我们遭受同样的厄运、苦难和死亡。恐惧,会帮助我们的情绪远离主角,带我们走出剧院,让我们意识到刚刚过去的两个小时完全就是一种幻象。

写作课

1. 对立事物间的摩擦,能够带来最耀眼的光芒。没有摩擦,就没有热量;没有热量,就没有光;没有光,就没有智慧。在莎士比亚戏剧中,智慧之语经常出自傻瓜之口,比如李尔王的"弄人"就用下流的笑话教会了主人去领会人性的阴暗面。不要担心,完全可以把喜剧和悲剧混合起来。

2. 人们很容易忽略一个故事弧的中间部分。但正是在这里,作者可以设置重要的人物,传递重大的价值观念。在虚构和非虚构作品中,故事的中间部分一直都没能得到它应有的关注,一直受着"开头"和"结尾"这两个漂亮姐妹的排挤。

3. 关于文章最后一个词的巨大力量,我已经说得够多了。一句话的最后一个词就已经非常有影响力,那么随着篇幅的增加,段落、章节、小说整体的最后一个词会越来越重要。我一直都认为,副词是语言中作用非常弱的部分,但斯坦贝克竟然在这部名作中用"神秘地"这个词作为小说的最后一个词。

4. 请永远记住,故事就是各种形式的间接体验。你可能无法控制读者,但却可以影响他们,让他们去喜欢故事中的人物。你可以塑造人物,让读者认同他们的努力;也可以让他们遭受痛苦,用冯内古特的话说,这可以让读者彻底地了解人物。

11 X射线阅读加夫列尔·加西亚·马尔克斯
实现陌生化

2014年4月的一个早上,我在《坦帕湾时报》(Tampa Bay Times)的头版上看到了加夫列尔·加西亚·马尔克斯[1]去世的消息。那年,他87岁。这是一位20世纪的文学巨人,是新闻工作者、小说家、散文家、公共知识分子,也是诺贝尔文学奖获得者。他的小说为"魔幻现实主义"文学运动树立了标杆,这个带着矛盾的词发掘出了一大批优秀的南美作家作品,在世界范围内获得了广泛关注。

20世纪50年代,马尔克斯为哥伦比亚的一家报社撰写文章。从内心讲,他还是一位新闻工作者,他认为他所写下的每个词都根植于生活,因此对"魔幻"这个词他并不满意。

---

[1] Gabriel Garcia Marquez, 1927—2014,哥伦比亚作家、记者和社会活动家,拉丁美洲魔幻现实主义文学的代表人物,20世纪最有影响力的作家之一,诺贝尔文学奖获得者。代表作有《百年孤独》(One Hundred Years of Solitude)、《霍乱时期的爱情》(Love in the Time of Cholera)等。

《坦帕湾时报》的图书编辑科莱特·班克罗夫特（Colette Bancroft）对《百年孤独》赞誉有加，他引用了本书最著名的一个段落：

> 多年以后，面对行刑队，奥里雷亚诺·布恩迪亚上校将会回想起父亲带他去见识冰块的那个遥远的下午。那时的马孔多是一个二十户人家的村落，泥巴和芦苇盖成的屋子沿河岸排开，湍急的河水清澈见底，河床里卵石洁白光滑宛如史前巨蛋。世界新生伊始，许多事物还没有名字，提到的时候尚需用手指指点点。[1]

原文是西班牙语，标题是"Cien años de soledad"。英文版是格雷戈里·拉贝撒（Gregory Rabassa）翻译的。

故事入口

这三个著名的句子加上另外 15 句，构成了这本著名小说的第一段。从新闻角度来说，文章的段首是绝对不能有 18 句话的，因为这么长的一大段非常不利于理解，要比报纸或网

---

[1] 译文选自《百年孤独》范晔版。

络上的某个完整的故事都显得笨重。但这是一本 400 多页的小说，包含着在好几代哥伦比亚人中流传的神话传说和魔术，首段庞大一些也就无可厚非了。它邀请读者或跳进一条湍急的河流，或跳上一列飞奔的列车，进入一个丰富的想象世界。

我们先看前三句。把 X 射线眼镜戴上，看看文字下面在冒什么泡泡。如果能看出这段话为什么如此著名，我们就能给自己的写作工作台上增添几件高级工具。

"多年以后……"这种开头颇为奇特，读者看到它会问：什么以后？这提醒我们，故事中最强大的运输方式就是"时间河流"。时间在流动，故事也在流动。但作家完全有能力违背自然规律，让过去变成现在，然后再创造出一个未来。

"面对行刑队……"记者们常常会在段首"种下"一些细节，让它们在之后的文本中结出果实。这是一个涉及未来故事的状语，它让读者知道自己将要看到一个什么样的故事，这个故事里一定有危险，有阴谋，还有军事风格的死刑。

"奥里雷亚诺·布恩迪亚上校将会回想起……"句子主语是一个带有军事头衔的人物。"奥里雷亚诺"是一个特别重要的名字，因为他的孩子和孙子孙女会沿用它，它将在好几代人中流传下去，无论这些后代会继承还是拒绝祖先们的遗产。"将会回想起"这个动词是带着条件的。在其超现实的画作中，萨尔瓦多·达利用熔化的钟表提醒我们，记忆是永恒的，但它也会来来去去，会在某个最让人震惊的时刻，对过去产生错误的描述，即使在一个人面对行刑队的时候。

时间的循环和时间线

"父亲带他去见识冰块的那个遥远的下午……"在这句话里，时间似乎在朝各个方向流动，让奥里雷亚诺想到了父亲。第一段第一句在这里结束了。许多重要句子都是如此，会有一个重点，这句话的重点就是"发现冰"。这个细节向读者展示了发生在遥远过去的一些事情。在亚热带环境里，冰可不是普通的东西，在这里看到冰就显得有些奇怪，有些神秘。继续阅读下去，记者们会发现，作家在第一章结束时完整地展示了这块冰——在这一章结尾，父子两人在吉卜赛人狂欢会上付了钱，把手放在这个所谓的炼金元素上感受它。

"那时的马孔多是一个二十户人家的村落……"作家们往往会建立一个人物居住的微型世界，而读者们也可以进入这个世界，他们在这个微型世界中"看到"的东西越多，就能获得越多的间接性经历。作者可以把读者带到过去，也可以把他们带到另外一个地方。

"泥巴和芦苇盖成的屋子沿河岸排开……"河流，是代表时间和变化的典型文学原型，但它必须在河岸控制的范围内流动。没有河岸，河水会变成洪水，变成一片毁灭性的汪洋。历史学家威尔·杜兰特（Will Durant）曾运用这个比喻来解释历史与文明之间的区别："文明，就是流动在河岸中间的河流。有时，河里会流淌因杀戮流下的鲜血，会留下偷窃，也会有历史学家通常会记录下的事情。在河岸上，人们会建造房屋，会做爱，会养育孩子，会唱歌，会写诗，还会破坏雕像，这些事情都很普通。文明的故事，就是河岸上发生的一切事情。历史学家们都是悲观主义者，因为他们完全忽视了河岸的存在。"但马尔克斯就非常清楚河岸和河流各自的力量。

"湍急的河水清澈见底，河床里卵石洁白光滑宛如史前巨蛋……"作者使用了一个明喻，让我们在凝视清澈的河水时，能看到更多的东西。作者把石头比作史前巨蛋，而这些蛋，曾经是有机的，是有生命的，只是因为时间和自然而最终石化。作者所设置的是一个有魔力的地方，读者可以想象，这些石头会在某个瞬间裂开，有一群恐龙或飞鱼爬了出来。

"世界新生伊始，许多事物还没有名字……"在这里，作者对时间做了更多的处理，给了读者《圣经》的暗示，让人觉得这很像创世记，就是上帝刚开始创造世界时的情景。上帝创造出人类，给他们起了名字，他们因此而拥有了统治世界的权力。在人类世界中，没有谁比诗人最有权力给哪个东西命名了。

"提到的时候尚需用手指指点点……"作者在这里提醒读者，无论语言在人类经验中多么牢固，它都是后天习得的。"指指点点"这个动作可以有许多目的，例如识别、分享、警告、唤起注意、表达渴望等。"我想要那个""就在那儿",即使是婴儿也会做出这样的动作。

让熟悉的东西变得陌生

用"陌生化"这个词来描述马尔克斯的写作技巧似乎不太合适,"让熟悉的东西变得陌生"这个短语听起来会好一些。相反,新闻记者们则擅长让陌生的东西变得熟悉。但有时候,我们确实需要让读者从全新的角度去看待他们自以为很熟悉的东西。

我们回到小说中的冰。

想象一下你第一次看到冰时的情景(就我所知,许多佛罗里达州人一辈子都没见过雪。但"冰"这个东西就像玛格丽特鸡尾酒一样普通了)。让我们感受一下马尔克斯在这段话中表现出的天分:

> 巨人刚打开箱子,立刻冒出一股寒气。箱中只有一块巨大的透明物体,里面含有无数针芒,薄暮的光线在其间破碎,化作彩色的星辰。何塞·阿尔卡蒂奥·布恩迪亚茫然无措,但他知道孩子们在期待他马上给出解释,只好鼓起勇气咕哝了一句:
> "这是世界上最大的钻石。"

"不是。"吉卜赛人纠正道,"是冰块。"

何塞·阿尔卡蒂奥·布恩迪亚没能领会,伸手去触摸,却被巨人拦在一旁。"再付五个里亚尔才能摸。"巨人说。何塞·阿尔卡蒂奥·布恩迪亚付了钱,把手放在冰块上,就这样停了好几分钟,心中充满了体验神秘的恐惧和喜悦。他无法用语言表达,又另付了十个里亚尔,让儿子们也体验一下这神奇的感觉。小何塞·阿尔卡蒂奥不肯摸,奥里雷亚诺却上前一步,把手放上去又立刻缩了回来。"它在烧。"他吓得叫了起来。但何塞·阿尔卡蒂奥·布恩迪亚没有理睬,他正为这无可置疑的奇迹而迷醉,那一刻忘却了自己荒唐事业的挫败,忘却了梅尔基亚德斯的尸体已经成为乌贼的晚餐。他又付了五个里亚尔,把手放在冰块上,仿佛为圣书作证般庄严宣告:

"这是我们这个时代最伟大的发明。"[1]

无论是在我们这个时代,还是在其他时代,最伟大的发明其实是人类的大脑。它的进化,给我们带来了语言,而语言,又让我们拥有了讲故事的能力。这些故事可以帮助我们描述真实发生的事情,比如马尔克斯1955年的作品《一个海

---

[1] 译文选自《百年孤独》范晔版。

难幸存者的故事》(*The Story of a Shipwrecked Sailor*)[1]。更神奇的是，它还可以描绘未来，描绘想象中的世界。这是上帝或大自然赐给人类的礼物，它们让人类的体验千万倍地丰富化。

写作课

1. 把某种写作技巧看作"眼科学"的一种治疗方法，目的就是让读者的眼睛看得更清楚，就像约瑟夫·康拉德[2]所言，要让读者"看到"。

2. 为方便叙事和研究，在创作故事前，要设计好一条时间线，然后按照时间词序去描述故事中的事件或场景，然后再寻找合适的机会反转时间。

3. 从普通人的角度看，作家就是要让人们熟悉一些陌生的事物，比如根治腐败、翻译一些行话、展示陌生事物的运作方式，等等。但从文学角度看，作家的任务是要让熟悉的东西变得陌生。比如，你的鞋底是什么样的？在卖鞋的人和陷入爱情的人眼里，鞋底又分别是什么样的？甚至，在火蚁眼里，鞋底又是个什么东西？

4. 试试马尔克斯的写作技巧。想象一下，这是你第一次

---

[1] 马尔克斯早期的非虚构作品，1955年在报纸上连载发表，1970年出版。故事讲述的是一个在海难中幸存下来的人在海上漂流了10天，最终登陆哥伦比亚的故事。
[2] Joseph Conrad，1857—1924，英国著名作家，有"海洋小说大师"之称，代表作有《吉姆老爷》(*Lord Jim*)、《黑暗的心》(*Heart of Darkness*)等。

看到一个熟悉的东西，但还不了解它的功能。马尔克斯写了一块冰，你也可以描述一顶帽子，一部智能手机，甚至是香蕉、仙人掌，或者你的左耳，等等。

12 X射线阅读荷马、维吉尔、希区柯克和罗斯
聚焦的技巧

作家大卫·芬克尔（David Finkel）曾教导我，要"用电影的方式报道新闻"。他说，如果你创作的作品让人感觉很像电影，那这一点就非常重要。电影摄像师会在各种拍摄角度拍摄电影，包括覆盖范围较广的定位镜头（establishing shot）、大特写镜头（extreme close-up）等。作家们也要尝试使用这些镜头。写作老师唐纳德·默里（Donald Murray）建议作家，在创作电影式故事时，要"改变作者与主题之间的距离"。如果要描述野外的战场，不仅要站在山顶上观察和描述山下的战场，还要走得足够近，去看士兵手背上的文身。现在，我们可以用手机把这些场景拍成照片或视频。对于敬业的作家，笔记本就是最好的摄像机。

电影制作人们是在哪里学到运用电影的语言的？在视觉艺术的历史上早有先例，从洞穴绘画到挂毯，从风景画到肖像画，再到摄影。这些视觉艺术，有的距它们展示的场景有

一段距离，另一些则靠得非常近。但这些视觉艺术家是从哪里学到距离远近的大师级技巧、透视和视角的呢？

视角

口头诗人和文字作家共同发明和完善了各种视觉艺术的形式。在这方面，荷马也有不错的表现，在下文中，他使用了群体性的定位镜头：

很快，集合地和座位上都挤满了好奇的人，他们都盯着看战争的幕后操纵者，拉厄耳忒斯的儿子[1]。

荷马也擅长特写。离家二十年的奥德修斯回到家，为了让一位老仆人确信是自己，他让仆人看身上很早被"一只野猪闪电般的长牙"划破所留下的伤疤。那一刻的描写非常生动，在感官方面也很吸引人：

这就是老仆人认识的那道伤疤。
她摊开手掌，轻轻地抚摸它，然后又放开它，
腿一下就掉进了青铜盆里，

---

[1] 即奥德修斯。

> 盆子哐当一响，里面的水洒了出来。

有时，某个视觉形象可以通过叙述者直接传递给观众。但如果情况复杂，就需要通过某个特定的人物或多个人物的眼睛传递。有一个文学术语是描述这种效果的，就是"视角"。我们会在某个突然的瞬间，看到书中人物看到的和感受到的东西。比如，我们通过老仆人的眼睛和双手，能够看到和感觉到归来英雄身上的伤疤。

在"史前电影视觉写作"上，最有意思，也是最恐怖的，当数罗马诗人维吉尔[1]的作品，他是史诗《埃涅阿斯纪》的作者。在2006年由罗伯特·菲格尔斯[2]翻译的版本中，有一幕是这样的：特洛伊战争过后，有些武士开始逃亡。女神朱诺为了复仇，想要惩罚他们，于是掀起了一场风暴。下面这段话描述的就是海面上的这场大风暴。

> 埃涅阿斯呼喊着，一阵北风呼啸着撞向船帆，掀起滔天巨浪。船桨碎掉，船头打转，船身转向了巨浪，甲板上竖起了一座山一样的水塔，巨大而陡峭。

---

[1] Virgil，公元前70年—前19年，古罗马伟大的诗人，欧洲文学史中的重要人物。开创了新型史诗，是第一个近代意义上的作家。代表作有《牧歌》(*Eclogues*)、《农事卷》(*Georgics*)、《埃涅阿斯纪》(*Aeneid*)等。
[2] Robert Fagles，1933—2008，美国教授、诗人、学者，翻译过许多古希腊经典作品，荷马史诗是其中的经典。

> 有些人挂在了船顶，看到大海裂开，在浪头中看到等着他们坠落的海底，看到了卷着泥沙的汹涌波涛。[1]

现在来分析一下我们看到的景象。通过叙述者的描述，我们看到，飓风在撞击船帆，巨浪跃过大船，猛砸在船上，打碎了船桨，船旋转起来。然后，浪头变得山一样高，有些人被扫到船外，挂在了船顶，向下看着。他们看到了什么？看到了大海底部的沙子。这些沙子就是他们的坟墓。两千年前，人们连做梦都不会知道电影《泰坦尼克号》(Titanic) 或《完美风暴》(The Perfect Storm) 中的高空镜头或特效，但老维吉尔却用语言，创造了一幅令人眩晕的溺水水手海景画。

在美国把"哥斯拉"原子弹释放到日本国土上的2000多年前，维吉尔向我们描述了特洛伊战争的场面：

> 现在回想起来，我都觉得毛骨悚然——看那儿！
> 忒涅多斯岛方向的海面平静而深邃。一对一模一样的巨型水蛇并排朝岸边游过来。它们挺着胸膛，高昂着的头和血红的冠掠过海浪，身体扑打着水面，尾巴卷成巨大的圈，拖出的尾迹呼啸着，喷射着白色的泡沫。

---

[1] 出自《埃涅阿斯纪》第81—123行。

血红的眼睛闪闪发光，充满了炙热的火焰。舌头忽隐忽现，不断地舔舐血盆大嘴，发出咝咝的声音。它们马上就游到岸边了，我们被吓得脸色苍白，四散逃跑。[1]

我非常喜欢这段话的开头和结尾，因为它们都是短句。但在它们中间，却有一句长到令人震惊的句子。它像文中描述的巨蛇一样，时而卷起身体，时而伸长身体。读者的眼睛随着两条巨蛇的动作，随着大海的波动，时而向前时而向后，时而望向大海，时而又看向大海外面，并在靠近后，看到了巨蛇眼睛里的鲜血和火焰。

大小缩放

从远处开始拍摄，镜头逐步推进，逐步放大图像，这是一种创意型电影制作人最爱的电影拍摄方法。最近上映的电影《地心引力》(Gravity)[2]，戏剧效果空前地好，这当然得益于目前的 3D 技术。电影讲述了两个被困太空的宇航员的故事。在电影中，无论是星光灿烂的外太空，还是被呼出的气体笼罩的宇航服面罩，都是很完美的观察位置。这一刻，你

---

[1] 出自《埃涅阿斯纪》第 199—249 行。
[2] 由导演阿方索·卡隆（Alfonso Cuarón）执导的电影，获得 2014 年奥斯卡最佳导演、最佳摄影、最佳视觉效果等七项大奖。

还在凝视黑暗的宇宙；下一秒，一个掉下的螺栓就向你的双手飘过来。

希区柯克[1]能够在一个连续的镜头中完成这种拍摄，他的这种拍摄方法非常著名。1946年，他导演的《美人计》（*Notorious*）上映，主角由加里·格兰特[2]和英格丽·褒曼[3]饰演。女主角出现在一场节日派对中，派对在一座大厦里举办，通过一个高高的螺旋楼梯顶端的视角被展示出来。褒曼饰演的主人公看起来很放松，很有社交能力。她和前纳粹侦探克劳德·雷恩斯聊天，与宾客们打招呼。摄像机镜头慢慢穿过半空，离她越来越近，定格在她的左侧，又向下聚焦在她的左手上。她的左手紧握着，然后一点一点地打开，就在镜头最后定格的一秒钟，我们看到她的手里有一把钥匙。这个场景大约有40秒时间。

在成长的过程中，电影一直伴随着菲利普·罗斯，对他影响很大，这一点我们可以从他小说的关键人物中看出来。在小说《犹太人的皈依》（*The Conversion of the Jews*）中，结

---

[1] 即阿尔弗雷德·希区柯克（Alfred Hitchcock，1899—1980），著名导演、编剧、演员，拥有英国和美国双重国籍，是闻名世界的电影艺术大师、恐怖大师，悬疑片和恐怖片领域的开拓者，是"悬疑惊悚片"的代名词，创造了"惊悚文艺片"这一电影类型。曾导演过《蝴蝶梦》（*Rebecca*）、《后窗》（*Rear Window*）、《迷魂计》（*Vertigo*）等影片。
[2] Cary Grant，1904—1986，英国著名男演员，代表作有《费城故事》（*The Philadelphia Story*）、《谜中谜》（*Charade*）、《美人计》等，1970年获得奥斯卡终身成就奖。
[3] Ingrid Bergman，1915—1982，出生于瑞典，好莱坞著名女演员。代表作有《卡萨布兰卡》（*Casablanca*）、《煤气灯下》（*Gaslight*）、《美人计》等，1999年被美国电影学会选为百年来最伟大的女演员第4名。

尾带有强烈的视觉效果。小说的主人公是一个犹太小男孩，名字叫奥兹齐，在一所很严格的教会学校上学。在故事结局，他从学校里逃出来，爬到了一座犹太教堂的楼顶，威胁说要跳下去。一群消防员打开了安全网，母亲和教士苦苦哀求他，让他下来。

"那你要向我保证，保证你再也不打任何与上帝有关的人。"虽然他只是跟母亲说的，但不知为什么，所有人都跪在了大街上，向他保证，以后再也不打任何与上帝有关的人了。

周围再次一片静寂。

"妈妈，那我现在就下来了，"男孩最后说道，他的头朝左右看了看，好像要确认一下红绿灯一样，"现在我要下来了……"

他冲着安全网的中心跳下去。安全网在夜色的边缘发着微弱的光，好像一个生长过快的光晕。

注意这段话中不断切换的视角。描写向左右看的男孩时，视角是地上的人群；描写微微发光的安全网时，视角就变成了在掉落过程中的男孩。

人物和故事的细节

在我的描述中，类似"特写镜头"和"远景拍摄"这样的动作，是电影拍摄方法，是文学手法，但他们其实也是"人"观察时的方法，正是这一点让它们发挥作用，变得强大。我坐在电脑前，手在键盘上移动，字幕在屏幕上划过。我抬头向右看，墙上贴着一幅20世纪30年代的竞选海报，海报上是我的祖父彼得·马里诺。我低头看我的左手，上面有一个星星形的小伤疤，是30年前的垒球比赛中留下的。我又抬头，透过书桌上方的天窗，看到一束光和蓝色的天空。房顶是一个十字形的橡木梁，支撑着整个天窗。我的眼睛又回到电脑屏幕上。从键盘、海报，到伤疤、天空，最后回到键盘，这是我的动作。

作为一名写作者，为什么要把笔记本变成一台照相机？关于技巧与目的的关系，小说家约瑟夫·康拉德说得很好："我的任务……是，通过文字的力量，让你听到并感受到，但首先要让你看到。看到，才是一切，再没有其他。如果我成功了，你就能发现你所需要的一切，鼓励、安慰、恐惧、吸引力，甚至还有你已经忘却去问的真理。"让我看到吧！

写作课

1. 向电影导演学习，把笔记本当作相机，按照事件展开的方式,去捕捉它们。如今,我们的手机比笔记本还要小,我们可以利用它来照相、拍摄视频和录制音频。然后把这些资料用在多媒体故事中,当然也可以从中寻找能够转化为文字的东西,这是一种很有效的方式。

2.学习摄影和电影艺术语言,例如定位镜头、特写镜头等。图像艺术可以模仿文字,反过来同样如此。要考虑作品中的视角问题。人物会看到什么?你希望读者看到什么?是从楼梯顶看下去的俯瞰视觉效果,还是穿着红色长外套的漂亮女人,或者她手里紧握着的钥匙?

3.在新闻报道、研究报告或作品初稿中,尽量避免把视角设置在读者可以预测到的中间位置。要向后退,给读者一个全景,让他们看到整体的语境,然后慢慢靠近,直到人物皮肤上的毛孔都能看到(费拉·福赛特[1]当红时,我采访过她。当时的她看起来真是一点瑕疵都没有,后来她摆弄了一下拖鞋上的带子,我才发现,她的后脚跟上有一个泡)。

---

[1] Farrah Fawcett,1947—,美国好莱坞影星,多次获得金球奖和艾美奖提名,代表作有《霹雳娇娃》(Charlie's Angels)、《甜心俏佳人》(Ally McBeal)等。

13 X射线阅读乔叟
指出路线

我小时候听到过一句谚语：四月雨带来五月花，意思是即使是坏天气也会带来好事情。过了许多年后，这句话后又加了一句：那五月花带来了什么？答案是：移民到美洲的新教徒。这里的"五月花"是双关语，也指在普利茅斯岩登陆的"五月花号"轮船。

"春天"的文学意义和文学一样古老。有时，因为冰雪和光秃秃的枝丫，这个世界好像已经死去了，但很快，它又有了生命。乔叟[1]是把这个原型运用得最娴熟、最具有艺术性的作家。他只用了一句话，就制定了一个文学标准，从而为他赢得了"英国诗歌之父"的称号。下面就是这句话，大概写于1380年，全部使用中世纪英语，里面的大多数词你都认识：

---

[1] 即杰弗里·乔叟（Geoffrey Chaucer，1343—1400），英国小说家、诗人，代表作《坎特伯雷故事集》是英国文学史上的经典之作。

Whan that Aprill, with his shoures soote

The droghte of March hath perced to the roote,

And bathed every veyne in swich licour

Of which vertu engendered is the flour;

Whan Zephirus eek with his sweet breeth

Inspired hath in every holt and heeth

The tendre croppes, and the yonge sonne

Hath in the Ram his halve cours yronne,

And smale foweles maken melodye,

That slepen al the nyght with open eye

(So priketh hem nature in hir corages);

Thanne longen folk to goon on pilgrimages,

And palmeres for to seken straunge strondes,

To ferne halwes, kowthe in sondry londes;

And specially from every shires ende

Of Engelond to Caunterbury they wende,

The hooly blisful martir for to seke,

That hem hath holpen whan that they were seeke.

下面是我翻译的现代英语版：

When April with its sweet showers

The drought of March has pierced to the root

And bathed every vein with such liquid

By virtue then engendered is the flower;

When the West Wind with his sweet breath

Has inspired in every holt and heath

The tender crops, and the young sun Has in the Ram his half course run,

And small birds make melody

That sleep all the night with open eyes (As nature pricks them in their hearts);

Then folk long to go on pilgrimages

And palmers to seek unknown shores To faraway shrines known in sundry lands;

And especially from every shire's end Of England to Canterbury they wind,

The holy blissful martyr for to seek,

Who has helped them when they were sick.

夏雨给大地带来了喜悦,

送走了土壤里干裂的三月,

沐浴着草木的丝丝经络,

顿时百花盛开，生机勃勃。
西风轻吹留下清香缕缕，
田野复苏吐出芳草绿绿；
碧蓝的天空腾起一轮红日，
青春的太阳洒下万道金辉。
小鸟的歌喉多么清脆优美，
迷人的夏夜怎好安然入睡——
美丽的自然撩拨万物的心弦，
多情的鸟儿歌唱爱情的欣欢。
香客盼望膜拜圣徒的灵台，
僧侣立愿云游陌生的滨海。
信徒来自全国东西南北，
众人结伴奔向坎特伯雷，
去朝谢医病救世的恩主，
以缅怀大恩大德的圣徒。[1]

目标性句子

我的博士论文写的就是乔叟，因此我很清楚，在对他的作品进行研究后，我们可以从中学到无穷的关于如何有力地创作的内容。如果戴上 X 射线眼镜分析上面那句话，我们就

---

[1] 译文为范守义版。

能学到下面这些内容：

- 天气是故事环境的一部分，可以作为某种标志或象征；
- 人类世界的故事可以通过自然世界反映出来，或得到回应；
- 如果把最重要的东西留在结尾，故事就会更有力量。

《坎特伯雷故事集》的前18句话是一个"圆周句"，这是一个惯用称谓，指的是把主句设置在结尾，靠近句号的句子，与"松散式"句子相对应。后一种句式是把句子的主要部分放在开头，其他不重要的部分放在句子后面部分。

我们可以从另外一个角度来看待这两种句式：松散句，是一种"向右分枝"的句子，即主句出现在句首，其他从属元素则向右边分出枝杈（整个句子像是出现在同一条线上）。

在乔叟的句子中，主句端坐在右边，所有早于它出现的从句都是向左边分出的枝杈。

通过X射线阅读，我们可以识别出大部分句子中的主句和从句。这两者之间的区别非常重要，因为它们会带来截然不同的修辞效果。"向右分枝"的效果是"简洁清晰"，因为主句的主语和谓语已经在句首出现，句意很快就建立了起来，作者可以在之后的句子中添加无数支撑的元素，比如："我们去了外婆家,趟过溪流,穿过丛林。"乔叟的句子则是另外一种效果。他在句子构建起来之后,会继续向下构建,直到句子最后,才会出现有趣的或重要的事情。在这种情况下,上面的那句诗歌就变成了这样:"趟过溪流,穿过丛林,我们向外婆家走去。"

在表达故事的"朝圣"主题之前,乔叟要求读者先踏上征途,去感受四月冬季的英格兰:从雨水到植物和花儿,从西风的动向到"天上球体"的运动,从鸟儿表现出的音乐活力到人间民众的苏醒。

无论是松散句还是圆周句,句子长度本身就可以传达一定的信号。虽然在标准英语中,句子的平均长度一直在缩短,但长句还是有很多用处的,尤其是要表达"在旅途中,在大地上空飞翔,或穿越隧道"这样的效果时,它的用处会更大。

一个单词中蕴含的主题

从乔叟的第一句话,从这本故事集的叙事模式上,我们还可以学到以下道理:

- 时间(包括自然时间和叙事时间)可以是一个循环,也可以是一条线,或者二者兼而有之。

- 人物个性可以通过表面的事情揭示出来,但同样可以通过潜藏在下面的事情揭示出来。
- 发生在个体身上的故事可以嵌入到更大的故事框架中。
- 小故事和小地方也可以代表更大的故事和更大的地方。
- 即使是最广泛、最深刻的主题,也可以通过短语,甚至是一个词就可以表达出来。

在我任教的波因特学院,我们经常让写作者做这个练习:首先选择自己写过的某个故事,然后用一个词概括其主题,或者回答"这个故事是关于什么的"这个问题。如果乔叟也参加我们的写作工作坊,我猜他的回答应该是类似"新生"(rebirth)这样的词,如果用稍微长些的短语,就是"生命复活"(coming back to life)。虽然没有提到四月的复活节,但乔叟只用了一句话,就向读者展示了一系列关于复苏和新生的事物。在这里,我觉得还是值得列出来欣赏一下:

- 雨水,使蛰伏的树根获得生机。
- 植物吸收了能够孕育生命的液体,使花朵绽放。
- 风从西面吹来,树林和草地开始充满活力。

- 太阳穿过白羊星座，重新启动了占星周期。
- 小鸟陷入爱情，整夜整夜地歌唱。
- 人们都想出去走一走，快走，快走，快走！

生命复苏，首先要从雨水和风开始，有了它们，植物才能生长，花儿才能开放。也就是说，这儿的描写是有一定秩序的。从无生命到有生命，再到更高层次的生命——鸟儿，最后再从动物描写到人类。

而这个过程，仅仅由两个词组成，就是被不断重复的when（当……时）和then（然后）：

当这种情况发生时，
当那种情况发生时，
然后这种情况就发生了。

"这种情况"指的是各种各样的人，他们因为恶劣的天气被困在棚子或城堡里，现在得到了解放，走到外面去探险。有些人甚至会周游世界，参观某些圣地。而全英格兰的人都要去坎特伯雷。想象一下，如果每个人都必须要这么做，那就得因为这个宗教理由给大家放春假了。

像神学家"希波的圣奥古斯丁"（Saint Augustine of Hippo）[1]一样，故事里的清教徒希望从人的城市（伦敦）走到神的城市（坎特伯雷），从而甩掉身上的罪恶和疾病，去寻求重生。无论是在寻求赦免，还是希望疾病能够神奇地得到治愈，他们都抱着一种期待，期待神圣的殉道者托马斯·贝克特能够代替他们祷告，让他们正在衰亡的肉体和精神得到复生。

具有角色和隐喻功能的天气

请从科学和文学的角度思考"气候"和"天气"的区别。在考虑全球变暖的影响时，我们很多时候都无法量化一些因素的短期变化和长期变化之间的差别，比如降雨量、气温的变化等。可以说"气候"范围比较广，"天气"范围比较小；"气候"是随着时间推移形成的，"天气"是当下的、暂时的。也许波士顿正在经历一个严寒的冬天的时候，地球的大气温度却可能一直在升高。

乔叟两方面都有涉及。从"气候"方面说，长期以来，大自然和人类在春天都有固定的表现；从"天气"方面说，这是一群朝圣者的故事，也包括乔叟本人，他们聚集在塔巴旅馆里。

---

[1] 即圣·奥勒留·奥古斯丁（Saint Aurelius Augustinus，354—430，古罗马帝国时期的天主教思想家，是罗马天主教中的"圣人"和"圣师"。曾任北非城市希波（今阿尔及利亚安纳巴）主教，因此也被称为"希波的奥古斯丁"。

简单些说，作家需要选择合适的天气，也要确定好天气推动故事发展的方式。请思考下述叙事模式中的天气情况：

- 天气可以与故事人物和谐相处，评论家们把这种模式称为"感情误置"（pathetic fallacy）。换句话说，幸福的新娘要在阳光灿烂的日子里举行婚礼；凶杀案一般是在暴风骤雨的夜晚发生的；患有幽闭恐惧症的、挣扎生活的作家会被大雪围困，就像《闪灵》(*The Shining*)[1]里的情节。有时，天气会有很大的影响，比如泰坦尼克号撞上冰山；有时，天气是对作品中的情感信息的回应。
- 作家们经常会选择一种可以产生张力的气候，因为这样可以避免"感情误置"，也避免类似"在一个黑暗的暴风雨之夜"这样的陈词滥调。小说《红色英勇勋章》(*The Red Badge of Courage*)[2]里有一个特别著名的段落，一名年轻的士兵从战场上逃出来，他跌跌撞撞跑进了一片森林，来到了一片空地上。此时，阳光穿过树林，空地看起来很像是一个漂亮的自然教堂。但下一秒，这个士兵就被一具腐烂的尸体给绊倒了。

---

[1] 美国华纳兄弟公司出品的恐怖片，于1980年上映，讲述的是一位作家为了寻找灵感，带着妻子和孩子接受一份旅馆门卫的工作，最后被幻象逼疯的故事。
[2] 美国作家斯蒂芬·克莱恩（Stephen Crane）的代表作。背景是美国南北战争，讲述了一个独生子对战争的幻想，他不顾母亲拦阻，执意参加了北方军，然后在战争中不断成长。

- 在《坎特伯雷故事集》中,天气有时会暗示主题。比如,人类在春天里受到大自然复苏的影响,精神得到重生。但 T. S. 艾略特就反其道而行之,他在《荒原》("The Waste Land")里坚持认为四月是"最残忍的月份",因为它从"死亡之地"培育出了丁香花。

主观评论中也可以使用天气,在这方面最佳的例子就是英国的文学巨人查尔斯·狄更斯。下面这段对伦敦大雾的描写可以说是《荒凉山庄》(*Bleak House*)的前言,但也有其他许多功能。

到处是雾。雾笼罩着河的上游,在绿色的小岛和草地之间飘荡;雾笼罩着河的下游,在鳞次栉比的船只之间、在这个大(而脏的)都市河边的污秽之间滚动,滚得它自己也变脏了。雾笼罩着厄色克斯郡的沼泽,笼罩着肯德郡的高地。雾爬进煤船的厨房;雾躺在大船的帆桁上,徘徊在巨舫的桅樯绳索之间;雾低悬在大平底船和小木船的舷边。雾钻进了格林威治区那些靠养老金生活、待在收容室火炉边呼哧呼哧喘气的老人的眼睛和喉咙里;雾钻进了在密室里生气的小商船船长下午抽的那一袋烟的烟管和烟斗里;雾残酷地折磨着他那在甲板上瑟缩发抖的小学徒的手指和脚指。偶然从桥上走过的

> 人们，从栏杆上窥视下面的雾天，四周一片迷雾，恍如乘着气球，飘浮在白茫茫的云端。[1]

"到处是雾"（Fog everywhere），我之前好像从来没有读过这样的中心句，虽然没有动词，但表达效果却非常强烈。另外，这段话中的其他句子也都没有动词。紧跟"到处"后面的是一个很长的场所列表，在这些地方，伦敦的大雾显示了它独有的魔力。

这个列表类似我们刚刚引用的乔叟的那段话。我们需要注意这里面的一个逻辑。在乔叟的诗里，重生的事物依次是：雨、庄稼、风、星星、鸟、人。狄更斯的雾也一样，从河面、陆地，到人类活动中的工具，再到运输方式。最后，雾飘到了许多有意思的人身体上，钻进了他们的身体里，包括靠养老金生活的人、船长、学徒，以及从桥上走过的人。不断变换的视角和范围完美地证明了雾是"到处"存在的：广阔的蓝天、甲板上小学徒的指头和脚缝间；船长坐在极易导致幽闭恐惧症的密室里感受着大雾；偶尔从桥上走过的人从桥的一侧向下看大雾，让人有一种身在空中的神秘移位感。

直到这里，《荒凉山庄》里对雾的描述还没有结束——大雾又蔓延到了法律系统："无论是多大的雾，多深的泥泞，在天地的眼中，都比不上大法官法院（High Court of

---

[1] 引自上海译文出版社出版的《荒凉山庄》，黄邦杰、陈少衡、张自谋译。

Chancery）[1]这天的摸索和挣扎。在所有头发灰白的罪人中，大法官可谓是最罪大恶极的一个。"《荒凉山庄》是狄更斯的代表作之一，通过迂回曲折的故事情节，作者塑造了一系列令人震惊和难忘的人物，故事里有贪婪，有期望，有慷慨，有失去，也有遗产。它是文学史上对腐败的司法体系批判得最严厉的作品之一。在小说里，法律这个维护正义的工具变成了压迫人类的最残酷的工具。书中那些骗人的律师贪婪且妄自尊大，总是爱占穷人和弱势群体的便宜。对于他们的工作，浓雾是绝佳的环境，因为它让"正义"变成了盲人，变得极不公正。

写作课

1. 大多数句子都是松散句，或者说是向右分枝的句子，主句的主语和谓语在句首就会出现。但在特殊的时候，作者会带着读者走上一条"不断理解"的旅程，就像乔叟在《坎特伯雷故事集》的第一句话所做的那样。可以把圆周句当作一个"目标性的句子"，它带着你不断地构建，构建出动词，在句子末尾构建出主要句子，以馈赠一直跟随这段旅程的读

---

[1] 英国15世纪开始建立的一种衡平法法院，也叫良心法院（Court of Conscience）。没有陪审团，由大法官独自审理案件，因此自由审判的余地很大。主要适用于普通法难以发挥作用的地方，是对普通法的补偿。现如今，英国已经没有这种法院，美国只有几个州保留着。

者，或者让他们大吃一惊。

2. 在创作一个故事或一篇新闻报道时，任何时候都可以尝试一种方法，尤其是在你卡壳，不知道怎么往下写的时候。这种方法就是：想清楚故事的主题是什么，它**究竟**是一个关于什么内容的故事。然后，写下你想要的主题。初稿可以写得散漫一些，但随着故事的推进，要尽量多一些条理。试着用一个词、三个词或五个词概括作品主题。乔叟可能只需要一个词——重生，但狄更斯需要的可能就多了："伦敦司法系统普遍存在的腐败现象。"只要认识到主题，就可以搜集所需的证据，让你的主题变得更有说服力。

3. 在设计一些带有启示作用的清单、目录或项目时，要尽量避免随机性，找到一定的顺序，比如时间顺序、空间顺序、维度和主题顺序等。《坎特伯雷故事集》和《荒凉山庄》的开篇都存在着合理的顺序，这些连续发生的事件为作品设置了主题基调。

4. 所有长篇故事中的人物都要在特定的气候中生存，在某种天气里活动。从某种意义上说，这种气候或天气确定了环境所要达到的效果，比如南部海滩上空炙热的阳光、西雅图的雨、三月里渥太华的寒冷，等等。作者需要确定好，什么天气该出现什么行为。某种随机的目的性（抱歉这个词看起来有些前后矛盾），很可能为作者提供更多选择，实现最现实的效果。

14 X射线阅读《高文爵士和绿骑士》
随性的愿望

《高文爵士和绿骑士》是英语文学经典中的模范,也是我最喜欢的故事之一。大约在1400年,一位不知名的诗人创作了第一版,使用的是中世纪英格兰北方方言,这与乔叟的方言还不一样,现代读者不参考词汇表根本无法理解。幸好还有很优秀的现代英文版。《魔戒》(*The Lord of the Rings*)的作者 J. R. R. 托尔金[1]也创作过一部同名作品。诗人西蒙·阿米蒂奇[2]在2007年翻译成现代英语的这一版本的译文,完全把握住了原作的气氛、风格和韵律。在本章的X射线阅读中,我会使用这一版本的译文,也会在必要时参考最原始的版本。

诗歌大致讲述了这样一个故事:亚瑟王举办了一场假日

---

[1] J. R. R. Tolkien,1892—1973,英国作家、诗人、语言学家、大学教授,代表作有《魔戒》《霍比特人》(*The Hobbit*)等。1922年,与 E. V. 戈登合作,共同创作《高文爵士和绿骑士》。
[2] Simon Armitage,1963—,英国当代诗人、作家,诗集多次获得英国重大诗歌奖项。

宴会，盛大的庆典正在进行，但亚瑟王却越来越焦躁不安。这本来是一年中最美妙的几天，但亚瑟王却宣布，除非有游戏让他放松，并且能让他看到奇观，否则他不会吃东西。

随性的愿望

在这里，我们遇到了一个最古老、最可靠的故事生成器——随性的愿望。100集电视剧《太空仙女恋》(*I Dream of Jeannie*)[1]里就有这个东西；某个神灯的主人许了一个愿望，引发了一系列不好的事情，或者说之后发生的事情都是出乎意料的；在弥达斯王的神话故事中，他希望自己摸到什么，什么就变成金子，他的愿望最终成真，但可悲的是，他亲爱的女儿在他的触摸下变成了金子。在非虚构作品中，叙述者的愿望往往代表着人类的某种渴望。比如，想要成为奥运会冠军，于是使用了兴奋剂提高比赛成绩；某个成绩不好的学生，为了进入梦想中的学校而作弊。回到亚瑟王这里，他想看到某些真正神奇的东西。所以，亚瑟王，你有了愿望，可要小心了。

亚瑟王刚说出自己的愿望，一名高大威猛的骑士就出现

---

[1] 1965年首次在美国播出的电视连续剧，讲述了一位宇航员紧急降落在一片陌生土地上后，发现了一个瓶子，瓶子里装着一个美丽的小仙女。仙女因宇航员把她从瓶子里释放，非常想让宇航员成为她的主人，还要以身相许报答他，但宇航员已经有未婚妻。就因为仙女的这个期望，之后才发生了一系列啼笑皆非的故事。

在了门口。骑士骑在马背上,手持一把巨斧,斧刃有三英尺长。奇怪的是,他从头到脚都是绿色的,甚至骑的马也是绿色的。看,国王想要看到奇观,他果然看到了。绿骑士向亚瑟王身边的英勇骑士挑战,要和他们玩一个圣诞游戏——邀请一位骑士拿着他的斧头砍下他绿色的头。如果哪位骑士做到了,就会赢得这把巨斧。如果做不到,就要保证一年后再去找他,被他砍上一斧。(如今,在圣爱登的校园里,有些大孩子也会玩类似的一种游戏。他们互相挥拳打对方,先出拳的孩子会更自信一些。谁知道这个游戏是不是源自中世纪?)

当然没有人接受这样的挑战,这让亚瑟王觉得很沮丧。他就自己走过去抓起巨斧。单身骑士高文爵士觉得有些尴尬,于是就自告奋勇站出来,替代了国王。诗人从这里开始描写:

> 他(绿骑士)站在那儿,准备挨斧劈。他弯着腰,把头发盘在头顶,脖颈上的绿色皮肤一闪,脖子完全露了出来。他显然已经做好了准备。
>
> 高文爵士抓起巨斧,朝上提起,他左脚朝前,稳稳地站在地板上,朝着脖颈上裸露的皮肤飞快地挥起斧头。
>
> 斧头落下,干脆利索,绿骑士的颈椎断了,与皮肉分离,亮闪闪的斧刃还咬了地板一口。那颗漂亮的头

骨碌碌掉在地上，哗啦啦地滚过骑士们身边，他们就用脚踢它。

随性的愿望和"轻率许诺"是很亲近的堂兄妹。《李尔王》就是以一个轻率的许诺开始的。李尔王许诺，他要把面积最大的土地赠给最爱他的女儿，于是就引发了大混乱。而亚瑟王想要玩游戏，他的愿望也达成了。他和高文爵士轻率而天真地接受了砍头游戏的规则，他们应该知道，这个有魔力的绿骑士是有逃生通道的。

从牛津英语大辞典（OED）中查找

如果想要成为优秀的 X 射线读者，就必须学会彻底读透全书，学会逐字逐句解释文本。在下文中，我会告诉你如何做到这一点，以及这么做有什么乐趣。还记得"高文爵士"这个故事是发生在 1400 年左右吧。在上文中，绿骑士的头已经掉了，还记得下面这句话吗？

那颗漂亮的头骨碌碌掉在地上，哗啦啦地滚过骑士们身边，他们就用脚踢它。

看到这句话，我们一定要问这些问题：在最后一句话里，骑士们轮番踢那个掉了的头，这是不是一个关于英式足球（美国人把它称为足球）的典故？这些圆桌骑士们是不是就是现在英超联赛队员的祖先？类似这种问题和猜测就是X射线阅读的结果。当然了，我肯定回答不出来，但我决定去找一找答案。我的老师唐纳德·弗里建议我说："罗伊，去查查OED吧。"这个建议绝对可行，我决定接受。他说的OED就是牛津英语大辞典（*Oxford English Dictionary*）。

我查完了，并带回了一些好消息。根据这本词典，"足球"这个词的最早事件发生在1424年，当时，苏格兰国王禁止男人们"玩足球"。在拉丁语中，关于它的记录要更早一些，大多数都是对这项运动的负面评论或抗议，人们觉得不管怎么玩，这种运动都太暴力了。

在国际足球联合会（FIFA）网站上，有一段话描述了古代时期的足球运动，写得很有意思：

学者们认为，古代的"足球运动员"，不仅仅是想通过这项运动展示自己的力量和技巧——这是一种很自然的愿望，更多情况下是在遵守一种非宗教的风俗，很可能是一种祈求丰收的仪式。因为在古代，足球象征太阳，为了获得大丰收，人类就要征服它，要把它向四面八方踢。为了庄稼能够茁壮成长，必须踢着球穿过田地，而且对手的进攻也必须被击退。

在英国文学中，再没有什么词能比"绿骑士"和他的绿色坐骑更能代表"丰收"。当然,这种猜测可能没有什么依据,但在一个圣诞宴会上,一群优雅的骑士把一个头踢来踢去,这个场景本身还是挺有意思的。

增加赌注

现在,我们来看看这个写作方法:增加赌注。有时,作家会花大量精力去描写毛骨悚然的细节。在这篇故事中,作家就这么做了,他的目的是让读者感受那种令人呕吐的不适感。

> 一道道鲜红的血从绿色长袍上流下,红色与绿色对比非常鲜明。但是,他竟然不发抖,不蹒跚,也没有倒下,只是有些艰难地走到圆桌骑士的腿旁,这些腿粗得像"树干",他就在它们附近仔细寻找。之后,他在一双脚旁抓起他的头,把它举起来,大步走到绿马身边,抓住缰绳,脚伸进马镫,身子一摆就坐在了马鞍上,手里依然抓着他的几束头发。
> 他潇洒地、稳稳地坐在了马背上。
> 这个来历不明的男人,竟然丝毫不在乎自己的头被砍掉!

是不是还不够精彩？诗人接下来增加了赌注。绿骑士举着自己的头，头上的双眼突然睁开，头上的嘴巴开始说话。他说，高文爵士要准备好还债了。也就是说，他必须接受绿骑士的反击，第二年去找一个叫"绿色城堡"的神秘地方。说完之后，绿骑士举着头，策马飞奔而去，他的靴子像打火石一样激起了火花。

然后呢？
那个绿骑士走了，人们开始哈哈大笑，有的人咧嘴微笑。

所有人都在哈哈大笑或咧嘴笑，当然除了高文爵士。

到这里，我们只分析到诗歌的前 500 行，这首叙事诗可是一共有 2,500 行。下面的精彩文字一段接一段：决定命运的一年过去了，恐怖的戏剧性转折来了；高文爵士带着一个很厉害的盾牌，骑着好马上路了；危险的旅程开始了，他穿过一片气候恶劣的北方荒原，他发现了一座城堡，城堡的主人有些奇怪；城堡的女主人试图诱惑他；他的因果报应也到了。这时的绿骑士因为脖子上的伤痕，有了一点小缺陷，但却仍然是一个善良正直的骑士。

在这个故事里，我们再次看到了这个非常有用的写作方法：让某件事（能推动故事发展的事件）发生在一场宴会上，或一场愉快的典礼上。这是创意写作老师罗伯特·麦基（Robert McKee）教给我的方法。我们要相信，在讲故事的时候，要把尽量多的主要人物聚集在同一个地方，比如某个庭院、某个舞厅，或体育场、教堂和马戏帐篷里等。在故事中，有些人物是主角，有些是配角，有的则类似电影中的群众演员，这些人的主要任务，就是把滚到脚下的头踢开。

荒原

"高文爵士"这首叙事诗与《了不起的盖茨比》是两部截然不同的作品，但是在 X 射线阅读中，我居然找到了它们之间的相似点。这就是 X 射线阅读的有趣之处。这个相似点，就是充满魔力的"派对"。在派对上，盖茨比与一个已婚女人开始了危险的调情；有了派对，高文爵士才能踏上一片具有象征意义的死亡之地——一片荒原。

> 唯有勤勉，唯有信念，
> 才能让他在死亡面前，
> 免于成为尸体，免于腐烂。
> 将要到来的战斗确实残忍，但冬日更甚：
> 云朵把装满结晶雨滴的货船甩出
> 雨滴坠落在霜冻的大地上

>顷刻间,就被凝固
>
>他的神经已被冻僵
>
>他穿着盔甲打盹;
>
>夜晚,在光秃秃的岩石间露宿,
>
>身边潺潺流动着从白雪覆盖的山峰上出发的小溪,
>
>头顶上高高悬挂着冰雪覆盖的枝形吊灯。

这是一片令人恐惧的荒原,把亚瑟王奢华的宫廷与绿色城堡分隔开来。

我注意到在《了不起的盖茨比》中,也存在着类似的叙事模式。作者为读者描绘了生机勃勃的曼哈顿和奢华的长岛,它们中间同样隔着一片荒原,就是作者笔下的这片"灰谷":

>自纽约通往西蛋村约一半路的地方,公路匆匆忙忙地和铁路会合在了一起,又和它并肩跑了0.25英里,为的就是绕开一片荒地。这是一片充满灰沙的谷地,一座很诡异的农场。在这里,灰沙像麦子一样疯长,长成山脊,长成山丘,长成各种奇形怪状的花园,以及房屋、烟囱,包括袅袅升起的炊烟,最后还鬼斧神工地造出了一群灰人,他们隐隐约约间是在动着,在满是尘土的空气中穿行,马上就要倒下。偶尔,会有一列灰色的车队沿着一条几乎看不见的道路爬行,然后忽然发出一

阵瘆人的嘎吱嘎吱声，车队就停了下来，就有一堆浅灰色的人拎着浅灰色的铁锹蜂拥而上，形成一片浓密的阴云，遮住了人的视线，让你看不清楚他们在干什么。

在美国文学史上，这段话可以算得上是最精彩的段落之一。它描述了一个遭受重度污染的环境，在制造财富的过程中，工业化在这里留下了一堆残渣。对于在这里生活或工作的人，尤其是那些必须路过这片土地的人们来说，这就是一片毒沼泽。城市里的摩天大楼，岛上的豪华别墅，是人们可以逃避生活的绿洲，而这片灰谷，却是真实生活的舞台，充满了绝望、背叛和暴力。通过 X 射线阅读，读者可以识别出相同的叙事模式，即使它体现在两部相隔许多世纪的作品中，你也能够辨别出来。这是 X 射线阅读的又一个附带的好处。

写作课

1."随性的愿望"和"轻率的许诺"是两个古老的故事动机，通常会在民间文学中出现。但当代的故事，包括虚构和非虚构，都可以利用类似的叙事模式。人们通常都会期望得到什么，但这些欲望往往会带来倒霉的结果。在设计人物经历的时候，大胆使用这两个故事动机，但注意不要过于夸大或扭曲。

2. 绿骑士的斧头到底有多锋利呢？答案是，只有那些显示"锋利"的动作，才是锋利的。换句话说，在你想要描述某种特质时，不要用乏味的形容词，要尝试向读者展示这种特质的证据。也就是说，要通过描述斧头的动作，让读者去感受斧刃的锋利。

3. 继续跟随被砍掉的头。这是一个很可怕的细节，不是每个作者都不怕麻烦，继续跟着一个已经被砍掉了、离开了身体的头的。这是另外一种古代的电影制作方法："摄影机"跟着滚动的头颅，"拍摄"它被骑士们踢来踢去的情景。

4. 在阅读古代文学时，我们最大的乐趣就是在《牛津英语大辞典》里查一些古怪有趣的单词或短语。阅读这首诗的时候，我的目的只是确认英国足球的起源，但《牛津英语大辞典》带给我的却不仅是"足球"这个词的来源和日期，还有它与暴力活动的联系。

5.《高文爵士和绿骑士》这则故事之所以如此精彩，还因为作者在故事发展过程中一直在增加赌注，在叙事中不断注入赌金。在写故事的过程中，只要作者觉得主人公可能会面临某个问题，然后又意识到他确实面临问题了，就可以增加赌注，而且次数不限。比如，一场原本很乏味的圣诞晚宴，突然闯入了不可思议的生物，这就足够扭转故事的氛围了，而他的行为还一而再、再而三地为游戏添上筹码。

6. 去穿越一片荒原。通过 X 射线阅读，读者可以识别出不同年代和文化的作品中的相同因素。在《了不起的盖茨比》中，读者要穿过危险的灰谷，去参观爵士时代的奢华城堡；在《高文爵士和绿骑士》中，高文爵士要穿过一片死亡荒原（相当于一种"穿越"仪式），才能找到他想找的城堡。作家可以选择自然的"禁地"，比如一片沙漠，也可以选择人为的，比如报废汽车的墓场。

15 X射线阅读《麦克白》
结尾处

谁都不知道威廉·莎士比亚具体在哪一天出生,所以后人就把4月23日定为他的生日,每年都会庆祝。在这本书写作的时候,这位诗圣已经450岁了。在莎翁500岁大寿那年,现在的大多数人也许都不会再在这个让人恼火的地球上生活了。所以,现在我们要赶紧赞美他,以后只要有机会也要讴歌他,毕竟这世上不会再有第二个莎士比亚了。

读过我的书或上过我的课的人都知道,我很喜欢莎士比亚的一句话,这句话就出自《麦克白》(*Macbeth*)——一些不太理智的悲剧演员总觉得这是一部苏格兰戏剧。在剧中,麦克白夫人的死并没有在舞台上表演出来。观众最后在舞台上看到她时,她已经疯了,一遍又一遍地洗手,想把手上的血洗掉,即使手上连一个"污点"都没有。没过多久,观众就看到麦克白的仆人跑过去对他说:"王后,我的陛下,已经死了。"(The Queen, my lord, is dead.)

结尾处

就是这句话，彻底改变了我的写作和教学。为什么呢？在解释原因之前，我先讲一点背景故事。几年前，我的女儿艾莉森·哈斯廷在万圣节晚上参加了佐治亚州的莎士比亚剧演出，她扮演的是《麦克白》中三个女巫中的一位。莎士比亚把这三位女巫称为"命运三女神"（Weird Sisters）。在那个时代，"weird"（怪异的）的意思并不是现代的"超级疯狂"和"不正常"，而是"命中注定的"或"注定的"。在《麦克白》中，这个词就是命运女神们的预言，注定了麦克白的命运。

《麦克白》是莎士比亚戏剧中最短小、最血腥的剧作之一。麦克白夫妇在自己的城堡里杀死了国王。按照伊丽莎白和詹姆斯一世时的道德观，他们犯了最严重的三条罪：杀死国王（弑君罪）、杀死一个亲戚（弑父罪），违反宴请客人的规矩——在客人居住在主人家期间，主人应对客人的安全负责。在结尾，麦克白罪有应得，在战争中被敌人杀死。这一幕并没有在舞台上表演，观众只是看到，麦克白的敌人走上舞台，手里提着他血淋淋的头颅。这部剧的结局再一次震惊了观众。

《麦克白》非常适合在万圣节表演。看着女儿和另外两个怪异的"命运女神"的表演，我感到很开心，其中的一个女神还是一个身材魁梧的男士扮演的。看完两场演出后，我回家又重新把它读了一遍。不知为什么，我突然就迷上了这个句子:"王后,我的陛下,已经死了。"

加重语气的词序

为什么我会迷上它呢?因为我觉得莎士比亚在写这句话时,不一定非要这么写,他至少还有两到三种其他写法,比如:

- 王后死了,我的陛下(The Queen is dead, my lord)。
- 我的陛下,王后死了(My lord, the Queen is dead)。
- 如果传信的人是《星球大战》中的尤达大师,麦克白或许会听到这样的句子:"死了的是王后,我的陛下。"(Dead the Queen is, my lord.)[1]

上面三个不同的句子并没有什么"错误",而这四句都经得起标准英语的审视,当然尤达版的读起来有些怪异,也不顺口。每句话都有6个相同的单词,只是每个句子中的词语顺序不太一样。

为了尊重莎翁,我在这里宣布,他的版本是最好的。他选了最好的单词,定下了最好的词序。但是,我不能只这么一说,而是要证明。我要开始X射线阅读,来分析这句话。

---

[1]《星球大战》系列电影中,著名的尤达大师在说话时,喜欢把宾语或者标语前置,这样可以表现出与众不同,也显示出他的年龄比较老,因为这种说话方式不常见。

- "王后的死"这么重大的事情，只用了六个简单的字就公布了出来。
- 每个单词都只有一个音节。
- 句子的开头、中间部分和结尾都很清楚，逗号用得相当好！
- 句子的主语"The Queen"（王后）最先出现，任何这样开头的句子都很有分量。
- 句子最不重要的部分"my lord"（陛下）在中间出现，这是句子中最不重要的地方。
- 主语和谓语中间的轻微停顿给了读者一纳秒的悬念。
- 最重要的短语"is dead"（死了）在最后出现，成为句子强调的重点。

把最重要的放在句尾，这种修辞方法已经有两千多年的历史了。但是，直到莎士比亚狠狠抽了我一个耳光，我才对这个方法有了新的认识。对我而言，这个方法不仅仅是一个写作方法，还变成了一种阅读和写作理论。也就是说，任何短语，只要出现在句子、段落、章节的末尾，都会受到读者特别的关注。我们所说的"句号"（period），英国人称为"休止符"（full stop），其实他们的说法更贴切，更修辞化一些，让人们可以注意到结尾句的效果。所有的幽默语言和大多数演讲都会不断地重复这个方法。学到好东西了吧,孩子?记住,把最重要的放在最后。

最后一个词是热点

不得不说,麦克白在听到妻子死去消息后的反应,要比这句话更著名。他说:"她反正是要死的,总有一天会听到这个消息的。"这句话其实是有歧义的。有些学者就认为,麦克白在这里是说,按照自然规律,他的妻子总有一天是会死的。但他接着说:

> 明天,明天,再一个明天,
> 一天接着一天地蹑步前进,
> 直到最后一秒钟的时间;
> 我们所有的昨天,不过替傻子们照亮了
> 到死亡的土壤中去的路。
> 熄灭了吧,熄灭了吧,短促的烛光!
> 人生不过是一个行走的影子,
> 一个在舞台上指手画脚的拙劣伶人,
> 登场片刻,就在无声无息中悄然退下;
> 它是一个愚人所讲的故事,充满着喧哗与骚动,
> 却找不到一点意义。

与散文家比起来，诗人有一个优势。散文家只能把某个词放在句尾，做一次强调。而诗人，则可以把某个词放在某一行结尾，做两次强调，比如下面这些在句子末尾的词：dusty death（死亡的土壤），brief candle（短促的烛光），heard no more（无声无息），signifying nothing（找不到一点意义）。再看这些能够增加文章效果的结尾词：tomorrow（明天），day（白天），time（时间），fools（愚人），candle（蜡烛），poor player（拙劣伶人），upon the stage（在舞台上），a tale（一个故事），sound and fury（喧哗与骚动），signifying nothing（找不到一点意义）。

作家威廉·福克纳[1]最著名的作品是《喧哗与骚动》，这部小说的标题非常完美。小说有一部分是一个白痴讲述的。现在，我们可以说这个白痴人物班吉·康普生有认知障碍。在小说的四个叙述者中，他第一个出场，以意识流散文的形式，表达了自己对这个世界的非线性看法。在那个年代，"意识流"是非常具有革命性的，但让一个"乡村白痴"去讲述故事，却是一种很常见的文学手法。讽刺的是，他们讲述的故事，往往都被证实是真实的。

等我老了，我或许会专门开一门课，用一个学期的时间去分析上面给出的《麦克白》里的10句话，而且每周只讲一句。

---

[1] William Faulkner，1897—1962，美国文学史上最有影响力的作家之一，1949年诺贝尔文学奖得主，代表作有《喧哗与骚动》(The Sound and the Fury)、《八月之光》(Light in August)等。

戴上 X 射线眼镜后，真的能看到太多的东西，比如以下这些：

- 所有提到时间、定义时间或测量时间的词
- 所有词语，包括简单的连词"and"，一旦重复，就会包含"嘀嗒嘀嗒"的特质，象征着时间的流逝
- 黑暗和光明的意象的对比
- 所有的头韵，比如"petty and pace"（琐碎和节奏）、"dusty and death"（尘埃和死亡）、"tale and told"（故事和讲述）、"sound and signifying"（声音和指代）
- 所有涉及语言、写作、讲故事的词汇，比如 syllable（音节）、recorded（记录下来的）、tale（故事），等等
- 舞台艺术中的自我参照

最后，我想问，所有这些都意味着什么？我想说，什么都不是，但也什么都是。

写作课

1. 提笔写文章的时候，问自己这个问题：我想表达的最重要或有趣的东西是什么？把它们画出来。确定好重要的因

素后，尽可能向读者强调它。看看能否把它们放在故事的开头或结尾，目的就是强调。

2. 如果为了达到某种效果，你想要直接往下写，而不是计划好再写，那就直接写下去，不需要有意识地注意词序。但作家朋友们，如果你在检查草稿的过程中，把放在句子和段落末尾的词语给画出来，那就是你们能做的最好的事情，因为这些就是故事的热点。注意，千万不要把重要的短语藏在中间部位，如果你找到了这样的词，就要把它拖出来，让它见到光，让我们都能看到它。

3. 标题是一个故事里最重要的元素，这是毫无疑问的。为什么？因为许多读者会由一本书的标题确定是不是要读这个故事。比如罗伯特·刘易斯·斯蒂文森的冒险小说《金银岛》，最初的标题是"海上厨师"（The Sea-Cook）。这个标题改得真好！我们也都知道，"喧哗与骚动"这个标题出自莎士比亚的《麦克白》，这是威廉·福克纳最著名的小说。的确，许多好的标题都出自莎士比亚的作品，但也有另外一些重要的文学作品可以为你提供标题。只是要记住，当你从这些作品中借标题的时候，一定要把它所联结的所有元素都借来，包括原故事的主题。

16 X射线阅读莎士比亚的十四行诗
打破固有形式

    写这本书时，我时不时会回忆起学生时代上过的文学课，这让我觉得很享受。从高中到大学，再到研究生阶段，我一直都非常幸运，总能遇到特别优秀的英语老师。那时我忽略的课程，现在又回到我身边，捉住了我。那时，我们这些学生永远不需要等着老师做 X 射线阅读，而只需要戴上适合自己的 X 射线眼镜，在老师双眼的帮助下，进入文本更深的层面。这一点，确实非常酷。

    包括 T. S. 艾略特在内的许多评论家，都描述过某个作家（更详细一些说，一位诗人）与其所继承的诗歌传统之间的关系。一个诗人，无论他有多叛逆，都需要借鉴传统；无论他多么蔑视传统规则，甚至像避开放射性物质一样避开它们，他的诗歌里都会留下过去的痕迹。

    著名体育记者雷德·史密斯（Red Smith）在早期写作中，受到过体育写作中普遍存在的华丽文风的影响，在随后 40 多年的工作生涯中，他逐渐摒弃这种文风，开始采用清晰、真实的文体写作。他觉得，这个过程很像运动员们向前辈们学习的过程。首先，他们会模仿前辈们的动作，熟练运用，之后再把它提高到一个新的水平。因此，你会看到世界冠军舒格·雷·伦纳德[1]的身上隐隐有穆罕默德·阿里[2]的影子，而拳王阿里又受到了舒格·雷·罗宾逊[3]那优雅、有力的拳风的影响。

一个重要的写作方法

现在来看一个很重要的写作方法：向仰慕的作家（不仰慕的也可以）学习，寻找模仿他们的途径，但不要剽窃。注意，在开始时，你会受到他们的影响，但之后一定要超越他们。

要学习这种方法，最有用的途径是回顾英语中十四行诗的历史，向文艺复兴时期的诗人学习，看他们如何继承情诗的刻板传统，又如何进行创新，以飨新时代的读者。从西德尼（Sidney）到斯宾塞（Spenser），到莎士比亚，再到之后

---

[1] Sugar Ray Leonard，1956—，美国黑人拳击运动员，20世纪80年代职业拳击中的拳王，1990年退役。
[2] Muhammad Ali，1942—2016，美国著名拳击运动员、拳王，1981年退役，2016年因帕金森氏病去世。
[3] Sugar Ray Robinson，1921—1989，美国传奇拳王、拳王阿里的偶像，泰森的精神导师，被誉为"拳击圣人"。

的诗人,十四行诗的长度一直保持在十四行,但诗歌的结构、格律都在变化。在诗歌的形式创新方面,莎士比亚表现得最聪慧,这一点谁都不会质疑。莎士比亚使用了两种方法,在世人面前革新了传统诗歌中对爱情的隐喻。

这两种"反抗"形式各有一首代表的十四行诗:第18首和第130首。前者是写给诗人的一个赞助者的,具体是谁,后世都不知道,只知道这是一个年轻男子,漂亮且充满活力:

> 要我把你比作某个夏日吗?
> 但是你可比它更可爱,更温婉,
> 夏日的暴风会摧毁五月娇嫩的花蕾
> 夏日的生命也过于短暂
> 有时,天空那个巨眼会过于炙热
> 有时,他金色的脸庞也会暗淡
> 凡是美的,总会凋零
> 无论是因时机,还是无法设计的自然之变
> 但你这个夏日却永远不会凋零
> 永远不会失去绝美的仪态
> 死神永远不会吹嘘说你走进了他的阴影
> 在我这永恒的诗行里,你将与时间同在
> 只要人类还在呼吸,只要人的双眼还能看见,
> 只要我的诗行还在流传,你的生命就会一直绵延。

这首诗歌非常著名,且朗朗上口。我的老母亲已经95岁高龄,也丧失了许多短期记忆,在这种情况下,她竟然能够顺利地把前半部分背诵下来。这首诗是她在20世纪30年代,在纽约的华盛顿·欧文高中读书时记下来的。

诗歌的逻辑很简单。当时,把爱人比作"某个夏日"是很普遍的,但莎士比亚觉得这个比喻不好,因为夏日并不完美,而"爱人"却是完美的、没有瑕疵的,他拥有一个"某个夏日"没有的特质:他"这个夏日""永远不会凋零"。他的不朽,来自诗人"永恒的诗行",而不是某种超自然力量创造出的。只要有人读一次这首诗,那位漂亮的年轻爱人就会复活一次:"只要人类还在呼吸,只要人的双眼还能看见,只要我的诗行还在流传,你的生命就会一直绵延。"在莎士比亚创作这首诗后的四百多年,诗中"他"的形象依然栩栩如生。

如果非要把这首诗中的反抗性论据提炼出来,然后用一句话表达,那可能是:"普遍的比喻很难完全描述你,你比那些比喻都要好。"但这里所谓的"普遍的比喻"来自哪里?来源之一是意大利诗人彼特拉克(Petrarch),他在1374年去世。他的情诗风格影响了文艺复兴时期的意大利和英国诗人。在这种情诗风格流入英国之前,它已经催生了一大批形容某个完美的爱人和各种单相思的比喻。

在这一系列比喻中,爱人通常有着完美的皮肤,玫瑰色的双颊,金色的头发(就21世纪而言,可以想象年轻的格温妮丝·帕特罗，而不是成熟的安吉丽娜·朱莉）。她吐气如兰，话语如歌，眼睛如大海般碧蓝，动作轻柔，好似飘浮在空中。但是因为得不到她的爱，暗恋她的人非常痛苦，生不如死。他的眼泪能够填满一片汪洋大海，他的叹息如狂躁的暴风雨。这些比喻非常俗滥，甚至在几个世纪后的今天，爱情小说和粗陋的贺卡里都还有这样的比喻。

与传统嬉戏

莎士比亚觉得要是按照字面意义去理解这些彼特拉克式的比喻，它们看起来就未免太愚蠢了，于是写了第 130 首诗，在戏谑间模仿了一次传统。他的十四行诗大多数都在赞美一个青年男人，但这首诗所隶属的一组十四行诗却是写给一位神秘女人的。到现在，我们只知道这个女人叫"黑女士"（Dark Lady）：

> 我爱人的眼睛不像太阳，
> 嘴唇的颜色没有珊瑚那么艳红，
> 暗褐色的胸永远不会如雪白
> 头发不如丝，而是黑钢丝，盘在她的头上。
> 我见过如锦缎般的玫瑰，红色的白色的，
> 但她的脸颊不像任何玫瑰；

她呼出的气息臭臭的,
远不如一些香水令人迷醉;
我喜欢听她说话,但我知道
她的声音并不比音乐好听;
虽然我没见过女神走路的模样,
但我知道,我的爱人是在大地上走路;
然而,老天啊,我的爱人世间罕有,
绝不逊色于那些被瞎比一通的美人儿。

我不确定莎士比亚是不是在写一首滑稽诗。诗歌里有很精彩的对比-比较结构,先是联系了彼特拉克式的比喻,随后又完全否定了这个比喻:

- 眼睛像太阳?不像。
- 嘴唇像珊瑚色?不太对。
- 胸像雪一样白?暗褐色(dun)= 一种带有微暗褐色感觉的深灰色。
- 头发像金丝?那黑丝呢?
- 脸颊像玫瑰?不像。
- 吐气如兰?她吐出的气是臭的。
- 声音像音乐一样动听?不,都没有上他的音乐榜单。
- 像女神一样飘浮在天上?不,是在地上走。

这些除去神话光环的爱情比喻直接透彻，非常精彩。虽然诗歌里已经论证充分，但在这里我还想把这首诗和第 18 首诗做个比较。把爱人比作一个完美的夏日，是彼特拉克式的比喻。在第 18 首诗中，莎士比亚之所以拒绝使用，不是因为它不好，而是因为它不充分，无法完全彻底地描述他诗歌中的爱人。

第 130 首诗中提到的比喻也不好，但不好的原因就与第 18 首的不同了。这些比喻过于夸大爱人的现实情况，把她举得高高的，让人觉得虚假、荒谬、不自然。第 18 首诗描绘了一位理想化的赞助人，但在第 130 首诗中，女主人公黑女士是一个真正的女人，她是踩在地上的。正是因为这一点诗人才爱着黑女士："然而，老天啊，我觉得我的爱人世间罕有／绝不逊色于那些被瞎比一通的美人儿。"如果要给这首诗找一个主题，那最后两个词应该是最合适的："false compare"（瞎比一通），指的就是那些错误的比较和夸张的比喻。

在意大利语和英语十四行诗的发展历史中，诗人们在押韵和诗节上做过许多尝试。在我们分析的这两首十四行诗中，莎士比亚用前八行抛出观点，在后六行回应。每首诗都以对句结尾：用一个韵脚，关上诗歌的门，在最后有说服力地宣告诗歌的主题。现在，我们来对第 18 首的最后两行诗做 X 射线阅读分析：

16　X射线阅读莎士比亚的十四行诗
打破固有形式

只要人类还在呼吸，只要人的双眼还能看见，
只要我的诗行还在流传，你的生命就会一直绵延。

So long as men can breathe or eyes can see,
So long lives this, and this gives life to thee.

- 首先要注意"so long"（只要）这个短语在每行行首的重复。
- 注意每行诗有10个单词，每个单词都只有一个音节。
- 注意，在第一句中重音都落在了重点词汇上，像 long（长）、men（男人）、breathe（呼吸）、eyes（眼睛）、see（看见），没有重音的词汇都是些功能词，包括 so（因此）、as（像）、or（或者）、can（可以）等。
- 注意"long（长）、lives（生活）、life（生命）"这些头韵词。
- 注意"men can breathe"（人可以呼吸）和"eyes can see"（眼睛可以看见）之间的平行。
- 注意 see（看见）和 thee（你）的押韵。

仅仅在两行诗内就做到这些，是非常难的事情，但也正因为它的难，十四行诗才选择它作为结尾。新闻记者把这种

非常有效的结尾称为"踢者（kicker）"。这个词可能起源于歌舞杂耍表演[1]，在表演结束，表演者会排成一排，跳着踢腿舞下场。对于莎士比亚来说，这两行对句就是十四行诗的退场踢踏舞。

在第 130 首中，这个"踢者"的作用发挥得更为极致：

然而，老天啊，我觉得我的爱人世间罕有
绝不逊色于那些被瞎比一通的美人儿

请注意"and yet"（然而），这是一个干脆利落的转折词。在它之前，诗人对女士的评论冗长无比，且似乎是否定的。但在它之后，一切都变了。

向莎士比亚学习

还记得本章前面提到的"重要写作方法"吗？要想成为一名作家，就要阅读你崇拜的作家的作品，然后去模仿他。时间久了，这些作品对你的影响会逐渐淡化，你自己独特的风格就会放出光芒。

写下这条建议的时候，我根本没有想到自己很快就会用

---

[1] 西方盛行于 19 世纪 80 年代至 20 世纪 50 年代的一种剧院娱乐节目，包括演唱、舞蹈、笑话等。

上它了。2014年，我的女儿劳伦要举办婚礼，想选一首诗在婚礼上诵读。她在音乐剧行业中工作，未婚夫也是一位专业音乐家，所以希望找一首把爱情比作音乐的诗，却一直找不到合适的。当时我读了一些莎士比亚的十四行诗，就在一本绿色的线圈笔记本上试着写了下面这首诗：

婚礼乐队

（一首十四行诗，献给劳伦和察兹）
在说"我愿意"那一刻前，
每对新郎和新娘都要歌唱；
他的贝斯声低沉而强壮，
她颤抖的女低音则如鸟儿的鸣唱。
但如果他的声音像青蛙呱呱呱，
她的声音像小虫嗡嗡嗡？
我们会不会宁愿去听小狗汪汪汪，
也不愿听这难听的刺耳音调？
不，就让这对恋人唱吧！
不需要和谐永无间，不需要曲调妙绝伦，
不需要把黄金变成指环，
也不需要从月光中挤出的蜂蜜的甘甜
只有**尝试**，才是最重要的——手拉着手——
两个声音，被包围着，加入这个婚礼乐队中

直接 X 射线阅读我的这首诗似乎有些冒险（读者可能会被我吓到），我们先来看看莎士比亚给我的一些直接和间接的影响。我的这首十四行诗是用现代英语写的，语气比较随意，继承了十四行诗下面这些传统：

- 结构上，是十四行；
- "五音步抑扬格"[1]的韵律；
- 相似的押韵格式[2]；
- 一共三小节，每节四行，再以对句结尾

从这首诗的氛围看，它把我们的诗圣写的两个主角糅合在一起，在严肃地赞美两个人的婚姻的同时，也有意识地加入了一点幽默，主要是为了表达"真正的爱情不需要去战胜不完美，而是需要不完美"这层含义。我没怎么写过诗歌，却在与文字嬉戏的过程感受到了一种活力、一种创造力在我身上流淌，仅仅受到了语言本质和诗歌形式的约束。我的女儿是音乐剧的女低音，丈夫察兹是美男子乡土爵士乐队（Hunks of Funk）的贝斯手，这是一个相当厉害的乐队。这首

---

[1] iambic pentameter，在莎士比亚十四行诗中，每行诗中的两个音节，组成一个音步。五音步，就是每行诗中有 10 个音节。比如第 18 首的第一句就是如此：shall, I, com, pare, thee, to, a, sum, mer's, day。而每个音步中，第一个音节轻读，为"抑"，第二个重读，则为"扬"，由此构成一轻一重的一个音部，就是抑扬格（iambic）。总体而言，莎士比亚的十四行诗结构就是抑扬格五音步的格律。

[2] 隔行押韵，最后两行同韵，莎士比亚十四行诗通常如此。

诗里把这些因素都表现出来了。另外，这首诗里还有更多有趣的东西，比如形容词"unsound"（精神病似的）、"wedding band"的双重含义[1]、"squeeze"（挤出）和"exquisite"（精致的）两个词放在一起的悦耳声音，还有动词"join"（加入、结合）隐含的婚姻意义。

如果你觉得我是在赞美一首很平庸的诗歌，那就这么想吧。我不是老虎伍兹[2]，但也能从一次小鸟球[3]的长打入穴中获得乐趣；我不是杰瑞·李·刘易斯，却在弹奏自己的"大火球"（Great Balls of Fire）[4]时，感到了自己的改变；我更不是莎士比亚，却可以利用他对我的好的影响，在女儿和女婿最重要的日子里，让他们感觉到快乐，这就足够了。

写作课

1. 在学习语言的过程中，要习惯读诗。它精炼了语言、意义和情感，所以是非常适合 X 射线阅读的文本。

2. 要尝试写诗。如果觉得十四行诗的结构太死板，可以试写一些简单的诗句，比如三行俳句（音节是 5、7、5 模式）。

---

[1] 既有"婚礼上的乐队"的意思，也有"婚礼戒指"的含义。
[2] Tiger Woods，即埃尔德里克·"泰格"·伍兹（Eldrick "Tiger" Woods），美国著名高尔夫球手。
[3] 指的是高尔夫球中某洞的杆数低于标准杆一杆。
[4] 1957 年，刘易斯录制了《大火球》，一曲成名。这首歌后被选入格莱美的名曲馆。

作为写作者，你肯定想写更多更实用的作品，而尝试写诗的过程与这些更实用的作品并不是毫无关联的。其实，文章标题就是一种浓缩型的写作，推特写作也是如此，因为它不能超过140字。各种形式的写作方式，都以世俗而神秘的方式联结在一起。

3. 使用X射线阅读方法，学习和理解现存写作方式里的传统技巧。从十四行诗到长篇小说，从航行日志到网络日志。尤其要注意搭建出作品结构的那一部分，要认真研究这一部分的目的。

4. 诗歌当然是要大声朗诵的，但优秀的散文也需要这样。如果你在读某篇文章的过程中，发现它以某种特殊的方式打动了你，就可以用下面这两种方式加深印象。第一种就是大声读出来。先读给自己，再读给另外一个人，然后再让他读给你听。第二种方法就是一个字一个字地把它打在电脑上，感受用手指重新把它创造出来的感觉。

5. 记住那个"重要写作方法"。去研究你崇拜作家的作品，然后去模仿它们，但不要抄袭。过一段时间后，利用它们给你的影响，找到自己的声音，就像莎士比亚在十四行诗上的尝试一样。

17 X射线阅读《白鲸》
三个小词

我模糊地记得,小时候看过,或者说至少是翻过一本儿童版的《白鲸》(Moby-Dick)[1]。里面有两点给我留下了不可磨灭的记忆。一个是亚哈船长和他的木头假腿。一条鲸鱼把他的腿咬掉了,于是他就给自己装了一个假肢。想象一下,某种可怕的海洋生物在人的肢体上"嘎吱嘎吱"地咬着,那种感觉真是毛骨悚然。当时还是十岁的我被吸引住了。二是白鲸本身。它特别大,能够击沉一条船,又浑身雪白。通常情况下,黑色才代表黑暗,而这个故事中的颜色却恰恰相反,于是白鲸那长长的尾迹也就显得格外恐怖。对一个孩子来说,这条白鲸鱼就是电影里尖利牙齿的怪物,比如《食人鱼》(Piranha)、《大白鲨》(Jaws),以及史上拍得最烂的电影《鲨卷风》(Sharknado)。

---

[1] 19世纪美国小说家赫尔曼·麦尔维尔(Herman Melville,1819—1891)的代表作,发表于1851年。主要讲述的是一位船长追逐并杀死一头白鲸,最后与白鲸同归于尽的故事。

莱斯利·菲德勒[1]是一位杰出的文学评论家。他注意到，美国早期文学有一个特点，就是严肃文学作品数量很少，给小屁孩儿们读的作品却很多，比如《瑞普·凡·温克》(*Rip Van Winkle*)、《睡谷传说》(*The Legend of Sleepy Hollow*)、《最后的莫希干人》(*The Last of the Mohicans*)、《哈克贝利·费恩历险记》，等等。《白鲸》也被分在了儿童文学里——至少在那个孩子们还都在读文学作品时代也是如此。但是，只要我们戴上 X 射线眼镜，就知道他说的是错的。《白鲸》从篇首的三个词开始，就是一本成年人的书。读完第一段，你可能想给精神病医生打个电话。读完全书，你会感受到某种深刻的、超自然的东西。大学时读完《白鲸》，我还搞不清它究竟是一本捕鲸手册，还是一本哥特式的恐怖小说。但到了研究生阶段，当我再次读完它，就觉得它好像和《圣经》一样重要。

这是小说的开篇：

请叫我以实玛利。许多年前，别管到底有多少年，我的钱包基本空了，陆地上的生活对我也失去了吸引力，我就想，或许可以去海上转转，看看地球上的水上世界。对我而言，这是一种赶跑坏脾气，让生活正常起

---

[1] Leslie Fiedler，1917—2003，美国文学评论家，在神话研究和通俗小说研究方面颇有成就，代表作有《美国小说中的爱与死》(*Love and Death in the American Novel*)。

来的好方法。每当我烦躁难忍、总想破口大骂时，每当我的心变成了潮湿的、一直下着毛毛雨的11月时，每当我不由自主地停在棺材店前，每当只要有葬礼我就会尾随时，尤其是在我想犯病需要强烈的道德约束，以免控制不住自己，跑到大街上，有条不紊地把人们的帽子一个个敲掉时，我就迫切地需要出海。

这段话虽然只有145个单词，却包含了许多内容。写作者可以从这一段学到大量词汇，尤其是描写主人公心理苦难的最后142个单词。如果说前3个单词是一头巨鲸，那么这142个单词就像是一条小鱼，毫无目的地跟随着它。"Call me Ishmael"（请叫我以实玛利），这3个单词现在已经成为英语文学和文化的一部分，无数次被评论界、写作者和流行文化引用或模仿。

为了让你感受一下，我在这里讲一个题外故事。20世纪80年代初，我参加了一个讨论新闻标准和实践的会议。在会上，我用两个短句结束了讲话："Call me irresponsible. Call me Ishmael."（请叫我不负责任，请叫我以实玛利。）会议是被录音并转写成记录文本的，但是这位转写员大学时肯定没有选修过19世纪美国文学课，否则她的记录不会是这样："Call me irresponsible. Call me a schmuck."（请叫我不负责任，请叫我笨蛋。）"Ishmael"居然变成了一个笨蛋。现在是不是体会深了些？

类似福音书的短句

"请叫我以实玛利。"这个短句堪称完美，为什么？原因如下：

- 这部小说非常长，非常长，而这个句子却非常短，非常短。
- 它介绍了小说的第一人称叙述者。
- 它不像标准句子一样有主语、谓语和宾语，而是一个奇怪却有力的结构。我曾经尝试去分析它的语法结构，只知道它由祈使动词和间接宾语组成，其他就什么都不知道了。最后还是语言日志网站（LanguageLog.com）的语言专家帮了我一把。他们说，这个句子的结构是动词＋直接宾语＋（很常用的）谓语补语。
- 这个句子带一些神秘感，因为叙述者并没有告诉你他的真实名字，而你会很想知道为什么。
- 它引入了《圣经》典故。以实玛利[1]是《圣经》中受到父亲冷落，被赶出家门的儿子。

---

[1] 见《圣经·创世记》16—21章。以实玛利是先知亚伯拉罕与侍女夏甲所生的儿子，后因亚伯拉罕与妻子生下孩子以撒，就在以撒的挑拨下，赶走了夏甲和以实玛利。现在的阿拉伯人被广泛认为是以实玛利的后代。

如此多的工作，仅仅用3个单词，就高效完成！作家汤姆·沃尔夫[1]曾经说过，每当看到精简短小的句子时，读者就像看到了福音书中的真理一样。在波因特学院，我们把这些真理称为"耶稣哭泣"效应，依据是《圣经》中最短的句子之一——"耶稣哭了。"（Jesus wept.）耶稣回到家，发现他的兄弟拉撒路死了，他的反应非常人性化，他哭了。人们可能会质疑他能让拉撒路复活这个奇迹，却不会质疑他哭的行为。"Jesus wept"，只有一个主语和一个动词，但这简单的两个词却蓄积了巨大的能量。因此，我们应该尽可能使用短句表达最重要的思想。

方舟之弧

分析到这里，如果你想为这本小说的第一句话戴上王冠，尊其为"句中之王"，我建议你最好先欣赏一下小说的结尾，因为就像我们在《了不起的盖茨比》中看到的那样，伟大的开篇往往会种出伟大的结尾。在最后几段里，白鲸杀死了偏执狂亚哈船长，毁掉了他的船和船员，只留下了一位水手：

---

[1] Tom Wolfe，1931—，美国记者、作家，新新闻主义鼻祖。善于通过描述时尚文化来捕捉人们的心态，讽刺社会。

到这里，故事彻底结束了。但为什么它还会流传下来？因为有人在这场海难中幸存了下来。

我在这场战斗的外围漂浮着，目睹了从开始到结尾的整个过程。大船下沉的时候，我被漩涡慢慢地吸了过去，漩涡的吸力其时已接近尾声，我被吸到它跟前时，它已经变成了一个泡沫池塘。旋转着，旋转着，我像是另外一个伊克西翁，慢慢地接近了漩涡的中心。中心有一个像扣子大小的黑色气泡。

当我最终到达那个致命中心的时候，黑色的气泡突然朝上爆炸了。因为巨大的浮力，灵活的弹跳力，棺材救生圈突然挣脱了漩涡，竖直着从海面弹起，然后落下来，漂在了我身边的海面上。趴在这口棺材上，我在海面上漂浮了一天一夜。海面轻柔平静，像一首安灵曲。不断有鲨鱼在我身边出现再消失，它们的大嘴好像被锁锁上了，对我没有丝毫威胁；凶残的海鹰自头顶掠过，尖嘴似乎被封进了剑鞘。第二天，有一只船慢慢地靠近，把我给救了。就是那艘绕道的拉结号，它在海上东奔西走，寻找自己丢失的孩子，最后却找到了我这个孤儿。

嗯……想一想，我们在哪儿看到过这副棺材？

暗示，而不是幻觉

我曾经说过，所有作家都需要"和声歌手"来帮助他们发声，就像格拉蒂丝·奈特[1]，她就非常善于与她的种子合唱团合作。在非虚构写作中，所谓的"和声歌手"往往可以是信息的来源，这些信息可以被作家引用或当作证据使用；在虚构作品中，他们可能会是一个代表作者与读者对话的角色。有时，他们会以文学或文化典故的形式出现，也就是套用老故事讲述新故事的人，可以达到一种"互文"效果。我们在第 25 章会深入探讨这个概念。

在小说中，麦尔维尔提到了伊克西翁[2]，他其实是在暗示希腊神话里的一个邪恶国王。宙斯为了惩罚他，把他放在一个一直在旋转的火轮上。但在小说里，以实玛利并不是坏人，虽然他一直在水轮上旋转，但他永远不会被卷入漩涡。

以实玛利是《圣经·创世记》中的人物，他是亚伯拉罕与侍女夏甲所生的长子。在亚伯拉罕的妻子撒拉生了孩子后，他就变成了牺牲品。他一生都在沙漠里流浪，是一个被父亲疏远的孩子，一个无家可归的孤儿。在梅尔维尔这儿，上帝

---

[1] Gladys Knight，1944—，美国演员、歌手，20 世纪最伟大的辅音歌手，与亲人组建过种子合唱团（The Pips），取得巨大成功。
[2] 撒特利的国王，逼迫邻邦的国王把公主嫁给他，后把公主父亲推入火坑烧死。他的罪行激怒了全国人，他逃到了宙斯那里，宙斯宽恕了他，他却在天堂里勾引宙斯的妻子天后赫拉。宙斯非常震怒，把他罚入地狱，把他绑在一个永远燃烧和转动的轮子上。

的烈焰火轮变成了水轮,《圣经》中以实玛利流浪的沙漠变成了一片水的荒原。

然后,作家也就顺理成章地把拯救以实玛利的那艘船叫作"拉结"。在《圣经》中,拉结是犹太祖先约瑟夫和本亚明的母亲。在《耶利米书》(*Jeremiah*)中,是"为孩子哭泣的拉结"。所谓"孩子",就是被嫉妒、猜疑的上帝惩罚的以色列人,他们被罚永远在荒野里流浪,永远没有自己的家园。

棺材变救生船

在小说的结局,"拉结号"这艘船是如何找到她的孤儿以实玛利的呢?是在一口棺材里!在这里,棺材变成了救生船。到这里,故事产生了神奇的反转,原本是承载死亡的容器,现在反倒变成了一艘救生船。但我们应该不会感到吃惊,因为小说开篇的第二句已经有了暗示。还记得这句话吗:"每当我不由自主地停在棺材店前,每当只要有葬礼我就会尾随时……"

再一次地,我们发现无论是在古典文学,还是通俗文学中,都存在这样一个奇妙的叙事模式:找到某个时刻,把诅咒变成祝福,或把祝福变成诅咒。在基督神学中,亚当和夏娃被逐出的伊甸园被称为"快乐的错误"(felix culpa)[1],因为这件事为救世主基督的诞生铺平了道路。可怜的红鼻子驯鹿鲁道夫(Rudolph the Red-Nosed Reindeer)[2]被其他驯鹿排挤,不能和他们一起做游戏,但最后,他那红色的鼻子像灯泡一样帮助圣诞老人穿越了迷雾;在"哈利·波特"系列中,哈利最讨厌的老师西弗勒斯·斯内普成了他最厉害的保护者和恩人。而《白鲸》中的以实玛利最初把棺材看作他要开始抑郁、开始厌倦大陆生活的标志,最后却变成了他的救生圈。于是,这个故事的叙述者得救了,有了机会给我们讲述这个故事,而他的真实名字,我们却永远不知道。

写作课

1. 请认真阅读《圣经》。我这么说,不是请求你信仰宗教,或者劝你对宗教更虔诚,而是因为,如果你不了解《圣经》中的故事和主要人物,就会对西方文化中那些最具影响力的典故一无所知。还有莎士比亚,尽管他排在第二位。

---

[1] 拉丁短语。felix,意思是开心、幸运,或被祝福了的;culpa,意思是错误或堕落。通常被翻译为"快乐的错误"。
[2] 传说中,有一只驯鹿叫鲁道夫,是世上唯一长大红鼻子的驯鹿,他自己感觉很难堪,其他驯鹿和他的兄弟姐妹都嘲笑他,他一直很自卑。有一年的平安夜,大雾弥漫,圣诞老人无法找到任何烟囱,给孩子们送礼物。最后,圣诞老人靠着鲁道夫亮闪闪的红鼻子,成功地把礼物送了出去。从此,鲁道夫成了最有名的驯鹿,受到了所有人的喜爱,他那红鼻子,也让每一只驯鹿都羡慕不已。

2. 拥抱简洁。我曾经写过一本关于简单地写作的书，书的篇幅倒并不短。简短可以聚集能量。想一想，建造一座大教堂会需要多少石头？记住，这本 800 页的小说是以一个三字短句开始的。

3. 分析名字。非虚构作品的作家们会收集有趣的名字，而虚构作品的作家们则创造名字。名字是人物发展的一部分，它们包含了阶级、文化、种族、地域、国籍和历史等各种因素。

4. 制造神秘感。在写作中，我很喜欢用两个词，一个是"神秘"，一个是"秘密"。在你揭开神秘感和暴露秘密的过程中，读者们会跟随你走完整个旅程。巨大的白鲸，以及亚哈船长对白鲸的痴迷，都充满了神秘感，充满了秘密因素。小说的第一句话更是如此，你会想，这个让你叫他以实玛利的人到底是谁呢？

5. 提前铺垫。你能想象到，某个故事的第一句话中的某个词，会在结尾时拯救主角的生命吗？这本小说中，开篇时的棺材在结局的时候变成了一条救生艇。

18 神圣的中心

X射线阅读威廉·巴特勒·叶芝

威廉·巴特勒·叶芝是爱尔兰最著名的诗人，我不知道他一生究竟写了多少字，但本章的X射线阅读将从他的一个词开始：gyre（螺旋圈）。这个词出现在这句诗里："Turning and turning in the widening gyre"（绕着越来越大的螺旋圈，旋转着，旋转着），这是他最著名的诗篇之一《基督再临》（"The Second Coming"）开篇的第一句。

仅在这一个词中，至少隐藏着下面三种写作技巧：

- 永远不要害怕使用新词，甚至读者不理解的词。
- 如果你觉得读者不会理解这个新词，就创造一种语境，指导读者去理解。
- 在使用这样的词语之前，认真查阅词典，弄清它的字面含义、比喻意义、隐含意义，以及它的历史和来源。

我在写作中从来没有用过"gyre"这个词，在 X 射线阅读这首诗之前，我甚至不知道它的发音，但按照上述第 3 条技巧的指引，我现在知道了许多关于这个词的知识。这条技巧不仅适用于写作者，对高级的 X 射线阅读者也很有帮助。在阅读一篇文章时，如果你想弄清楚这篇文章是如何写成的，那就要钻到它的深层，去研究单个的词、短语，甚至字母和标点。在阅读和写作的过程中，文本的意义反而有可能是由一些很不明显的词语揭示出来的。

起作用的词

为了理解"gyre"这个词，我查了好几个版本的词典。下面这些是我学到的：

- 这是一个名词，但也可以当作动词使用。
- 与它相关的所有内涵和外延都与"旋转"有关。
- 它的字面意思是：圆或螺旋；漩涡。
- 除了漩涡，它的同义词还有"异形漩流"和"涡流"（类似《白鲸》结尾时的那个漩涡）。
- 可以用它来描述空中的强大气流或海上的强大涡流；
- 与"lyre"和"wire"谐音，发音的时候有两个音节"ji-er"，重音在第一个音节上。

- 字母"g"发音很柔和，类似"jump"（跳）中的"j"。
- 来源于希腊词"guros"，这个希腊词的意思是"圆圈"。
- 与下面这些词共有词源，真是令人意外：

Gyrate："围着某个固定的点或轴旋转"，比如脱衣舞女抱着柱子旋转；

Gyroscope："一种由旋转体组成的旋转装置"，用于帮助车辆保持平衡和方向；

Gyro："三明治，里面通常夹着烤羊肉片"，也指那些穿在竖直的旋转烤肉叉上烤制的肉。

上述词语所涉及的运动都需要一个强大、固定的中心点。有了这些知识背景，我们就可以开始 X 射线阅读《基督再临》第一节了。第一节包含 8 行诗，一共 53 个单词：

旋转着，旋转着，
螺旋圈越来越大，
猎鹰再也听不到放鹰人的呼唤，
万物土崩瓦解，中心难以维系，
只剩一片混乱，裹挟着全世界。
血色海浪信马由缰，
所有纯真的仪式就此淹没；

至善者丧失信仰，

至恶者充满激情。

诗歌的主题是政治，诗人一定受到了许多重大事件的影响，比如第一次世界大战、爱尔兰对英国的反抗和俄国革命。叶芝和他同代的作家见证了太多的暴力，太多的死亡，太多被毁的国家，以及太多遭到践踏的社会契约。在"Mere anarchy is loosed upon the world"（只剩一片混乱，裹挟着全世界）这行诗中，"mere"指的是"全部"。

动作词

诗歌前两行中描述了驯鹰者试图控制猎鹰的画面。猎鹰是一种非常凶猛的肉食鸟，而"训鹰"是一项宫廷贵族运动，对猎鹰的控制，象征着统治阶层将暗黑势力驯化为社会秩序的力量。所谓的中心，就是国王。所有一切都围着他和他的奇思怪想转，因为他有权力。托马斯·霍布斯[1]在《利维坦》[2]中这样描述权力：没有它，"人的生活会变得孤独、贫穷、肮

---

[1] Thomas Hobbes，1588—1679，英国政治家、哲学家，创立机械唯物主义的完整体系，提出了国家起源说，主张君主制。代表作有《论公民》(*On the Citizen*)、《利维坦》(*Leviathan*) 等。
[2] 又译《巨灵论》，托马斯·霍布斯创作的政治学著作，1651年出版，全书分为四部分，第一部分论人，第二部分论国家，第三部分论基督教国家，第四部分论黑暗王国。整部书详细阐明了社会契约论，对后来的洛克、卢梭的社会契约论带来了深远的影响。

脏、粗野和短暂"。

因此，猎鹰者需要练习如何控制猎鹰。但叶芝描述的却是一只不断螺旋飞高的猎鹰，一只再也听不到主人声音的猎鹰，它飞到了一个很高的高度，甚至达到了火箭专家们所说的"逃逸速度"。

现在来 X 射线阅读诗歌的第一行。这行诗以"Turning and turning"（旋转着，旋转着）开头，真是有意思，一首诗以两个重复的现在分词开头。这种词语的重复和动词结尾的 -ing 形式代表的是一种循环的动作。接下来，是另外一个 -ing 形式的词："widening"（越来越大）。第一个音节中的长元音为下一个词 gyre 做好了准备。

这行诗有两种不同的断句方式。第一种是，把"Turning and turning"（旋转着，旋转着）与"in the widening gyre"（螺旋圈越来越大）分开，制造一种平衡。第二种是，把它看作是一行盎格鲁-撒克逊诗，前三个重要词紧密连接，为最后一击做准备。也就是说，在"widening"后断开。"Turning" "turning" "widening"这三个词都是多音节词，而且每个都以 ing 结尾，指代一种动作，最终引出了"gyre"这个简短的名词。

语言中的微小变化

那第二行诗是通过什么方式呼应第一行的？不是重复同

一个词（就像"旋转"），而是把两个几乎相同的词（falcon 和 falconer）并列起来，这两个词的差别非常小，几乎可以算是一个词。在音乐中，也有类似的情况，一些音乐家会把"三和音"中的"中间音"只降低半拍，本来是快乐的大和弦，就变成了悲伤的小和弦。"猎鹰再也听不到放鹰人的呼唤。"在许多句子中，关键词都是出现在开头或结尾，但在这句话中，"再也听不到"这个关键词却出现在中间位置。

"万物土崩瓦解，中心难以维系"（Things fall apart; the centre cannot hold），这句话中的短语很著名，它们肩并肩地站在一起，非常引人注意。"万物土崩瓦解"（Things fall apart），这个短语看起来很普通，普通得都有点像陈词滥调了。它的使用范围很广，如果谁的家人逝世、离婚，都可以用它来安慰人。什么？甲壳虫乐队也解体了？真是的，世界万物最终都会土崩瓦解的，这是一条不言自明的真理呀。

接下来，作者写的这一节就有些特别了，它是第一小节的支撑，包含了许多科学因素，尤其是物理学。里面描述的是一种离心力，就是一种从中心向外扩散的力，是与向心力相反的，与猎鹰和越来越大的螺旋圈呼应。任何事情，只要失控，就会威胁到公众的利益。

在这里，叶芝像霍布斯一样，想象了完全失控的状态：

只剩一片混乱，裹挟着全世界

18 X射线阅读威廉·巴特勒·叶芝
神圣的中心

血色海浪信马由缰，

所有纯真的仪式就此淹没；

Mere anarchy is loosed upon the world,

The blood-dimmed tide is loosed, and everywhere

The ceremony of innocence is drowned;

在这三行诗句中，我看到一种特殊的重复。"loosed"（松散的）这个词意思是"处于松散的"状态，重复了两次。猎鹰者任由猎鹰飞翔，但仍然期待把它呼唤回来，再次控制它。更有意思的是，这三句诗都是被动语态，主语［mere anarchy（完全的混乱）、the blood-dimmed tide（血色海浪）、the ceremony of innocence（纯真的仪式）］都在被动地接收宇宙中某些不可知的可怕力量。在经典文学中，这种力量是一种天外救星，一种神一样的力量，它总是姗姗来迟，然后化解一切危机。但叶芝并不认为基督再临拯救了全世界。接下来，他想出一个类似狮身人面像的怪物，一个"粗野的牲畜"，"懒洋洋地去伯利恒投生"。

叶芝和乔伊斯一样，出生在爱尔兰的天主教文化中，这就不难理解为什么这首诗中包含了许多《圣经》因素。海浪，本应是碧蓝清澈的，在这里变成了"血色"。这是战争和革命的受害者流出的血，用到的典故是"埃及十灾"中的一灾：

为了惩罚埃及法老，上帝把尼罗河变成了一条血河。"纯真的仪式"，通常是指人类文明中带有创意的、积极的诱捕，就像在《圣经》中，大希律王为了应对耶稣降生的预言，虐杀婴儿[1]。最后两行诗，最终汇聚在"drowned"（淹没）这个单词，就好像在诺亚方舟和大洪水时代被上帝牺牲的人类，最终被大水淹没。

要表达什么，直接说出来

诗歌前两节中的意象为最后两句做了铺垫。这两句诗是迄今为止，人们对政治、文化、人类社会和价值观做出的最有意义的阐释：

> 至善者丧失信念，
> 至恶者充满激情

> The best lack all conviction, while the worst
> Are full of passionate intensity.

它们很像格言，非常简短，却令人无法辩驳，也无法检

---

[1] 出自《圣经·马太福音》第二章。大希律王惧怕耶稣长大后会夺取他的王位，就下令把伯利恒城内外所有两岁以下的男婴统统杀死。

验，头上闪耀着无可争辩的真理之环。本书虽无关政治，但作为一个美国人，我利用自己的有利位置，观察和研究了美国及其他许多国家，得到了大量证据，它们证明叶芝的这句话非常有说服力。在这个世界上，确实有许多坏人天天充满激情，而好人们却往往缺乏坚定的信念和信仰。叶芝鼓励我，不要犹豫，直接表达自己相信的东西。当然，像"反讽""矛盾"和"模糊化"这些间接的写作方法也很重要，但我也鼓励作者直接亮出证据，提出明确而令人信服的论点，这不是学究气的卖弄，也不是自以为是的说教，更不是思想上的狂言。如果你相信某个主题或论点，甚至某个主题句，就要大声地、骄傲地把它们写出来。

反转熟悉的事物

叶芝是诗人中的诗人，作家们乐此不疲地研究他诗歌中的精神，挖掘其中的音乐性和意义。我的老朋友豪厄尔·雷恩斯[1]不管到哪里，都会带上一本叶芝诗歌集。我想，他每天早上一定要先喝点咖啡，读一点叶芝，才开始创作的。

天主教一直都是一种强大的文化和政治力量，不仅在爱尔兰，在美国也是如此。它是一种很保守的宗教，刻板和拘

---

[1] Howell Raines，1943—，美国记者、编辑、作家，2001年到2003年担任过《纽约时报》总编辑。

谨程度令人震惊。许多教区学生的行为和经历都受着修女和牧师的影响。他们能接收到非常丰富的传统文学，比如美、音乐、学识这些世人都赞颂的东西，但也有叛乱、罪恶、酒鬼，以及著名的"北爱尔兰问题"（the Troubles），就是因为它，北爱尔兰多年来一直存在宗教冲突。还有一些孩子会受到牧师的性侵，这是特别可怕的丑闻。这些牧师们犯下的错，他们的伪善，动摇了这个世界上最伟大的宗教的根基。

詹姆斯·乔伊斯离开了爱尔兰，跑到欧洲大陆书写祖国。叶芝留下了，却放弃了罗马天主教，转而去描述精神世界中更神秘的形式和仪式，就像这首诗一样。读完这首诗，即使是没有信仰的人也会被烙上炙热的文化烙印。

"基督再临"，这个标题展示的是一种宗教信念：基督会在某个未知的"欧米伽点"（omega point）[1]再次回到地球。它没有特别关注基督的第一次降临，即我们的上帝之子——基督在伯利恒的诞生。而它的再临，不是指基督教中的末日，而是指更黑暗的大劫难。愤世嫉俗的人会把这个标题和这首诗理解为一种诱导性的转向法，诱导读者从信仰基督教转向信仰异教。但大多数评论家认为，这个标题包含的更多是智慧和善意，"基督再临"这几个字本身就包含了强大的力量，

---

[1] 这种观点认为宇宙的历史就是进化的历史，进化是一种不可逆的向上运动，生命会一直向前进化，伴随着"意识"含量的提高，最终会趋向于一个终极目的。人们把这个目的用最后一个希腊字母欧米伽表示，称其为欧米伽点。在此点后，人类会全知全能，因此欧米伽点也被称作是"上帝之点"。

诗人又改编了它，对它重新做了想象，从而使之充满内涵。面对当时人类的困境，类似基督教这样强大的宗教已经不能给出令人满意的答案了。

写作课

1. 永远都不要害怕使用一个不熟悉的词，就像"gyre"这样读者不理解的词。如果你觉得读者不会理解，那就创造一种语境，指导他们去理解。

2. 重复某个词，且重复词之间的距离要尽可能小，像"down，down"和"slow，slow"，这样能制造出一种连续的动作。通过重复把词与词联结在一起，就像 widening 和 gyre 中的元音，以及 turning 和 widening 后的 -ing 形式。带着 -ing 形式的动词可以创造出一种连续动作。

3. 简单普通的词汇可以表达强大的思想，像"万物土崩瓦解；中心难以维系"这句里的词。这里的分号，相当于一扇旋转门，把相同的东西隔开，但也能让读者从一边去到另外一边。

4. 要坚持住自己的信念，不要害怕直接表达自己的想法，像"The best lack all conviction"（至善之人都缺乏信念）中说的那样。汤姆·沃尔夫认为，精简短小的句子会很像福音书中的真理。

5. 不要害怕让读者的期望落空，不要害怕让他们因此而震惊。选择一个类似"基督再临"的普通短语或象征，带有目的性地重新解释它，让它变成完全不同的东西。

19 X射线阅读佐拉·尼尔·赫斯顿
烈焰上的词语

2014年,经小说改编的电影《五十度灰》(*Fifty Shades of Grey*)预告片火热上映,让同名的系列小说也重新受到读者注意。小说的作者是英国女作家E. L.詹姆斯[1],她很幸运,自行出版的第一本小说销售量就在九千万之上,还被翻译成了50多种语言。我真喜欢她的人生故事。或许,我应该专门写一个短的章节,里面只有一个给写作者的建议:性爱描写,可以大卖。

只是,就像美食和体育评论有好有坏一样,情欲小说也一定有好有坏。《五十度灰》中,有关的画面感非常强,也因为这一点,小说饱受诟病。下面这段话是我从E. L.詹姆斯的书中随意选出的,和《五十度灰》中饱受诟病的非常强的束缚、受虐的性爱场景不同,这段话没有太多性爱场

---

[1] E. L. James, 1963—,美国电视制作人、情色作家,因情色小说《五十度灰》而出名。这部小说在全球销量过亿,超过了《哈利·波特》与《暮光之城》。

面,但风格和文笔是一致的。接下来,我会对它进行 X 射线阅读:

> 克里斯汀点点头,带着我穿过一个双开门,进入金碧辉煌的大堂。他的手大大的,手指修长,很熟练地拉着我的手,这让我感到很陶醉。我感到了那种熟悉的悸动,深深地被他吸引,像飞向太阳的伊卡洛斯,浑身已经被灼伤了,但却仍然稳稳地站在他身旁。
>
> 走到电梯前,他按下按钮。我偷偷看他,他似笑未笑,表情神秘。
>
> 电梯门开了,他松开我的手,示意让我进去。
>
> 电梯门关上,我再次冒险偷看他。他朝下瞥了我一眼,灰色的眼睛充满朝气。就在这一瞬间,我们之间有电流通过,而且很明显,我能感受到它。它怦怦怦地跳动着,把我们拉在一起。
>
> "哦,老天!"我喘一口气,沉浸在身体深处发出的、最原始的吸引力中。
>
> "我也感觉到了。"他说,双眼似被蒙上了一层雾,眼神却又深沉无比。
>
> 我的下身窝着一汪暗黑而静寂的欲望之池。他紧握住我的手,拇指轻抚着我的指关节。我全身的肌肉绷得紧紧的,这感觉太美妙,直达身体的最深处。

19 X射线阅读佐拉·尼尔·赫斯顿
烈焰上的词语

不会吧,老天啊,他怎么还能这样对我?

"请不要咬嘴唇了,阿纳斯塔西亚。"他低声说。

我抬头看着他,不再咬嘴唇。我想要他,就在这儿,现在,在电梯里。怎么会不想呢?

"你知道看你咬嘴唇,我会有什么感觉。"他低声说。

啊,原来我还能影响到他呢。我内心的那个女神就从五天的闷气中彻底走出来了。

唉,我的 X 射线阅读退化成了"性感射线"了。

这段文字并没有什么独特的地方,也没什么趣味感,甚至都没有涉及一点儿情欲场面。像"飞得离太阳太近的伊卡洛斯"这样的描述,读者都看到或听过很多次了。(看到这句时,我禁不住感叹:"唉,又是伊卡洛斯。斯蒂芬·迪德勒斯,看看你做的好事。能不能换一个比喻,不要再这么抹黑神话人物了。")而"电梯相遇",则是色情电影和电视广告里惯用的伎俩。一双不可思议的大手、修长的手指、害羞的一瞥、两人像过电了一样等等,都是一些陈年老梗。你能想象吗?两人之间有电流通过?在电梯里?(是不是保险丝烧断,电梯线路短路了?)当然,肯定还有"怦怦怦地",不要忘记这个。还有喘息声啊,陶醉的表情啊之类的。再加点发自灵魂的原始欲望:缠绕着、死死抱着、抓破皮肤,等等。最后,如果没有"深处"这个词,成人色情小说就不会完整。"我的下身窝着一汪暗黑而静寂的欲望之池"已经接近赤裸裸的性语言了。看到这句话时，我听到大脑在尖叫，在抗议所谓的池水和下体的撞击，尽管句子中使用了"头韵"这种修辞[1]，但仍然淹没不了我脑海里的尖叫声。真是想不通，这到底是激情，还是尿路感染？

情色与色情

为了让本章从色情中走出来，我来介绍一本同类型小说，作者也是女性，来自佛罗里达州的佐拉·尼尔·赫斯顿[2]。1937年，她的代表作《他们眼望上苍》出版。当时，评论界对这本小说褒贬不一，但如今它已经成为美国20世纪的文学经典。在小说第75版出版时，爱丽丝·沃克[3]这样赞美它："这是对我最重要的一本书。"

小说的封面上有一棵梨树，树下写着标题，标题下有一只小蜜蜂[4]。这个设计是向小说中最著名的一段话致敬。在这段话中，主人公珍妮·克劳福德（Janie Crawford）回忆起自

---

[1] "暗黑而寂静"的原文为：dark and deadly。
[2] Zora Neale Hurston, 1871—1960, 20世纪美国著名作家、人类学家。《他们眼望上苍》(Their Eyes Were Watching God)是其代表作。
[3] Alice Walker, 1944—，美国作家、诗人、社会运动人士，普利策奖获得者，作品多是黑人妇女为自我权利斗争的主题。代表作有《紫色》(The Color Purple)等。
[4] 作者指的是哈珀永久出版社在2013年3月19日出版的75周年版本。——编者注

己 16 岁的岁月,回忆起年轻的恋人约翰尼·泰勒,同时陷入了一种情色的幻想里:

> 西佛罗里达州,一个春天的下午。珍妮躺在后院一棵开花的梨树下,一躺就是大半个下午。三天来,只要干杂活时有一分钟的空闲,她就会跑到这里,躺下。从树上的第一朵小花苞开放,她就在这儿了。小花苞呼唤着她来到这儿,去凝视一个神秘的世界。从光秃秃的褐色枝干,到亮晶晶的叶芽,再到像雪一样纯洁的处子般的花朵,都让她全身震颤不已……
>
> 她就那么仰面躺在梨树下,倾听着蜜蜂的低声吟唱,感受着金色的阳光,有喘息着的微风拂过,所有的无声之声飘进她的耳朵。她看到一只浑身尘土的蜜蜂钻进花朵的幽穴;她看到成千上万的花萼姐妹躬身迎接这爱之拥抱;梨树浑身都在颤抖,从深处的根到最细小的枝丫,这种颤抖凝结在每一朵梨花中,像梨树吐出的狂喜之沫。这就是婚姻啊!是神召唤她来,让她目睹这神启。突然,珍妮感到痛苦无情的甜蜜感,她整个人变得瘫软无力……
>
> 透过满是花粉的空气,她看到一个浑身发光的人从路上走过来。以前,她蒙昧无知,只知道这个人叫约翰尼·泰勒,他瘦瘦高高的,成天吊儿郎当地过着日

子。但在这天，那些金色的花粉，为他的破烂衣衫蒙上了一层魅力之光，蒙蔽了她的双眼。

你的 X 射线眼镜上是不是也蒙上了一层雾气？其实不需要戴眼镜，我们就能看出这段话是一段高度抽象的性描写。现在，我们来分析一下这里的性。无论是在现实生活还是文学作品中，我都不反对性。我甚至还研究过通俗文化和艺术中性的不同描绘方式。你可能会觉得，经过几十年的研究，我在这方面肯定了解了许多知识，但其实不是，我反而越来越不明白性为什么对人有那么大的控制作用。在这方面，能与之抗衡的恐怕只有宗教了。性，不只是生理上的必需品，也是一种文化上的力量。它吸引着我们，占据着我们的思想，控制着我们的行动，有时会帮助我们，但有时又会伤害我们。有了它，我们的生活变得复杂。

在电视电影、广告、文学作品、戏剧中描写或描述性其实并不难，却很难做得很好。

现在咱们来看看"情色作品"与"色情作品"的区别。我个人认为，在"说"的作品就是色情的，而"不说"的作品则是情色的。如果不是确切地下定义，我们就可以这么概括：色情作品通常都是夸张的，而情色作品则是通过暗示、意象和保守的描写完成的。二者当然也有相同点，那就是，它们都能达到预期的效果——身体会兴奋起来，为即将到来的性爱做好准备。色情，基本上通过眼睛完成描写；情色，则通过想象完成。

除了情色幻想场面，我对赫斯顿作品中的比喻也颇感兴趣。这些比喻本来都是很常见、很委婉的，但到了她这里，就变得新鲜刺激，令人震惊。

比如，形容失贞的妇人，最老派的语言就是"堕落"（deflowered）；在描述年轻人开始了解性的时候，用的语言就全是"鸟儿和蜜蜂"[1]；关于花儿，我们在高中生物课上都已经学过，它们也有雄性和雌性之分。在赫斯顿的小说中，到处都有类似的比喻痕迹，但她的语言却充满力量和创意，以一种我们从未见过的方式来描述性行为。

所以，弗洛伊德博士（Dr. Freud），有时候一棵梨树并不仅仅是一棵梨树。

这种写作技巧叫作"拟人论"（anthropomorphism）。作为一名作家和人类学家，赫斯顿肯定知道这个词。《美国传统词典》是这样解释这个词的："把人的动机、性格特征或行为套用到非人类的无生命物体、动物或自然现象上。"只要句子的主语是灵长类或哺乳动物，这个过程是很容易辨别出来的，但随着主语在生物链上的层级越来越低，这个辨认的过程会越来越艰难。赫斯顿把花儿的开放描写成"像雪一样

---

[1] the birds and the bees，一句英语习语，用以指代男女之间的性交。——编者注

纯洁的处子般";风有"气息",甚至会像某个精力充沛的情人一样"喘息";树的各部分之间有"爱之拥抱",甚至还会有"婚姻"。

然后就是一连串的词语和意象,在不同的语境中,他们通过不同的内涵表达,提醒着我们,这是性行为的描写。一棵树会开花,从某种意义上说,一个年轻女子也会开花。珍妮"仰面躺在梨树下",就好像树是她的爱人;蜜蜂"钻进花朵的幽穴"采蜜,则暗示着无数关于性结合、生育和繁殖的联想。"成千上万的花萼姐妹",表面上是一簇簇花朵的花萼,但也可以用来指人体中的杯状结构,如骨盆。它"躬身",像爱人拱起后背,接下来就是高潮:"梨树浑身都在颤抖,从深处的根到最细小的枝丫,这种颤抖凝结在每一朵梨花中,像梨树吐出的狂喜之沫。"[在色情业中,这叫"金钱镜头"(money shot)。]在这段话结尾,珍妮成了耗尽了体力的爱人,感到"瘫软无力"(limp and languid)。这里的头韵以流音开始,似是给这个过程提供的一种润滑剂。

接下来,叙述角度改变了。读者透过一片光芒四射的"花粉"之雾,在"满是花粉的空气"中,俯瞰一条路,看到了代表珍妮欲望的那个人。透过珍妮的"性射线"视野,"那些金色的花粉,为他的破烂衣衫蒙上了一层魅力之光,蒙蔽了她的双眼"。这简直就是魔法,花粉就是一种仙尘。"蒙上魅力之光",其实意思就是经历了魔法,或者在恍惚状态中的改变。

爱的语言

和《五十度灰》中的语言对比一下,你就能体会到赫斯顿的描写非常厉害,非常有技巧,也有控制力。

好的性描写(或者说对所有事物的描写),关键之处就在语言。看看弗拉基米尔·纳博科夫在下面这段话中的描写。这段话是男主人公亨伯特·亨伯特第一次见到多洛雷丝·黑兹时的感想。多洛雷丝·黑兹就是后来他所爱的洛丽塔。见到她后,他想到了很久之前死去的爱人:

> 带着一丝敬畏,一丝狂喜……我再次看到了她那可爱的、内吸的腹部,我朝南翘的嘴顿时停了下来;还有那两瓣稚嫩的臀,短裤的裤带在上面留下了一个小圆齿般的印记,我曾吻过它;自那之后的25年一直在慢慢缩短,变成了一个悸动的点,最终消失了。

在小说开篇,亨伯特曾哀叹:"我的洛丽塔呀,我现在只能玩玩文字了。"但纳博科夫可没有哀叹,反而在这句话中带有那么一丝炫耀,因为在我所了解的小说家中,还没有谁能够如此无情地玩弄英语。请欣赏文中的这些短语:"内吸的腹部"(indrawn abdomen)、"朝南翘的嘴"(southbound mouth)、"小圆齿般的印记"(crenulated imprint),以及"悸动的点"(palpitating point),感受其中的平行、押韵、谐音、重复、变化,以及句子中的野性和诙谐。

现在,再看看《五十度灰》中的这句话:"不会吧,老天啊,他怎么还能这样对我?"把这句话与上面纳博科夫的描写对比一下,看看其中的差别。

写作课

1. 间接往往比直接更有力。这个时代充满了赤裸裸的色情内容,所以人们可能都忘了,就在不久前,只是偷窥一下女人的吊袜带就非常色情[20世纪60年代的电视剧《广告狂人》(Mad Men)里就有这样的情节]。在19世纪,看一眼露出的脚踝也是色情。在采访劳伦·白考尔[1]时,她告诉我,她年轻时出演的电影中,导演会故意忽略掉一些情色内容,但它们反而会暗示观众,比现在那些露骨的电影更有情欲感。

2. 描述任何东西时,都可以使用象征手法,包括暴力、疾病和性。赫斯顿的那棵梨树上可不只是一只鹧鸪鸟。描述人类能力和情感的一些词也可以用来描述动物、植物,甚至

---

[1] Lauren Bacall,1924—2014,美国著名女演员,获第82届奥斯卡终身成就奖,代表作有《危情十日》(Misery)、《夜长梦多》(The Big Sleep)等。

无生命的物体。我们不常常说飓风或暴雨在"发怒"吗？

3. 乔治·奥威尔提醒我们，在写作中要避免使用读者常见的词汇。试着把一些流行的词汇或陈词滥调提升到一个新的语言层次。赫斯顿在这方面就颇有才华，她能够把一些暗指性的普通语言和形象（蜜蜂和花朵）转化为非常生动、非常有创意的词汇，让你几乎通过文字都可以感受到浓烈的情欲。

4. 在美国文化的诸多展现形式中，保守拘谨的清教主义和色情因素其实是共存的。在这样的社会里，大胆描述性爱活动及其后果是非常重大的。在作品发表前，试着找一位读者先读一读，这样可以避免一些荒谬的或没有情欲感的粗糙描写。不要忘了，（绅士们！）人们也可以通过爱情的场景体会到性。因此，对的，性描写，真的很有用。赶紧计划开始写吧！

20 X射线阅读哈珀·李
等待的力量

  一个作家的一生中，会有那么几天格外幸运的日子。我在修改分析小说《杀死一只知更鸟》(*To Kill a Mockingbird*)及其作者哈珀·李[1]的写作策略的这一章节的时候，得知出版商将要出版《杀死一只知更鸟》的续集《守望之心》[2]。悬疑小说中，最精彩的部分就是在漫长等待后，你所能感受到的那种震惊。

  尽管这本小说出版时，美国的民权运动正如火如荼，作家却把故事放在了大萧条时期（1933—1935）的一个南方小镇上。小说的全球销量超过1,800万册，改编的电影也获得了奥斯卡金像奖，小说中的故事因此也就家喻户晓：在阿拉巴马州

---

[1] Harper Lee, 1926—2016, 美国小说家，一生只出版了两部小说，第一部就是全球闻名的《杀死一只知更鸟》，第二部是《守望之心》(*Go Set a Watchman*)。第一部获得了当年的普利策奖，至今已被翻译为40多种语言。

[2] 哈珀·李在1960年出版《杀死一只知更鸟》并名声大噪之后，直到2015年才出版了第二部小说《守望之心》。一年之后，作家病逝。

的一个小镇上，住着一位正义的律师阿提克斯·芬奇［Atticus Finch，电影中由格里高利·派克（Gregory Peck）饰演］，他有一个儿子和一个女儿，儿子叫杰姆，女儿叫斯考特。阿提克斯关于种族和正义的观点在当时是超前的，他做的工作在当时种族隔离的南方是比较困难的，甚至是危险的，尤其是他还要为一名黑人辩护，这名黑人被指控强奸了一名白人妇女。故事的叙述者是律师的女儿斯考特，一个充满朝气、意志坚强的女孩。在父亲为黑人做辩护律师的过程中，她和杰姆也遇到了不少麻烦。最终，他们靠着智慧和对父亲的忠诚进到了法庭，站在看台上观看审判的整个过程。小镇的全体黑人居民也站在这里，他们希望自己的同胞能够得到公正的判决。

修辞语法

我将重点 X 射线阅读第 21 章，它不仅是全书写得最好的、最能展现主题的章节，也是美国文学史上写得最好的章节。在上一章中，阿提克斯充满激情地为陪审团做了一个总结，向他们提供了证据，并试图说服这个全部由白人男性组成的陪审团去追随更善良的天使：

但在我们这个国家，所有人都能通过一种方式平等起来，那就是法庭。在这个人类设立的机构下，乞丐与洛克菲勒平等，愚人与爱因斯坦平等，文盲与大学校长平等。无论是美国联邦最高法庭，还是维护基层治安的法庭，包括你们现在服务的这个可敬的法庭，都是如此。当然，和所有社会机构一样，法庭也有缺陷。只是，在我们这个国家里，法庭是最伟大的平等主义者。在这里，人人生来平等。

我不是一个理想主义者，因此不会坚信法庭和陪审制度的绝对完美。我也没有把这个当作自己的理想，对我而言，这是活生生的现实。先生们，法庭不会比陪审员们更加高明。法庭只能和它的陪审团一样公正，而陪审团只能和其中做出决定的先生们一样公正。我对各位充满信心，相信大家会公正、理性地审查各种证据，最终做出裁决，让这位被告回家与家人团聚。请以上帝的名义，开始履行你们的职责吧。

戴上 X 射线眼镜，你能看到，这段话的词藻非常华丽。莎士比亚的作品告诉我们，作品中的个人独白可以丰富读者对戏剧文学的体验。故事中的演讲是"文本中的文本"的一种，可以推进故事发展，展示某个人物，也可以探讨一系列主题。

这段话中使用了读者们熟悉的修辞手法，读起来感觉很像说服力很强的演讲稿。这其中有平行结构，即一种重复的语法模式，例如这句话：

在这个人类设立的机构下，乞丐与洛克菲勒平等，愚人与爱因斯坦平等，文盲与大学校长平等。

"平等"像个船锚一样被固定、重复了三次，其他因素虽然都在变化，但它们都在一个模式里。洛克菲勒、爱因斯坦、大学校长依次出场，暗示着演讲者演讲的范围非常广泛，它是包罗万象的，是关于全世界的（作者们经常会用三个例子来代表"一切"）。

通过语言，演讲者表达了逐渐强烈的激情，展示了越来越丰富的含义，在结尾时提到上帝，呼吁听众们采取行动。于是，最强烈的情绪反而在最短的句子中表达了出来，最后一句话只有 8 个单词，且 7 个单词都是单音节："In the name of God, do your duty."（请以上帝的名义，开始履行你们的职责吧。）

故事引擎

在第 21 章开篇时，法官已经做完了总结陈述，陪审团要开始商议了。那么，结果到底是有罪还是无罪？这其实是读者最熟悉的故事引擎。从《十二怒汉》（*Twelve Angry Men*）[1]到《桃色血案》（*Anatomy of a Murder*）[2]，从《梅森探案集》（*Perry Mason*）[3]中的一系列案件到《法律与秩序》（*Law and Order*）[4]，都是因为这个故事引擎，陪审团的审案才会带来这么多戏剧性故事。而在现实生活中，一些知名度比较高的案子也是因为这个引擎，才能一直占据有线电视台的新闻节目，对辛普森的审判和最终的无罪释放就是一个典型的例子。审判将持续数周，甚至是几个月，在这段时间里，大众一直关注着案件的发展，他们不仅想知道之前发生了什么，还想知道接下来会发生什么。即使是最枯燥的审判仪式，里面也会包含悬念，这是一个不断"延迟再延迟"的体系，会因为陪审团的审议而变得越来越戏剧化，而最终的结果又是不确定的。

经过一系列的"延迟"，读者在第21章结尾看到了判决结果。在"嘀嗒嘀嗒"的时间体系中，时间或者像在篮球比

---

[1] 在1957年上映的一部美国黑白电影。大致剧情是，一个18岁男孩被指控杀死了父亲，而现有的一切证据都显示男孩有罪。陪审团需要最后裁决，男孩到底是有罪还是无罪。故事主要围绕陪审团的审判展开。最初，陪审团里11人认为男孩有罪，只有1人认为他无罪。经过长时间的讨论，最终所有人达成共识，男孩无罪。

[2] 在1959年上映的美国电影。大致剧情是，一名陆军中尉枪杀了强奸其妻子的酒馆老板，一位小镇律师为他辩护此案，最终成功。是美国最经典的法庭片之一。

[3] 原为19世纪美国作家厄尔·斯坦利·加德纳（Erle Stanley Gardner）所著的小说，一共85部。1957年，小说被改编为电视连续剧《梅森探案集》，一连播放9年，主人公梅森律师因此在美国家喻户晓。

[4] 1990年在美国开播的电视连续剧，一共20季，456集，每集分为上下两部分，上部聚焦两位警探的工作，下部分侧重记录检察官提出诉讼和庭审的过程。

赛中一样，以倒计时的方式向前走，或者固定在某个预定的时间点上，就像著名的牛仔电影《正午》（*High Noon*）[1]，这个标题本身就提示读者，载着杀手弗兰克·米勒的火车将会在正午到达。他和同伙要向小镇复仇，要去报复加里·库珀[2]饰演的警长。这部电影一共只有85分钟，情节一直靠一座大钟的指针向前实时推进。

根据量子力学和我们自身的经历，我们知道时间是相对的。就我个人而言，我觉得时间的速度取决于我们是否意识到它。如果我们在课堂或工作中"盯着钟表看"，时间就会像蜗牛一样向前爬。如果我们忙于工作或开心地娱乐时，时间就会"飞走"。时间到底去哪儿了？在一段格外专注的经历后，我们总会这么问。

因此，作者为了制造悬念，就可能放慢故事的节奏。这可以由一系列短句来实现，因为每个短句的句号就是一个停止符号，也可以直接重复与时间相关的因素。在《杀死一只知更鸟》中，读者一直在等待判决结果。陪审团的商议，尤其是在种族歧视的南方地区，基本上都可以在几分钟内结束，但他们却商量了好多天，甚至中间还要暂停。在这个过程中

---

[1] 于1952年在美国上映的一部西部影片，也是美国电影历史上最经典的西部片之一，主要讲述了一名小镇警长单独对抗四个复仇恶徒的故事。影片一共有85分钟，主要描述的是上午10:40至正午这段时间内人物的一举一动。也就是说，荧幕内人物的活动时间是85分钟，观众们观影的时间也是85分钟。影片主演是加里·库珀（Gary Cooper）。
[2] 1901—1961，美国著名演员，曾经获得过5次奥斯卡男主角提名奖，2次奥斯卡男主角奖，1961年获得奥斯卡终身成就奖。

会发生什么呢？这就是小说中的人物，包括读者们想要找到的结果。

"嘀嗒嘀嗒"式结构

在第 21 章开篇时，保姆卡尔珀尼亚冲进了法庭。她非常焦急，因为杰姆和斯考特不见了，她不知道他们跑到哪儿去了。机警的书记官很快就解决了这个问题，他说：

> 我知道他们在哪儿。他们现在就坐在那个黑人看台下，从下午 1 点 18 分开始，他们就坐在那儿了。

这简短的一句话，隐藏了两个非常重要的信息。第一，法庭上有一个被隔离的区域，孩子们在这里向"有色人种"寻求保护。第二，1 点 18 分，时间如此精确，让人感觉有些古怪。最后，孩子爸爸终于同意他们到法庭观看审判，但前提是必须先跟保姆回家吃晚餐，而保姆卡尔珀尼亚一脸怒气。于是，他们就回去了。卡尔珀尼亚给他们倒了牛奶，做了土豆色拉和火腿，命令他们："你们要慢慢吃！"这里再次提及了时间。

回到法庭后，杰姆问："陪审团出去多久了？"答案是 30 分钟。又等了一会儿，杰姆又问："牧师先生，几点了？"牧师回答说:"快 8 点了。"然后,他们继续等待。"经历了最初的报时音乐后,那口古老的大钟终于敲响了,八声'当当'的声音震耳欲聋,震得骨头都开始松动。"接下来,"大钟敲了十一下后,我没了知觉。在与睡魔搏斗了很久后,我实在是太累了,于是就靠在牧师舒服的肩上打起了盹。"又等了很久后,斯考特跟杰姆又说话了:

"是不是太久了?"我问他。
"当然呀,斯考特。"他很开心地说。

他是觉得,陪审员们考虑了这么久,对被告来说会是一个好预兆。

就在这个等待似乎遥遥无期时,书记员说:

"现在开庭。"声音中权威感十足。下面的脑袋瞬间抬起。

于是,在下面不到两页的故事中,延续了 6 页的悬念揭晓了。在美国文学历史上,这两页的故事叙述可谓铿锵有力。

后来发生的事情很像一场梦。我看到陪审团回来了,他们走路的动作像潜水员。泰勒法官的声音很小,像从很遥远的地方传过来似的。接下来我看到的是只有律师的孩子才能看到、才会观察到的。阿提克斯走了过来，他好像走在大街上，肩上扛着一支步枪，他扣动了扳机。我一直看着他，知道这支枪内没有子弹。

所有的陪审员都不看被告，他们进来时，一个个地都不看汤姆·罗宾逊。陪审团主席递给塔特先生一张纸，塔特先生又把它递给了书记员，书记员又递给法官……

我闭上眼睛。法官塔特最后开始宣读陪审员的决定："有罪……有罪……有罪……有罪……"我睁开眼，偷偷看杰姆。他的手死死地抓着看台的栏杆，双手发白，双肩颤抖着，好像每一声"有罪"都是一把匕首，刺向他的肩胛骨。

温柔的惊喜

安慰了被告人几句后，阿提克斯抓起衣服朝外走。斯考特从坐着的地方俯视父亲：

有人推了推我，但我的眼睛不愿意离开下面的人群，不愿意离开沿着过道向前走的阿提克斯，他的背影显得那么的孤独。

"珍妮·露易丝小姐?"

我看了看周围,人们都站了起来。我们周围的黑人,坐在对面看台上的黑人,此时都站了起来。我听到了尊敬的赛克斯的声音,它从远远的泰勒法官那儿飘过来:

"珍妮·露易丝小姐,请起立。你的父亲要经过这里了。"

到这里,第 21 章结束了,读者能感到一丝惊喜。所有的等待,所有对钟表的注视,所有与时间相关的东西,所有的期待,都带着我们向最后的判决靠拢。在这个过程中,我们只感受到一点点的胜利,那就是陪审团商议的时间还算比较长。在章节开始的时候,牧师赛克斯曾说:"你可别这么自信,杰姆先生,我还没见过哪个陪审团会让黑人打败白人的。"杰姆早就应该同意这个说法的。不过到最后,他们看到的并不是这个结果,而是一种集体表达的深刻尊敬,一个由黑人组成的希腊戏剧合唱团,他们一起起立,不是为了某个监工或工头,而是为了一个代表着他们共同尊严的人。作者在这里耍了一个漂亮的花招。读者一直在等待判决结果,却在最后迎来了真正的一击。其实它的存在一直很明显,却隐藏了这么久。

到现在为止,我们已经阅读了许多经典作品。可以看出,重读过去几十年的经典文本还是非常有价值的。毕竟,2015

年的种族主义与1960年《杀死一只知更鸟》出版时的种族主义是完全不同的。《杀死一只知更鸟》虽然体现了种族进步，而且非常能够激励人心，但书中对当年南方贫穷白人的刻画和对强奸案原告的描述也饱受批评。在小说中，种族、阶级、性别、地域和宗教都扮演着重要的角色，而我们对它们的看法也经历了半个多世纪的变化。"黑鬼"这个词在一本以20世纪30年代为背景的小说中的不断出现，也使当代人对这部作品的阅读和教学变得更为复杂。"到底是时代变了，还是我变了"，这个问题是X射线阅读带来的健康副产品，但这并不是要我们忽视或低估那些把背景设置在作者同时代的作品的作用。虽然我们无法解释《威尼斯商人》(The Merchant of Venice)中暗含的反犹太主义，但我们至少感觉到，这部剧中犹太人夏洛克要比《马耳他岛的犹太人》(The Jew of Malta)[1]中邪恶的巴拉巴斯更令人同情一些[2]。

在美国，许多非裔作家都记述了20世纪南方的种族主义，如果你想在这方面获得更深刻的见解，可以去看看这些作品。

---

[1] 英国诗人、剧作家马洛（Christopher Marlowe，1564—1593）创作的一部著名剧作。主人公巴拉巴斯家财万贯，但却贪婪残忍、诡计多端。他满屋的黄金，没有给妻儿一分一毫，为独占财富不惜毒死女儿，害死妻子。最后甚至阴谋叛逆，把马耳他岛出卖给土耳其人，后来又策划把土耳其征服者投到锅里蒸煮，最终自己葬身火海。

[2] 夏洛克在《威尼斯商人》中虽然极度吝啬、贪婪、冷酷、狠毒，非要从安东尼奥身上割下一磅肉，但莎士比亚也展示了他可怜、可悲的一面，因为他是犹太人，长期遭人排挤，被人骂犹太狗，从他身上也反映了当时社会的不公平，显示了社会的一个矛盾点。正因为如此，夏洛克这个人物才生动形象。

但他们的文字和叙事丝毫没有削弱年轻白人妇人哈珀·李的作品。她的故事源自童年丰富的素材，将一直启迪美国人和全世界的人们。

写作课

1. X 射线阅读可以发现和理解一些文本中的文本，比如阿提克斯·芬奇面对着全是白人男人的陪审团做的那段最后演讲。这是一篇关于民主和正义的演讲，非常振奋人心，尽管看起来并没派上什么用场，但辞藻华丽。从强大的平行句，到对语序的强调，再到对短句的精准运用，这些写作技巧对写作者和演讲者都非常有用。

2. 其实要讲述好故事，并没有什么特别的要求，但我们常常能看到某些写作技巧带来的好处。其中之一就是"故事引擎"，也就是一个问题，一个只有通过阅读故事本身才能回答的问题。像侦探小说这种体裁本身自带内燃机，但像《杀死一只知更鸟》这样的作品，就需要作家沿着故事的发展进程不断提问，再不断回答某些重要的问题。

3. 我画的第一幅画——我母亲至今还保留着它——是一座钟表的钟面。在故事叙事中，最可靠的一个叙事技巧就是可以明确显示时间的"嘀嗒嘀嗒"结构。这种结构有两个好处：一是在叙述向前推进的过程中，不需要什么过渡或转变，就可以加快时间的进展。二是可以以悬念的方式让时间慢下来，作家们通常会让句子越来越短，逼迫读者们去等待，去期望悬念的揭晓。

4. 悬念揭晓时，读者通常都会感到惊喜，作家们在这儿是利用了作者的阅读期待。在这个过程中，作家可以制造意外的转折点，也可以加强读者的体验，这样效果会更好。在第 21 章的结局到来之前，读者们都以为高潮是判决结果，但事实上，这个结果在种族歧视的南方是很容易预见的。而故事在结局时，镇上所有黑人都站了起来，对一个白人律师表示敬意，这个瞬间要比我们的预期更精彩。

21 X射线阅读 M. F. K. 费雪
烹煮一个故事

对于本书提到的大部分作家,读者可能都很熟悉,但是提到 M. F. K. 费雪[1],你很可能都没听说过。她是公认的20世纪最优秀的美食作家之一,但包括海明威在内的许多作家和读者认为,她的成就绝不仅限于此。确实,她写了很多关于美食的文章,给读者介绍了许多烹饪方法和食谱。但在她的文字里,美食更像一扇开着的窗,而不是一扇关闭的门。透过这扇窗向外看,你会看到文明、文化、群体生活和家庭等许多内容。1942年,她写了一本标题很吓人的书——《如何煮狼》。其实这只"狼"指的是纳粹。当年,为了对抗希特勒的德意志第三帝国,人们的食物和服务都是定量供给的。在

---

[1] 全名为 Mary Frances Kennedy Fisher,1908—1992,美国著名美食作家,1992年以其名字命名的"费雪奖"设立,奖励在饮食、家居、营养学方面成就卓越的女性作家。一生写有二十几本书,涵盖了历史、文化、自然、哲学等方面,最优秀的还是饮食文学作品。主要代表作有《循香记》(*Serve it Forth*)、《如何煮狼》(*How to Cook a Wolf*)、《写给牡蛎的情书》(*Consider the Oyster*)等。

书中，费雪为读者提供了用少量食物做出美食的方法，告诉大家应该怎样去支持战争，怎样在各种情况下，包括面临潜在危险时，从快乐享用美食中获得安慰。

如果费雪能够为叶芝烹饪美食，或许他的《基督再临》结尾就会变成这样：懒洋洋地朝伯利恒——宾夕法尼亚州走去，那里有一家美味的意式面包店。

请看《如何煮狼》的节选：

> 沃尔特·司各特（Walter Scott）写作过许多伟大的作品。小时候的一天，他非常饿。在一碗汤端到面前后，他开心地说："天啊，这汤真好喝，爸爸，这汤是不是很好喝？"其实这就是普通家庭喝的那种没啥东西的稀汤。爸爸听到后，居然直接朝汤里又倒了一品脱凉水，然后告诉他，这是要把魔鬼给淹死。
>
> 对于很多普通的美国孩子而言，魔鬼们已经被淹死了，因为大人给他们准备什么，他们就吃什么，不需要自己的想法，不需要评论，最糟的是，他们甚至不需要对食物有什么兴趣。于是，我们在烹饪中，往往重复以前的食物，而且并不少花钱。父母吃什么，我们就吃什么；父母怎样吃，我们也就怎样吃。完全没有自己的思想，没有对事物的自然饥渴。

对奇闻逸事的偏爱

X射线阅读这部作品时,我开始关注奇闻逸事(anecdote)的力量。这个词看起来有点奇怪,但也挺有趣。无论是成人还是孩子,都容易误解它,或者发错音,把它读成"解毒剂"(antidote)。但事实上,许多"逸闻趣事"确实也是一些枯燥乏味、非常抽象的写作的解毒剂。在《美国传统词典》中,对它的解释是:"对某件有趣或可笑的事情的简短描述。"该词源于希腊语,字面意思是"未出版的"。一则奇闻逸事,可以为一本传记增添新的见解,他们是一些不为人知的故事,读者可以通过它们去了解一个人的过去或性格。

在现在这个世纪,"奇闻逸事"遭到了大量抨击。从某种意义上说,奇闻逸事类证据与数据分析是完全相反的,但我觉得它们并不是不能共存的。抨击它的人认为,奇闻逸事并不是现实,也不能准确地反映现实。但我们知道,政治辩论里充满了斗争性的逸闻趣事,辩论双方都试图通过一个个小故事让我们相信他们的观点是真理。

现在回到费雪的作品。作家在开篇就给我们讲述了一个小故事。看完这个故事,读者会觉得沃尔特·司各特爵士是在严肃的苏格兰长老教文化中长大的。这种文化认为,普通的快乐会滋生邪恶。所以父亲要把水加到汤里,因为这样可以冲淡品尝汤汁过程中的简单快乐,于是也就"淹死了魔鬼"。

有趣的是，费雪接下来又写了这句话："对于很多普通的美国孩子而言，魔鬼们已经被淹死了。"换句话说，她在这一段的开头重复了上一段结尾的关键短语。这种连接有一个专门的修辞名称，就是"衔接"（cohesion），它的定义很简单：作品在细微部分保持一致。如果是宏大部分之间的一致，就是"连贯"（coherence）。

选择这个以苏格兰长老教文化为背景的故事作为开篇，作者是要提醒读者，不要陷入美国清教主义的形式中。她告诫我们，吃东西是愉快的，而且可以为身体补充营养，不要把它变成一种毫无趣味、单调沉闷的例行活动。更重要的是，如果我们简化生活，习惯于过一种清苦的、牺牲自我的生活，我们就是在帮助敌人，就是在安慰他们。

门口站着饿狼，我们的屋里没剩下多少吃的了。这种现实应该让孩子们知道，但不要让他们感到沉重和压抑。你应该鼓励孩子，让他尽情享受每一口可能吃到的食物，要一边吸收它们丰富的营养，一边感受其中稍纵即逝的"美学意义"。如此，在二十年后，当他想起1942年你们关上门去集中营之前，还吃过一片棕色的烤面包，他的内心会有一种舒心的愉悦感。

"比喻"之绳

首先,我们要记住,本书的标题是"如何煮狼"。然后来看"门口站着饿狼"这个短语的重复与变化。定义这种重复和变化的名字至少有两个到三个,新闻记者们把它称为"概念性的独家新闻"(conceptual scoop),指的是一种创意性的概念,它能够确立新闻的某种报道模式,或引领流行文化中的某种潮流,常常会使用简单的词或口头禅表达出来,比如"足球妈妈"[1]"NASCA爸爸"[2]"X一代""引爆点"或"扁平世界",等等。直白地说,费雪的《如何煮狼》,写的就是在一个危险的世界里如何过好生活,如何担起自己的责任的故事。

这本书的语言并不直白,而是弯弯曲曲、充满隐喻的,而这也是我们可以借鉴文学评论家的语言的地方,它可以成为写作者的语言优势。《如何煮狼》中的"狼",其实是一种转义。《美国传统词典》中这样解释"转义":"一种间接使用语言的修辞手法,比如比喻。"当某个比喻一次又一次地不断出现时,就会变成另外的东西:文章的主旨,即"艺术或文学作品中反复出现的主题元素",或"一个主导的主题或中心

---

[1] 指经常驱车带孩子参加体育活动的美国母亲,她们通常是住在郊区的中产阶级。——编者注
[2] 指25岁及以上的美国蓝领白人男性,持有保守的政治观点和虔诚的宗教信仰。是与"足球妈妈"相对的一个概念。——编者注

思想"。这个术语非常有用，不仅在文学作品中，在音乐和建筑作品中也会有所体现。

我写的这本书也运用了这种修辞方法。原书名中的"X射线阅读"就是一个转义，或者说一个意象，一个暗喻。它让人联想到透过X射线看到人体骨骼的医学技术，让人想到具有X射线一样的超级视力的超人，还会让人想到漫画书里那些关于"X光眼镜"的庸俗广告。在写作过程中，我时刻提醒自己，每一章都要重复"X射线阅读""X射线视野"或"X射线眼镜"这些词，目的就是想让这个比喻变成文章的主旨，从而使得整部书连贯起来，把每个部分都统一在一起。

费雪，则不断地把食物概念化为某种文化产品以及细腻的感官体验，即使是简单的烤面包加黄油，她也不放过：

> 这是一片极好的烤面包，上面抹有黄油。在阳光的照耀下，你坐在厨房的窗口边，那个小男孩让你咬了一口。四月的空气里，暖洋洋地流淌着旱金莲的味道。你的齿间弥漫着融化的黄油和烤面包的气息。花儿的味道和你的气息混合在一起，似乎永远都消散不去。你很清楚，在这之后你再也吃不到这种面包了，但你却和他意识清醒地共享了这片面包，而不是尴尬害羞地假装不饿。

使用吸引感官的语言，这是费雪使用的写作方法。这种方法其实很有效,能够让读者感受到一种间接的、想象中的冒险。当然,作家并不需要调动读者的所有感官,但任何超出标准视觉描述的字和词都会产生特殊效果。在上面这段话中,我们看到了黄油、面包和厨房的窗户,感觉到了温暖的阳光,听到了牙齿间的咀嚼声,还闻到了橙黄色鲜花的味道。当然,也品尝到了美味的点心。视觉、感觉、嗅觉、味觉,都有了。而声音,则留给了想象。

在作品结束时,费雪使用了一种"反复"的写作方法。这其实是一个音乐术语,费雪把它用在了写作中,就是"重复某个短语或句子"或"回到原始主题"的意思:

> 所有的人都非常饥饿,一直都非常饥饿。他们必须吃东西。无论是穷人还是富人,一旦否认吃的快乐,就会切断某个"饱腹"的途径。而饱腹,是人类生命的自然实现方式。
>
> 如果你告诉孩子,让他假装不关心食物,甚至提都不提,那是一种人类思想和精力的浪费,是一种对人类内心深处喜悦的无视。对于这些孩子来说这多糟糕啊!当他长大后,他必须去和生活抗争,去爱别人,去养育孩子,但却不知道怎样满意地、完全地做好这一切,就因为在他小时候本来想说"啊,这汤真好喝"时,只敢咕哝着说了一句:"爸爸,再加一点汤。"

从美食这个角度，我们看到了作家对生命、热情、创造力和爱的惊人肯定。像我们之前用 X 射线阅读过的许多作家一样，费雪在文本结束时又回到了开篇的故事，把一个文学性的逸事变成了一个独立宣言。我不相信，读过这本书的人以后在吃东西时，还会像以前那么随随便便地咬上一口。享受你的食物吧！

写作菜谱

翻一翻《如何煮狼》整本书，你会发现它给读者提供了大量经济实惠但又不失美味的烹饪方法，让它看起来像是一本食谱。但这可不是一本普通的食谱，它利用一种写作教学的模式，为读者提供了一系列方法和配料，把作品提高到了一种文学的意义上。在费雪之前，从未有人这样写过食谱。下面这段就是 "riz à l'impératrice" 的菜谱，意思是"皇后享用的大米"：

> 准备 1 磅优质大米，洗净，煮至半熟后沥干水分。添入香草豆、1 夸脱煮沸的牛奶、2 杯优质白糖和 1/4 磅新鲜黄油，加盖烘焙，不要搅拌。将 16 个蛋黄（啊，那只快乐的狼……！）搅碎拌匀，在大米热烫时加入。冷却后，加入 1 杯切碎的果脯、1 杯杏子酱、1 品脱英

国奶油浓蛋羹、1品脱加有阿尔萨斯樱桃的生奶油。准备一个巴伐利亚奶油模具，底部浇上一层厚厚的红醋栗果酱，再倒上生奶油，放置冷却。关掉电源，使果酱从冷却成形的部位流下来。（我们这一代人一直靠着一种愚蠢的"美味佳肴"生存，胃早已经厌倦了。而奶奶们那一代人享用的则是"加了奶油和糖的白煮米饭"，正是食谱的最后一步点燃了我心中那些久未绽放的记忆烟花。）

即使你不写食谱，也要从上面那段话中学到下面这些东西：

- 目录清单的力量（列出的配料）
- 排序的重要性
- 名字的力量和展现出的美（阿尔萨斯樱桃，巴伐利亚奶油）
- 祈使动词展现出的强烈效果（洗净、煮至半熟、沥干、烘焙）
- 比喻的重复（快乐的狼）
- 食物能够激起回忆，还记得普鲁斯特吃一口玛德琳蛋糕后发生的事情吗？[1]

---

[1] 据说在普鲁斯特晚年，因为回想起在贡布雷的别墅中吃玛德琳蛋糕的感觉，诱发了他对往事的回味，才写出了巨著《追忆似水年华》(*A la recherche du temps perdu*)。

写作课

1. 费雪的叙述一直围绕着一个形象——一只饥饿的狼。如果作品中出现了某种主题或情绪模式,那就要给它起一个名字,这样做会有许多好处。在广告和营销中,类似的形象和比喻数不胜数,像"牛肉在哪儿?"[1]这种广告语就是如此,类似的形象(包括虚构和非虚构)很可能会成为伟大文学作品的奠基石。

2. 确保作品的重要部分保持一致,它们之间要有连贯性。在修改的时候,确保微小的地方互相衔接,可以使用重复和连接等工具达到这个目的。通过句子的"运动",作品可以引导读者从开篇熟悉的事物开始,一直看到结尾,获得新的知识。

3. 逸闻趣事至少可以在两个方面运用到写作中:(a)帮助读者在接受某种思想或主题前,做好心理准备;(b)说明或者证明文中已经表达过的思想。如果你在文中先讲了一则小故事,读者就会思考,他为什么要告诉我这个?通过这样的故事,作者可以帮助读者更深层次地理解自己的想法。但是,如果你不写故事,而是先把想法写出来,读者就会想:"她应该先举个例子,让我先看一看或感受一下。"

4. 不论是烹饪,还是品尝美食,都是一种感官上的体验,

---

[1] 1983年,温迪汉堡(美国著名快餐连锁店)在一个电视广告中使用的广告语。——编者注

如果优秀的作家没有写出一些文字，让读者从味觉和嗅觉上接受美食的吸引，那绝对是一种浪费。我写的很多东西都来自视觉体验，时间久了，甚至都忘了要加入其他的感官感受了。如果你的文字中有任何能吸引人的耳朵、皮肤、鼻子和嘴巴的描述，把它们标记出来。

5. 去研究一些非文学的表达形式，比如菜谱。学习一些可以应用到文学和新闻报道中的东西，比如列表、排序和命名等。

22 X射线阅读《广岛》
暂停的钟表

2000年千禧年来临之际,所有媒体都开始回顾过去,回顾过去的10年、100年,甚至1000年。其中有一种方法,媒体都在使用。那就是,邀请读者回忆某个范围内的东西,然后为它们排序。比如,20世纪最伟大的美国小说是哪本?我投给了《了不起的盖茨比》。最伟大的歌曲?《彩虹之上》("Over the Rainbow")。最伟大的运动员?巴比·鲁斯[1]或拳王阿里,这我可决定不了。最伟大的非虚构作品呢?这个选择可就多了,蕾切尔·卡森(Rachel Carson)的《寂静的春天》(*Silent Spring*)、迈克尔·哈灵顿(Michael Harrington)的《另一个美国》(*The Other America*),等等。但很多人都选择了约翰·赫西[2]的《广岛》(*Hiroshima*)[3]。

---

[1] Babe Ruth,1895—1948,美国职业棒球选手,1936年入选棒球名人堂。
[2] John Hersey,1914—1993,美国作家、记者,是"新新闻学"的最早实践者。
[3] 作家约翰·赫西所著的非虚构作品,记录了1945年原子弹在广岛爆炸的真实故事。

1946年，即美国在广岛投下原子弹的第二年，这部非虚构作品在《纽约客》上发表后，成书出版。那一期《纽约客》的全部版面都被这个故事占据。自那以后，这部作品卖出了一百多万本。它还被制作成一本薄薄的平装版出版，目前是美国高中生的必读书。1945年8月6日，世界发生巨变。赫西通过这本书向我们描述了美国军队放出的是什么样的猛虎，它结束了一场战争，但也开启了原子核时代。

某个瞬间

这是《广岛》的第一段：

> 日本时间1945年8月6日清晨8点15分整，原子弹爆炸的白光在广岛上空闪现。就在这一瞬，东亚罐头厂人事部的职员佐佐木敏子小姐刚在工位上坐下，转头与邻桌女孩说话；医生藤井正和在自己医院的阳台上盘腿坐下，准备看《朝日新闻》，阳台下，流淌着太田川河七条支流中的一条，这条河把广岛分割成六个小岛；中村初代太太，这位裁缝的遗孀，站在厨房的窗户前看邻居拆房子，这座房子建在了防空袭的消防车道上了；德国人威廉·克莱因佐格，一位耶稣会神父，只穿着内衣，侧身躺在小床上看教会杂志《时代之声》，他的房

间位于耶稣会小楼三楼的顶楼；年轻医生佐佐木辉文手里拿着血液样本，走在医院的走廊里，他要去做瓦色尔曼试验，所在的医院是广岛市最大的现代化红十字会医院；谷本清先生，广岛卫理公会的一位牧师，站在西郊古井一座富人房子的门前，准备把手推车里满满的一车东西给卸下来，这是他从市内转移出来的，因为大家都在担心 B-29 轰炸机会来大规模空袭广岛。在这次原子弹爆炸中，有十万人遇难，他们是幸存者中的六位。他们至今都不明白，为什么那么多人死去了，而他们却活了下来。他们觉得，一定是某个不起眼的时机或偶然救了他们，比如及时迈出的一步，决心走进屋里，或者乘坐了这辆电车而不是另外一辆。他们现在知道，就在他们幸存下来的过程中，有无数人正在死去，而他们所目睹的死亡，远比他们想象中一辈子要见到的多得多。但在那一瞬间，没有人能意识到这一切。

在 X 射线阅读之前，我们先使用"文字计算"这种方法来分析一下上述文本：

- 这段话没有分段，只有一段；
- 整段话一共有 347 个单词；
- 整段话一共有 7 个句子；

- 句子的平均长度接近 55 个单词；
- 7 个句子的长度分别是：65 个单词、189 个单词、17 个单词、11 个单词、31 个单词、26 个单词和 8 个单词；
- 最长的一句包含 5 个从句，4 个分号和一个句号；
- 最短的那句，即只有 8 个单词的那句话里，前面 7 个单词都是单音节，其中最长的单词只有 4 个字母。

下面我们来使用 X 射线阅读方法，通过这些数字，看看读者所感受到的文学和修辞效果。我们先来分析第一句话，我把它分成三部分：开头、中间和结尾。

开篇

> 日本时间 1945 年 8 月 6 日清晨 8 点 15 分整……
> At exactly fifteen minutes past eight in the morning, on August 6, 1945, Japanese time...

故事的开篇看上去相当另类。在故事叙述中，时间当然是一个重要因素，但故事开篇的第一行，很少会出现如此精确的时间。"exactly"（……整）这个词不是修饰词，而是语气加强词。我们按照顺序知道了确切的分钟、在上午的几时、月份、日期、年份和时区。在接下来的动词前，作者罗列了这7个时间值，由此达到一种修辞效果，那就是"历史标识"，标志着某个改变世界的事情即将发生（彗星撞地球、火山爆发、喷气式飞机撞击五角大楼等）。在《坎特伯雷故事集》的开篇，乔叟把时间定在春天，这个时间很普通，而且是周期循环的。在《广岛》里，我们遇到的则是另外一群朝圣者，他们给读者分享的是一个确切瞬间带给他们的体验。

在某种程度上说，时间在这个瞬间停滞了，因为所有的时钟和手表都在这一刻被毁掉了，它们完全停滞在遭受原子弹破坏的那一瞬。2014年的新版电影《哥斯拉》（*Godzilla*）也重复使用了手表停滞这一与广岛有关的意象。1954年，这部电影的第一版在日本拍摄完成，是公认的关于原子核灾难的寓言式科幻电影。在2014版中，日本演员渡边谦一直随身携带着护身符——祖父的怀表。他的祖父当年在原子弹爆炸中身亡，怀表的时间定格在了8点15分。

中间

原子弹爆炸的白光在广岛上空闪现。就在这一瞬……

...at the moment when the atomic bomb flashed above Hiroshima...

我在前文曾多次提到，要把重要的词放在句末，不那么重要的词放在句中。读者们会觉得，既然是在写原子弹爆炸，那作家一定会积蓄力量，直到最后再描写爆炸那个瞬间，而不是把它作为一个后添加的内容插入中间位置（在这儿或许描写为"前添加"会更好些）。但实际情况却与我们想象的相反，赫西把这句话的热点部分随意地放在中间，让读者们感到吃惊。

这一部分可以看作第一句的延伸，是另外一个时间标记，以一个短语和紧跟其后的从句的结构呈现，回答了"什么时候"这个问题。短语"在广岛上空闪现"值得特殊关注。人们通常的理解是，飞机上掷下的炸弹会在撞击后爆炸，它们撞上东西后，才会毁掉这些东西。但这里用的是"flashed"（一闪），读者能从中感受到一种令人害怕的新技术。这个词一般是描述光的，它会提醒读者，这里不仅有爆炸产生的破坏，还会有辐射。

结尾

　　东亚罐头厂人事部的职员佐佐木敏子小姐刚在工位上坐下，转头与邻桌女孩说话。

　　...Miss Toshiko Sasaki, a clerk in the personal

department of the East Asia Tin Works, had just sat down at her place in the plant office and was turning her head to speak to the girl at the next desk.

终于，主句出现了。在这里，作者使用了两个很有用的技巧。一个源自古希腊，一个则源自美国的新闻编辑室。第一个技巧叫"曲言"（litotes）或"低调陈述"（understatement），也就是"夸张"的反面。如果一个作者不够聪明，他往往会简单粗暴地描写一个灾难现场，试图以此感染读者。但赫西选择了日常生活中最常见的一个场景———一名办公室职员转向另外一个，并由此展开剧情。在描写一些惊人事件时，要学会向后退一步，不要让读者去过度关注作者的写作技巧。

新闻编辑室里则流传着一个古老的智慧："越重大的事件，就越要使之变小。"第二个技巧就源于这里。纽约"9·11"恐怖袭击过后，这种修辞手法被运用到极致。面对着世界末日般的灾难，面对着将近3000个逝去的生命，吉姆·德怀尔（Jim Dwyer）等一大批作家想寻找一种合适的方式，去讲述这件从刚开始就显得过于重大的故事。最终，德怀尔决定重点描述那些潜藏着故事的真实物件：一把橡胶扫帚，一位窗户清洁工用它从双子塔中某个停滞的电梯里救出一群人；废墟中的一张家庭合影；一个纸杯，一个正在逃命的人用它给陌生的人喝水。

赫西在这里给读者展现的内容，类似于写作老师罗伯特·麦基（Robert McKee）教给我们的"引发事件"。就在这一瞬间，整个故事开始展现活力，普通的生活变成了故事中的生活。这段话中描写的这几个人，本来在一场世界大战中过着普通人的平常生活。但不论他们原本有什么期望，在原子弹在广岛上空闪耀的那一瞬，他们的生活永远地被改变了。

人物描写

就像第一个句子有开头、中间和结尾一样，这一段落也是如此。它的开头就是上文用 X 射线阅读的那句话，中间则是一连串名字，组成了一个人物目录。它们在戏剧文学中，就是所谓的"剧中人"，是戏剧中的人物。这段话一共涉及 6 个人物，除神父克莱因佐格外，都有日本名字。作者以现代人的效率，在短短几句话中不仅介绍了他们的职业和头衔，还向我们展示了符合他们身份的动作（把这些描述与乔叟对朝圣者的描述对比一下，你会觉得很有意思的）。这些动作很普通，而他们即将从极其特殊的状况中生存下来。于是，普通和特殊就形成了鲜明的对比。这六个人是这样的状态：一个职员与另外一个女孩聊天；一个医生坐在阳台上；一个寡妇向窗户外望去；一个牧师在读宗教杂志；一个外科医生正在医院的走廊里走着；一个牧师卸下一堆衣服。

在非虚构小说中，有一个组成部分——现在通常被称为"坚果"——出现在这一段落的结尾中。它有时是一个句子，有时是一段话，有时是一个章节，但都在回答这个问题：我为什么要读这篇文章？或者更具体一些：为什么我要读关于这些人和这个地方的文章？在这本书中，读者早已知道了新闻事件——"原子弹爆炸的白光在广岛上空闪现"。但接下来呢？会有什么后果？随后的故事是什么？虽然这六个人有着数不清的不同之处，但他们至少在一点上是相同的：他们都经历了人类历史上最残忍的轰炸，而且都活了下来。

作家一句话一句话地向我们讲述了他们的故事：

"在这次原子弹爆炸中，有十万人遇难，他们是幸存者中的六位。"（A hundred thousand people were killed by the atomic bomb, and these six were among the survivors.）这句话中包含两个独立的从句，连接在一起达到了一种平衡，同时也在一个大数字和一个小数字之间建立起"死亡"和"生存"之间的强烈对比。

"他们至今都不明白，为什么那么多人死去了，而他们却活了下来。"这是一个非常吸引人的句子，展示了还未被描述的事件的结果，一种共同的集体经历：幸存者的内疚。

"他们觉得，一定是某个不起眼的时机或偶然救了他们，比如及时迈出的一步，决心走进屋里，或者乘坐了这辆电车而不是另外一辆。"作者在这里用另外一种表述，告诉了读者几个人之间的共同经历。为了使读者有一个整体概念，作家在这里列举了3个例子。虽说是6个人，但也可能是7个，或29个（《坎特伯雷故事集》中的朝圣者数量）。透过这三个例子，读者已经知道了他们想知道的一切。

"他们现在知道，就在他们幸存下来的过程中，有无数人正在死去，而他们所目睹的死亡，远比他们想象中一辈子要见到的多得多。""现在"这个词指的是原子弹爆炸后，面临了生存危机后，甚至包括这篇文章写成之后。这些人在共同回顾过去，回顾他们以前所遭受的苦难。那些苦难的场面构成了这个故事。

"但在那一瞬间，没有人能意识到这一切。"很多时候，最短的句子会在最后出现，让人感觉是福音书中的真理。在一个很长、信息量很丰富的段落里，短句子的功能极其类似于标点，代表着结尾和解释。"在那一瞬间"，通过这个短语，作者把我们拉回到故事开头，拉回到那个钟表被毁、时间停滞的时刻。

写作课

1. 故事描述的是流动的时间。但是，在某个时刻，也会出现时间停滞的状况，至少在叙事方面是这样。比如投下原子弹的那一瞬，肯尼迪遇刺时，"挑战者号"航天飞机爆炸时，等等。作为作家，可以给停滞的这一瞬间做一个标记，把电影画面冻结起来。

2. 写长篇故事时，把关键的人物、问题或事件罗列在开篇，会是一个很好的方法。给读者足够的信息来引发他们的兴趣，因为你实际上是在说："如果你想知道德国耶稣会会士的事儿，请继续读下去。"在开篇许下承诺，在结尾兑现。

3. 莎士比亚的戏剧都是以人物的列表开始的，即"剧中人"，戏剧中的人物。在撰写新闻报道和叙述故事时，这是一个很好的方法。给出作品中的人物（或者狗、企鹅和鲸鱼）的名字。那么，关键的问题来了：他们以什么顺序出场呢？谁第一个出场呢？赫西让两个普通的职员最先出场。这6个人物在一种概括性的语言里依次出场，这一点与《坎特伯雷故事集》中的朝圣者们颇为相似。

4. 考虑到原子弹爆炸这个新闻的性质和死亡的人数，作者在本书里的描述似乎有些收敛，但他的写作方法的确值得借鉴。他没有使用多么复杂的比喻，一直把焦点放在人物身上，而不是他自身的感觉或情感。总体而言，这是一种很好的修辞手法。内容越重要，影响越大，作者就越应该"让开"，但这并不意味着忽视写作技巧，相反，这要求作者要使用一种技巧，让读者感觉到作者是在轻描淡写，没有故意用力。

23 X射线阅读蕾切尔·卡森和劳拉·希伦布兰德
我们体内的海洋

人们对女作家总有一种偏见,认为她们只会写爱情和感情故事,但许多优秀女作家的存在打破了这种偏见,尤其是我马上要提到的两位。她们的写作年代相差了半个世纪,但作品的主题都是关于科学和体育的,而这两个领域通常是和男性联系在一起的。

神奇的清晰度

1950年,蕾切尔·卡森[1]写作了《海洋传》。这部书因震撼人心,获得了美国国家图书奖。根据这本书内容改编的纪录片获得了奥斯卡奖。它并不厚,只有166页。因为语言简洁,且与科学相关,在20世纪五六十年代,《海洋传》和约翰·赫

---

[1] Rachel Carson,1907—1964,美国海洋生物学家、环境保护运动的先驱、作家。代表作有《海洋传》(The Sea Around Us)、《寂静的春天》(Silent Spring)等。

西的《广岛》一起成了美国成千上万名高中生的必读书目。

卡森是一位很优秀的文体作家,她的作品值得反复揣摩,精致的语言更值得用 X 射线全面研究。下面这段话描写的是"陆地生物体内留下的海洋遗产":

> 水生动物上岸变成陆地动物后,它们的身体里仍然带着一部分海水。之后,它们把这水当作遗产传给了它们的孩子。斗转星移,直到今天,这海水还在陆地动物体内流淌,见证着它们与海洋的原始联系。鱼类、两栖动物、爬行动物、温血鸟类和哺乳动物——包括我们,血管里都流淌着一种咸水,其中所含的元素钠、钾和钙的比例几乎与海水相同。这是我们继承的遗产。在不知道几百万年前,某个单细胞动物进化到多细胞阶段,变成了我们遥远的祖先,他的体内形成了一种循环系统,里面的液体,就是海水。

我重读了这段话大约六次,只是因为我想畅游其中。作为读者,这是我阅读作品的第一步。在阅读过程中,我会沉浸在那些对我而言非常特别的段落中。有时,我会感受到一种审美冲动带来的满足感,觉得里面的语言非常动听;有时,我又感觉到它的内容带给我一种强大的冲击,让我从一个惊人的、全新的角度去看待自己或感受宇宙。我突然想到了一个关于修辞的古老格言——伟大文学作品的目的是"docere et delectare",就是"指导和提供愉悦"的意思。在一些优秀作品中(就像本书所节选的所有原文段落),经典文学作品能够同时达到这两种功能。

戴上 X 射线眼镜后,我首先发现,这段话中包含着极其敏锐的知识洞察力。卡森的标题是"我们周围的海洋"[1],但如果这段话是想暗示读者什么,更准确的标题应该是"我们体内的海洋"。在读完这段话后,我不会再像以前那样看待我的身体和体内流淌的液体。

但我也开始看清楚,要做到上述这些,卡森使用了哪些写作技巧,让我把它们列出来:

- 专业术语能教给我们知识,但永远不会是日常话语的主体。上文中的第一句话由 47 个普通的单词组成,其中 36 个单词是单音节词,这就为整篇文章奠定了基调。
- 有了第一句简单、普通的语言节奏,第二句话也就顺理成章地简单化了,它只包含了两个简单的科学列表:一种是动物类别,一种是矿物质类别。
- 掌握了这些知识后,我们就很容易理解第三个句子了,虽然它包含了非常专业的科学知识,要求我们理

---

[1] 此书的中文版书名均为"海洋传",此处直译英文书名,以便读者理解。——编者注

解单细胞动物到多细胞动物的进化过程,还要求我们懂得它们从体内的海水发展而来的循环系统。

这三个句子都很长,但却很有条理和逻辑,而且前后连贯,表达了清晰、有力的意义。

语言和逻辑

现在再来看看卡森的另外一段话。这段话的语言简单清晰到近乎透明,再次体现了作家的语言风格和写作逻辑:

> 在海洋中,海水表面生命的丰富程度令人眼花缭乱。坐在甲板上,你可以一小时接一小时地直盯海水表面,你能看到水母微微发光的圆盘,它们像轻轻颤动着的小铃铛一样,点缀着海水的表面。偶尔在哪天清晨,你会发现自己正在穿过一片砖红色的海洋,这是因为有数十亿微小生物在这里浮动,它们每个都含有一种橙色色素颗粒。直到中午,这片海洋可能还是砖红色。夜幕降临,会有数十亿数万亿的这种小生物聚集起来,发出一种磷光鬼火,让海水闪耀出一种诡异的光芒。

虽然作家的目的确实是想让读者"看到",但也很难想象会有写得比这更能让人"看"清楚的段落。在前面那段话中，作家的目的是让读者"看到"知识，也就是说，还要去理解。"我曾经是个盲人，但现在什么都能看到"，这句话不仅有光学含义，还包含了认知方面的含义。

卡森的文章中确实有许多"输出"性内容，知识渊博的读者们可以直接拿走。从这段话中，我们知道，从海水表面就可以看到海洋中的大量生物，我们也知道了它们的名字，它们在海洋中的形状、颜色和发出的光。但在语言方面，这段话与上一段略有不同，它们带着神秘感，也更加有诗意，很适合和别人一起朗读。我们看到"微微发光的圆盘""轻轻颤动着的小铃铛"，也看到了"砖红色"这种令人吃惊的海洋颜色，以及"橙色色素颗粒"。我们看到"夜幕降临"和闪耀着光的海面的对比，我们还看到了"诡异的光芒"，看到了带着头韵的短语"磷光鬼火"（phosphorescent fires）。这个短语最奇妙，四个音节修饰一个音节。另外，"十亿"（billions）这个词语的不断重复，后面还跟着"数万亿"（trillions），都让人感觉走进了天文馆。

态度和深度

这部作品会让读者有种"顿悟"的体会，它需要一个伟大的结尾，而卡森也给出了：

从广义上说，另外一种意义上的"古人"现在还存在着。大海就在我们周围，陆地上的所有贸易都需要通过它来实现。辽阔的海洋是风的摇篮，在大陆之间飘荡的风心心念念着要回到那里。陆地逐渐被侵蚀沙化，变成一粒一粒，溶解掉，飘入海洋。从海洋蒸发的雨水最终又回归河流。它神秘的过去，是所有生命的混沌起源。经历世事变迁，或许它最终又收下了这些生命的外壳。毕竟，所有的生命都要回归大海，回到海洋之神的身边，回到大海这条像时间一样永远流淌的河流里，无论是开始，还是结尾。

"陆地上的所有贸易""神秘的过去""像时间一样永远流淌的河流"这些短语构成了气势磅礴的一段话，尤其是最后这个"无论是开始，还是结束"短语，更像是一段祷告文，让人联想到希腊文中的第一个字母"阿尔法"和最后一个字母"欧米伽"。这段话的中间则藏着我最喜欢的一句话："海洋蒸发的雨水最终又回归河流"（So the rains that rose from it return again in rivers）。这里一共有11个词，所有关键词都以"r"开头，我读了很多遍，才发现这个头韵修辞。在语言学中，字母r被称为流音。卡森的耳朵告诉她，有了"rains……rose……return……rivers"这样对"r"的重复，文章就会流动起来。这段话就是描述海洋的，还有什么表达方式会比重复流音更好呢?

慢镜头骑手

蕾切尔·卡森为海洋生物学做了贡献,而劳拉·希伦布兰德[1]则在赛马领域有了成就。我在《语法的魅力》一书中以不短的篇幅提到,只要我们专注于语法和标点规则,就很有可能揭开作家创造力和灵活性的面纱,因为他们把语法和标点当成了传达意义、表达效果的工具。

我们先来分析劳拉·希伦布兰德的畅销书《奔腾年代》中的一段话。这本书一出版即成经典,讲述了一匹传奇赛马的历史,故事非常震撼人心。节选的这段话,描述了主角"海洋饼干"在1940年圣塔安尼塔赛马比赛中的最后一跃,展示了这匹小马的辉煌成就:

> 喧嚣声回旋在赛场上空,在这神圣的时刻,波拉德(骑师)感到异常平静。海洋饼干向前冲去,波拉德的肩膀收拢又打开,他们的气息混在一起。此时,一个念头闪过他的脑海:**此刻,只有我们。**
> 十二匹纯血马竭尽全力地向前冲;霍华德和史密

---

[1] Laura Hillenbrand,1967—,美国作家、编剧,代表作有《奔腾年代》(*Seabiscuit*)、《坚不可摧》(*Unbroken*)等。

斯坐在看台上；艾格尼丝站在浪潮般汹涌的人群中；伍尔夫骑着踵飞紧跟在波拉德后面；玛塞拉站在水车上，双眼紧闭；记者们在记者席上蹦跳、嘶喊；波拉德的家人在埃德蒙顿的邻居家里，围在一台收音机旁；上万观众在吼叫，数百万听众在收音机前想象着这场比赛。但此刻，所有这些都消失了，整个世界缩小到一个男人和一匹马身上，他们在奔跑。

这段话自带一种电影慢动作效果，非常令人震惊。请思考能创造出这种效果的语言工具，包括作者使用过的和没有使用过的。没有使用的语言工具，比如"逗号"。逗号的作用是分隔一个连续不断的句子，比如："Seabiscuit reached and pushed and Pollard folded and unfolded over his shoulders and they breathed together"（海洋饼干向前冲去，波拉德的肩膀收拢又张开，他们的气息混在一起）。这句话里有3个独立从句，但是没有一个逗号。你可以说，这些从句本身就非常简洁，没有必要使用标点，如果用上，可能还有侵入性的感觉。但我觉得，这个句子达到的文学效果远不止于此。它描述的是赛马和骑手一系列的流动性动作，首先是赛马，然后是骑手，最后两者合体。如果你喜欢，这一系列动作会一直持续下去，而这个句子也会一直持续下去。

然后，震惊的语言出现了："**此刻，只有我们。**"作者觉得骑手的这个想法非常重要，非常有戏剧性，就用了三种方式来强调它。第一种方法，用了最短的句子；第二种，把它放在段落末尾，右边就是空白的空间；第三，使用黑体。这是强调人物思想时的惯用写作方法，作家很好地利用了它。

接下来，作家用了一种在文学和电影艺术中都会用到的时间处理方式，一种慢镜头效果，拉长了这个时刻，给读者制造了悬念。一共8个短语，同时指向一个主句（"所有这些都消失了"）。就在这一瞬间，摄像机镜头从跑道摇向看台，再转向马厩、记者席，然后是加拿大的一座房子，最后是全世界的数百万名听众。与之前的句子不同，这不是一系列流动的、连续的动作，而是同时发生的动作，产生的文学效果类似于电影中的蒙太奇。在这里，逗号的力度不足以把这些独特的动作隔离开，而句号可能会损害动作的自发性。因此，分号就成了首选，这就是亚里士多德所说的"中庸之道"。准确地说，这里一共有7个分号。

作家令人震惊的洞察力在最后一个精彩句子中体现出来："整个世界缩小到一个男人和一匹马身上，他们在奔跑"（The world narrowed to a man and his horse, running）。句子从一个非常大的词（world，世界）转到两个具体的名词（man and horse，人和马），然后又落在一个单独的词上，而且是现在进行时（running，在奔跑），句子以这样的词结尾，意味着一种永恒的运动……一种不朽。

我在写这一章的时候，一个朋友给了我一份希伦布兰德的小传，是威尔·S. 希尔顿（Wil S. Hylton）为《纽约时报》撰写的。里面谈到的一件逸事是 X 射线阅读的绝佳例子，展示了这种阅读方法的好处。这个例子就是作家丹尼尔·詹姆斯·布朗[1]下面的这段口述，他的作品《激流男孩》是一部畅销书，描写的是参加 1936 年奥林匹克运动会的美国赛艇队的故事。在这段话中，他告诉了读者自己从希伦布兰德那里和《奔腾年代》中所学到的东西：

> 在我开始写《激流男孩》的时候——我是说，在我刚刚决定要写这本书的第二天，我们要出去旅行。出发前，我把一本老旧的平装《奔腾年代》扔进了旅行箱。整个假期里，我都在解剖它。我在每一页上记笔记，去研究作家的写作策略：为什么她用这个方法写这一幕，用另外一种方法写另外一幕；为什么她要用这种语言来描写环境……我在页面的空白上还会写，我应该这么做，我需要那样做……在整个研究过程中，我列出了一系列写作的指导方针，都是从《奔腾年代》的

---

[1] Daniel James Brown，美国作家，曾担任斯坦福大学的教师，著有多本历史纪实作品，其代表作是《激流男孩》(The Boys in the Boat)。

细读过程中总结出来的。

这是多么有力的证词！布朗把他的这个学习过程称为"细读"，我们可以说这就是 X 射线阅读。

写作课

1. 如果作品内容太过复杂，就要让读者在阅读过程中放轻松。如果难以理解的内容出现得过早，读者会有挫折感。但如果能够用某种方法引起读者的兴趣，比如逸闻趣事或诗意化的语言，他们就会相信你，跟随你走进故事之林。

2. 要确保解释性段落的逻辑性，比如年代、地理、尺寸和复杂性等。把这样的段落作为叙事、说明或论证的基础构造。只有具备某个独立的、令人过目不忘的惊人思想，一段话才会起到最大的作用，"我们每个人的体内都有一片海洋"就是例子。

3. 问问自己，想要什么样的文章节奏。如果是用电影术语，那就是要考虑使用"全帧速率"镜头还是慢镜头？总体而言，越想让句子的节奏快起来，就越要少用标点，因为每个标点的使用都会在不同程度上放慢文章速度。句号在英国被称为"完全停顿"，逗号的意思可能就是"半停止"，分号则介于两者中间。

4. 参考丹尼尔·詹姆斯·布朗阅读劳拉·希伦布兰德的逸事。在开始一项写作大工程前，先找一个模板作为参照，用 X 射线阅读它，在空白处写下你的感悟，把那些能帮助你写作的新闻报道或写作技巧用笔画出来。

24 X射线阅读托妮·莫里森
重复的变化

有些作家善于讲故事,有些作家善于抒情,诺贝尔文学奖获得者托妮·莫里森[1]则两者都擅长。在阅读《最蓝的眼睛》时,我发现自己总想停下来,去享受作家语言的美妙和魔力。这就像正在开车的时候,偶尔会想停下几分钟,去专心欣赏大山后的落日。

小说里有许多地方都值得我们细细品味,其中有一处特别能展现莫里森的写作技巧,因此更值得关注。我暂时总结不出这种技巧的名字,就叫它"重复"吧。这个方法在前文已经讨论过不止一次,但我说的不是普通意义上的重复,不是把单个单词或短语一遍又一遍地重复,这只会让词语丧失其中的意义,也让读者觉得很乏味。第一次阅读时,你可能

---

[1] Toni Morrison,1931—2019,美国黑人女作家,1993 年获诺贝尔文学奖。她对美国黑人生活的观察非常敏锐。代表作有《最蓝的眼睛》(*The Bluest Eye*)、《所罗门之歌》(*Song of Solomon*)、《柏油娃》(*Tar Baby*)等。

觉得莫里森的文字重复太多，但当你戴上 X 射线眼镜去仔细阅读时，你会发现每个标志性单词都在重复中带着变化，就像山谷中的回声，它们与原声永远不会相同。

现在回忆一下重复与冗余之间的区别。还记得吗？第一个区别就是，这些词是否是故意的、有目的的、为了加强效果而存在的。如果不是，那就是不必要的重复，是一种对词语和空间的浪费。甲壳虫乐队在演唱"她爱你，是的，是的，是的"时，没有哪个听众会告诉他们，这些"是的"是多余的。但如果是"各种各样、杂七杂八的"这种老套说法，你会很容易觉察到这两个词指的是同一个东西。"请坐下，就坐到那张沙发或长沙发上。"说这话的一定是一个啰唆的精神病医生。

在正式开始分析这部小说前，有必要先了解一下它的大概情节。故事发生在 1940 年到 1941 年，主人公是一个黑人小姑娘，名字叫皮科拉·布莱得拉夫，她一直痴迷于白人的美，讨厌自己的种族，讨厌自己，梦想拥有一双白人一样的蓝眼睛。她忍受着贫穷带给她的苦难，被强暴后有了身孕，之后孩子胎死腹中，她的生活一直靠拥有一双蓝眼睛这个幻想支撑着。最终，她精神崩溃、失常，这个幻想终于在她虚构的世界里实现了。作家在 1962 年完成了这本小说，之后的几十年里小说一直受到读者的关注，它涉及人种之美、种族差异、女性主义、身体意象和性虐待等多个领域。

合适的词和词序

先来看这句陈述句,它与故事的中心思想密切相关:

每天晚上,无一例外,她都祈祷自己能拥有一双蓝色的眼睛。

在分析《麦克白》中的"王后,我的陛下,刚刚死了"这句话时,我给出了很多不同的表达。在这里,我也尝试给出了以下几种版本。我想,莫里森原本也可以这么写:

· 无一例外,每天晚上她都祈祷自己能拥有一双蓝色的眼睛。

· 每天晚上她都祈祷自己能拥有一双蓝色的眼睛,无一例外。

· 她祈祷自己能拥有一双蓝色的眼睛,每天晚上,无一例外。

· 真希望能拥有一双蓝色的眼睛啊,她祈祷着,每天晚上,无一例外。

研究诺贝尔文学奖获得者的作品时,我总觉得"怀疑"是有好处的。现在,我们来 X 射线阅读莫里森的版本:

- "每天晚上"——看到它,读者会觉得这是句子开头的一个状语,没有什么力量,但之后我们就会意识到"晚上"这个词的重要性,它代表的是黑暗、美梦、噩梦、幻想、记忆,还有对未来的预知等。

- "无一例外"——这难道不是对"每天晚上"的重复?如果我说,每天晚上都要做某件事,不就是说我每一次都要去做?在这里,稍微冗余的词强化了意义,增加了它的深度,拓宽了它的维度。"无一例外",表达的是一种痴迷,埋下了人物精神疾病的种子,暗示了如果哪天她没有这么做,那就是一种失败。

- "她都祈祷"——作家在这里本可以用"希望"或"梦想"这样的动词,但"祈祷"明显要比这两个词的语气强烈,她"祈祷"。看着这个词,我们会联想到一个纯真的孩子在睡觉前祈祷的模样("现在,我躺下,要睡觉了……"),只是这种纯真却一次又一次地被摧毁。因为屡次遭受伤害,皮科拉终于开始伤害自己。

- "蓝色的眼睛"——我发现,优秀的作家经常会使用这种写作技巧:把最有趣,最重要或最需要强调的词放在句子的末尾。其实我很想数一数,"蓝色的眼睛"这个短语或者"眼睛"这个词在全书中一共出现了多少次(我只是随便翻了翻小说,只看了五页,每一页上至少都会出现一次"蓝色"或"眼睛"这两个词)。因为"最蓝的眼睛"是小说的标题,而主人公对它的渴望又是故事前进的引擎,那么不断地重复它,就完全是有意义的。正因为如此,诱惑乐队才会在唱斯摩奇·罗宾逊的那首著名歌曲时不断重复"我的女孩"。

聚焦标题

许多年来,我一直都在讲,无论什么作品,都需要一个能聚焦的地方,一个中心主题或论点,一个点,文中所有证据都在支撑的点。在莫里森的这部小说里,作品标题"最蓝的眼睛"就是这个点。T. S. 艾略特认为,"客观对应物"是诗人关注的中心。在这部小说中,皮科拉幻想自己的棕眼睛能够变成蓝眼睛,这双眼睛就是这个客观对应物。"蓝眼睛"是小说的中心主题,是作家想要表达的思想的对应物。在1993年的编后记中,莫里森写道:"在她(皮科拉)对蓝眼睛的渴望中,隐藏着对自己种族的憎恨。20年过去了,我仍然在想,一个人是怎么学到这种憎恨的。究竟是谁告诉她的?是谁让她感觉到,她甚至觉得成为一个畸形人都要比她自己好?到底是谁看着她,发现她那么不足,在'美丽'这个尺度上是那么的欠缺?这本小说就是要把这双盯着她的眼睛,这双判她死刑的眼睛给啄掉。"

现在来用X射线阅读下面这段话，这是小说中克劳迪娅的独白。通过对一个标志性单词的重复，作家描述了那个时代、那个地方的道德观、文化和经济情况：

我们都知道露宿街头的恐怖。在那些日子里，人们经常面临着露宿街头的危险。所有没有节制的生活都会导致这种生活。如果有人吃得太多，他可能会露宿街头；如果有人用了太多煤，他也可能会露宿街头；人们会因为赌博而露宿街头，也会因为酗酒而露宿街头。有时，妈妈们会让自己的孩子露宿街头，一旦出现这种事情，不管孩子做过什么，人们都会同情他，让他露宿街头的可是他的亲人。被房东撵出去而露宿街头是一码事，虽然也让人觉得挺不幸的，但这是生活中无法控制的，因为你无法控制自己的薪水。但是如果因为太过懒惰让自己露宿街头，或者残忍地让自己的亲人露宿街头，那就是罪恶了。

本段一共138个单词，10句话。除了第三句，"露宿街头"（outdoors）在其他句子中都出现过，一共出现了11次，出现的地方都不同：有句首，有句中，也有句尾。这个词可以用作名词，也可以用作形容词，但更多的是用作副词[1]，就像在这段话中一样。

看似相同，实则不同

重复的内容需要变化。这种效果常常会通过平行结构表现出来。那么，什么是"平行"呢？很简单，就是使用相似的词语或短语，讨论相似的事情或思想。请看下面这两句话中的"平行"：

如果有人吃得太多，他可能会露宿街头
如果有人用了太多煤，他也可能会露宿街头

这两句话看起来相同，实际上却非常不同。莫里森仅仅用了一个短句就做到了这一点："人们会因为赌博而露宿街头，也会因为酗酒而露宿街头。""因为赌博"与"因为酗酒"平行，最后同时指向"露宿街头"这个词。

你可能觉得，在这种程度的重复中主题已经彻底得到了凸显，但事实并不是这样。在接下来的这段文字中，莫里森才展开了她的主要思想，而且还拔高到一定程度。换句话说，

---

[1] "outdoors"在英文中基本都用作副词。

莫里森把一个正在发生事情的具体世界，拔高成了一个追寻意义的地方。

  "被赶出去"和"露宿街头"是不同的。如果被赶出去，你还可以去其他地方，但如果露宿街头，你就没地方可去了。两者的区别很微妙，却具有决定性的意义。"露宿街头"，意味着某件事情的结束，是不可改变的具体事实，限定、补充了我们"形而上"的生活。在社会等级和阶层上，我们一直属于少数群体，因此一直游离在生活的边缘，挣扎着一边强化我们的脆弱，一边坚持生活，或者独自爬进生活这件袍子的大褶皱里。我们已经学会了如何去应对这种边缘化的生存状态，或许是因为它是抽象的。但是，"露宿街头"的具体实现却是另外一回事了——就像"死亡"概念和实际的死亡之间的区别一样。死亡，不可改变；而露宿街头，则会永远留在这里。

  在这段话里，"露宿街头"这个词又出现了5次，但已经与上面那一段大不相同了。在上面那段话中，"露宿街头"，指的是"街头"这样具体的地方；而在这一段中，这个词已经顺着"抽象之梯"爬升起来，代表着一种存在状态，一种生活方式。梯子越升越高，到最后，它已经不仅仅代表疏远或排斥，而实际上成了"死亡"的同义词。"死亡，不可改变；而露宿街头，则会永远留在这里。"

写作课

1. 接受重复和冗余的不同。使用"重复"的写作技巧，可为作品的语言或形象建立模式。而冗余，也不一定都是坏事（飞机上的冗余系统能够保证它一直在天上飞，即使某个系统坏掉也无所谓）。为了便于读者理解，可以为一个单独的目标设置多个入口。

2. 如果你想重复某个词、短语，或语言和故事的其他因素，就要确信它们是值得重复的，要确保每一次重复都能在某个方面推动故事的发展。无效的重复会让故事变得拖拉，有效的重复则会吸引读者的注意力。每个人物的重新露面，每个短语的重复，都会给故事增添不同的意义，设置不同的悬念，并为之增加神秘感，提供前进的动力。

3. 使用"变化"或"平行结构"等写作技巧，把作品的主要因素联结起来，让每一个重复都令人难忘。

4. 好故事都有一个焦点，一个主题，一个中心思想，一个像"最蓝的眼睛"这样的主体比喻。眼睛是心灵的窗户，故事的"心灵"也有窗户，就是故事的焦点。如果你有一个非常有力的中心思想，那把它延伸到什么地步都不为过。作家、编辑威廉·布伦德尔（William Blundell）曾经说过，关键在于重复这个焦点，然后用不同的方法去表现它，比如人物描写中的某个细节、某个场景或者几句对话，等等。

25 X射线阅读查尔斯·狄更斯和唐娜·塔特
文本的回音

所有写作者都应该了解"互文性"这个文学概念。它意味着自己定义自己,是一个相当欢乐的概念。无论是在文化研究,还是在后现代文学批评中,"互文性"都是非常重要的。在后现代文学批评中,学者们和语言学家认为,书面文本不是对客观世界的描述,而是由许多以往文本拼接而成的复杂马赛克图案。这不是"剽窃"的委婉说法,也不是对它的一种合理化描述,而是一种认识——任何成年作家在写第一部作品前,都已经阅读过许许多多其他作品了。从这些作品中,她不仅学会了书面语的语法规则,还掌握了故事的语法规则。然后,她会利用学到的各种好的或者不好的方法,去完成自己的作品,尤其是一些老生常谈的表达、典故、戏仿、读后感、比喻、类比、平行结构和典型,等等。

如果这个过程进行得不好,读者看到"互文",会觉得这部作品仅仅是一种衍生物,没有什么创意;但如果进行得好,作品的意义会加深，具体的故事情节会转化为一种更高级的文学、文化模式和价值观。

艺术的回声

其他文本对写作者的所有影响，我想简单地用一个词来概括：回声。这些"影响"，无论是有意识的还是无意识的，都会在作品中发出回声。而 X 射线阅读，如果我们把它调整到最精确的程度，是可以识别出这些"影响"的。

我们先来分析当代作家唐娜·塔特[1]的作品《金翅雀》，这本书获得了 2014 年的普利策小说奖。小说整体非常宏大，一共有 771 页，意象密集如云，人物众多，涵盖了相当长的时间和大范围的地方。我会大致介绍一下小说的情节，包括结尾的部分片段，在不影响故事的线性体验下，提供一些本书读者需要看到的东西。

这是小说勒口上的一段话：

> 小说从一个小男孩的故事讲起。西奥·德克尔 13 岁，住在纽约。在一场意外事故中，他的母亲丧生，他却奇迹般地生存下来。在此之前，他和母亲已经被父亲

---

[1] Donna Tartt, 1963—，美国当代著名女作家，曾获得 2014 年普利策奖。代表作有《金翅雀》(The Goldfinch)。

抛弃。母亲去世后，朋友家收留了他。这是一个富有的家庭，位于公园大道上。这个陌生的新家常常让他感到手足无措，不知道如何和他交流的同学也让他感到不安，他强烈地思念母亲，这种感觉一直折磨着他。他靠着一幅漂亮神秘的小画生活下来，因为看到它，他就看到了母亲。而正是这幅画，带着他最终走向了地狱。

在读这本小说之前，我知道作家唐娜·塔特热衷于古典文学，尤其是19世纪的小说。有位编辑曾提到，她对狄更斯非常痴迷。你只要稍微读几页她的小说，就能发现狄更斯的痕迹，比如《荒凉山庄》等。在他的文学才华中，狄更斯在人物塑造方面的天赋举世瞩目。他可以创造出一个世界，里面住着许多令人着迷的人物，他们有矛盾，也有合作。这个世界向读者传达了许多现实社会的烦恼或希望。塔特在这方面也颇有才华，在《金翅雀》中我们可以很清楚地看到。西奥·德克尔（有点像霍尔顿·考尔菲德[1]），是一个年轻的狄更斯式主人公，一个孤儿。他挣扎着想要在这个世界中找到自己的位置，在要伤害他和要保护他的力量夹缝中生存，在生活的海洋上颠簸翻滚。

非常凑巧，我在读《金翅雀》的同时，也在iPad上读

---

[1]《麦田里的守望者》中的主人公。

莱斯·斯坦迪福德[1]的《圣诞发明家》(*The Man Who Invented Christmas*)。这本书讲述了查尔斯·狄更斯的创作和生活，尤其强调了《圣诞颂歌》这部小说的惊人影响力。毫不夸张，这是英语文学史上最受欢迎、传播最广的故事。（如果你觉得这个说法过于夸张，那就请列出另外一部比它更厉害的吧。）

还记得吗，库尔特·冯内古特建议写作者选择一个讨人喜欢的角色，然后用几百页的篇幅去折磨他，从而让读者理解这个角色。这完全就是西奥·德克尔在小说中的处境。从童年到成年，从纽约到拉斯维加斯的郊区，再到阿姆斯特丹的街区，西奥经历了各种苦难，从恐怖主义到各种毒品上瘾，再到无论在家还是在外所面临的各种危险。最早的突发灾难是艺术博物馆的大爆炸，他最亲爱的母亲在爆炸中丧生，之后是一连串的其他灾难。

因此，在他追忆母亲的过程中，任何形式的救赎行为都不会让读者感到吃惊。在小说的第724页，西奥做了一个梦，梦里就出现了这些救赎。这段文字非常华丽：

> 突然间，她就在那儿了。我站在镜子前，看着镜子里身后的房间……我转过头几秒钟后又看着镜子，里面竟然有一个她，就站在我的身后。我说不出一句

---

[1] Les Standiford，1945—，美国作家、编剧。

话，我知道自己不能转身，因为这违反规则，不管这个地方的规则是什么。我们能看到对方，我们的眼神在镜子中相遇，我见到她很开心，她和我一样开心。那就是她本人，是真实具体的存在，有深度，有信息量，我们之间可以精神相通。她站在我和她的世界之间，不管那是个什么样的世界，不管那里会有什么风景。我们的眼神在镜中交汇，全世界只剩下这一刻，眼神中有吃惊，有快乐。她有一双漂亮的浅蓝色眼睛，瞳孔上有黑色的圆圈，眼睛里全是光芒：你好啊！溺爱、智慧、伤感、幽默、动与静、静与变化，伟大画作里应有的魔力与力量，都在那双眼睛里了。10秒钟，就是永恒。

读到这儿，我在想，发生什么事情了？或者更确切一点，这一段落让我想到了什么？如果我手里拿着一个文学"盖革计数器"（Geiger counter）[1]，它一定会"嘀嗒嘀嗒"地响起来。

小说的主要线索在几百页中反复出现。西奥有一个俄国好朋友，名字叫鲍里斯，这个朋友性格有些古怪，但也很有趣，他管西奥叫"波特"，因为他觉得西奥与哈利·波特很像。如果你看过这一系列的书，你就知道在哈利·波特还是个婴儿时，父母就被邪恶的巫师伏地魔杀死，使他成了孤

---

[1] 一种测量离子放射性的探测器，到达一定辐射量后，会嘀嗒嘀嗒地响起。

儿。他和西奥一样，强烈渴望能够得到父母和家庭的爱。不同的是，哈利生活在魔法世界里。在第一部中，他发现了厄里斯魔镜［这里的"厄里斯"（erised）就是倒过来写的"欲望"（desire）］。第一次朝镜子中看的时候，他就看到了死去的父母，他们是那么的真实，好像都能触摸到一样。在这一瞬间，他心中的空白得到了填补。他的老师，伟大的巫师阿不思·邓布利多说，镜子"折射出的无非就是我们内心深处极度渴望的东西"。对于西奥而言，这份渴望就是和母亲在一起，但他并没有生活在魔法世界里，所以她只有在梦境中才能来到他身边。读到这段话时，我很快就在旁边的空白处写上："哈利·波特的镜子。"

但等等，应该还有更多东西。接下来，塔特写道：

  当我醒来时，已经是早上了。房间里的所有灯都亮着，我盖着被子，完全想不起来自己是什么时候睡下的。周围到处都是她，一切都仍沐浴在她的风采里，她比生命更高大，更宽广，更深刻，是一道折射出七色彩虹边的光线。我记得自己当时在想，这肯定是人们看到圣人后的感受，我倒不是说我的母亲是圣人，只是她的出现如此清晰，如此令人惊喜，就像是黑暗房间里蹿起的一股火焰……

  沐浴在梦境的最后几缕光线中，我不肯起床。突然，附近教堂的钟声当当当地响起，声音洪亮，我在慌乱中坐直身体，四处摸索着找我的眼镜［这是另外一个哈利·波特式比喻］。我忘了，今天是圣诞节。

我在这段话下面画上线，在旁边的空白处写："啊呸，是《圣诞颂歌》。"之所以有这种感觉，可能是因为我当时正在看狄更斯的自传，也可能与作家对狄更斯的痴迷有关。我拿起一本《圣诞颂歌》，重新读了一遍那个熟悉而令人鼓舞的段落。在某个夜晚，圣诞节的"过去之灵""现在之灵"和"未来之灵"造访了埃比尼泽·斯克鲁奇。早上醒来后，他满怀希望地打开窗户，把头伸出去问一个小男孩今天是什么日子。男孩告诉他是圣诞节。"今天是圣诞节！"斯克鲁奇喃喃自语，"我竟然没有错过它。"为了确认主人公被唤醒、被改变的事实，狄更斯描写了这个令人敬畏的声音："他的狂喜被教堂的钟声打断，这是他听到过的最洪亮的钟声。咚咚咚，这是敲钟的声音；叮当叮当，这是钟的声音。噢，多么壮观，多么壮观啊！"狄更斯接着写："他跑到窗前，打开窗户，把头伸出去。没有雾，没有霭；清亮、明快、快乐、活跃、清冷；冷空气让人热血沸腾；金色的阳光；神圣的天空；甜美的空气；欢乐的钟声。噢，多么壮观，多么壮观呀！"

你可以戴上自己的 X 射线眼镜，看看这段话中是不是有上面那个场景的回声：

我站起身，蹒跚地走到窗边。钟声，还是钟声。大街上一片雪白，一个人影儿都没有。屋顶瓦片上结了霜，闪闪发光。绅士运河上，雪花在飞舞。一群黑鸟呱呱叫着，向运河俯冲下去，又飞了过去，天空一时显得有些忙乱。它们排成一条长长的小路，横扫天际，忽上忽下，像是一个生命体，波浪般起伏着，它们仿佛要飞进我的身体，飞进我的每一个细胞里。白色的天空，飞旋的雪花，还有诗人笔下的狂风。

请再看一下这种模式：沉浸在毁灭性的因素中——被灵魂探视——在圣诞节早晨从梦中醒来——叮叮当当的钟声——敞开的窗户——精力充沛的感觉——心灵的改变。如果想看某个互文是否充满活力和创意，就要看**它们之间的差别是否永远比相似的地方多**，这是关键点。这一段唤醒了另外一段，这一段呼应了另外一段，多了一些魔法，有了更好的效果。

在这方面，詹姆斯·E. 波特（James E. Porter）曾写过一篇题为"互文性与话语共同体"（Intertextuality and the Discourse Community）的论文，文章的内容非常有意思。他说：

> 所谓互文性，就是某些文本碎片的"可重复性"以及可引用的最大范围……不仅仅是指一些明确的典

故、参考和某些话语的引用，也包含一些未公开的来源和影响因素、老生常谈的表达、空话和传统，等等。也就是说，每个话语都是由"痕迹"组成的，所有其他文本片段都能帮助构建它的意义……比如，"很久很久以前"就是一个"痕迹"，包含了丰富的修辞化预想，甚至儿童都能明白它代表着一个虚构故事的开始。文本不仅指向其他文本，也会**包含**其他文本。

再举一个例子就能说明问题了。我在写这章草稿时，发现自己用了一个以前自己从来没有用过的词：叮叮当当的钟声（tintinnabulation）。这个词的存在就是为了呼应钟声的，只要做到这一点就够了。其实我第一次听到这个词是在课堂上，当时我们正在讨论埃德加·爱伦·坡的《钟声》("The Bells")。我的"tintinnabulation of bells"（叮叮当当的钟声）看起来有些冗长，因为第一个词本身就有"钟声"的意思，但为那些不认识这个词或不知道埃德加·爱伦·坡这首诗的读者们考虑，我还是在这里重复了一下。

互文性的真正艺术在于，你要清楚你的文本中应该包含什么，应该舍弃什么，是把钟声敲得更响亮悠远些，还是让它听起来更柔和更含蓄一些。

写作课

1. 在构思故事时,你会想到其他哪些故事?

2. 在一些非常有影响力的作品中,你是否能学到一些有用的东西?记住,不要剽窃。

3. 你想与读者分享哪些文本对你的影响,你又想有多坦诚?

4. 你能利用哪些因素?文本的语气、语言、环境、主题,还是细节?

5. 你希望回声强烈一些还是柔和一些?如果读者没有认出这是一个回声,那语言的表面含义和语境是否能使文本变得清晰,变得可理解?

名作佳句
X射线阅读练习

  2014年,《美国学者》杂志评选了"十佳文学句子",此外,读者也推荐了不少。当时我正在写这本书的第一稿,觉得这个专题非常有趣,也想把自己喜欢的一些句子放在这本书中。我列出的这些句子,有些是《美国学者》推荐的,有些是从书架上的书中摘录的,但这些句子全部都是"导师级"的。我会在周围留下大量空白。请利用页面的空白做标记、画圈、在句子下面画线、标箭头、画连接线等都可以。在空白处写下你X射线阅读时看到的东西。完成这一系列尝试后,请看下一页,你会看到我的细读结果。

如果你真想听我的故事，你肯定想先知道我在哪儿出生，我那恶心的童年是什么样的，我的父母在生我之前是做什么的等等这类大卫·科波菲尔式的废话。但我想说，如果你真想知道事情的真相，我是不会告诉你这些的。

If you really want to hear about it, the first thing you'll probably want to know is where I was born, and what my lousy childhood was like, and how my parents were occupied and all before they had me, and all that David Copperfield kind of crap, but I don't feel like going into it, if you want to know the truth.

——J. D. 塞林格（J. D. Salinger），《麦田里的守望者》

J. D. 塞林格抛弃了成人化的语言和视角（某种程度上），选择了一个预备学校[1]的学生——霍尔顿·考尔菲德作为故事的叙述者，他代表着第二次世界大战后出生的那一代人的异化。上面这段话是经过精心组织的，但读完你并没有这种感觉，反而感觉这就是一个人在随便地说话。作者是如何做到这一点的呢？就是使用第二人称"你"、各种缩写（"you'll"；"don't"）、俚语（"lousy"，恶心的）、强化语（"really"，真的）、语言化的标点符号（"and all"，等等）、语气不太强烈的脏话（"crap"，废话）等。这样累积起来，就会形成非正式的聊天语言。

塞林格对当时的口头语和习语方言非常敏感，比如"我的父母是干什么的"（how my parents were occupied）、"如果你想知道事情的真相"（if you want to know the truth）等。这两句短语中藏着一把双面刀片。第一句可以理解为"我的父母以什么为生"，但是"occupied"（占用、占有）这个词带有负面内涵，就像"preoccupied"（抢先占有）一样。

第二个短语在谈话中常常是补空的，但其中的关键词"真相"（truth）是句子的最后一个词，这就让人产生了怀疑：霍尔顿是不是一个可靠的叙述者？他要讲的自己的故事是否真实？这段话中我最喜欢的短句是"等等这类大卫·科波菲

---

[1] 美国为升入大学的学生准备的私立学校。——编者注

尔式的废话"（and all that David Copperfield kind of crap），请注意句子中的头韵，硬辅音"c"的重复。也许霍尔顿把自己看成了狄更斯小说中的人物，像大卫·科波菲尔，年轻时有着一连串的痛苦经历。也可能是躲在幕后的作者想要发出一个秘密信号：正如《大卫·科波菲尔》是狄更斯最具自传性质的小说，"守望者"霍尔顿与我们现在所知的年轻时的 J. D. 塞林格也非常相似。

在这种情况下,我们不会有工业,因为根本不能确定能否生产出产品,因此也就没有文化。没有航海活动,人们用不到通过海运进口的更高级商品;没有宽敞的建筑;没有能够移动或拆除建筑所需的大型工具;人们不了解地球的地形地貌,也没有时间概念;没有艺术,没有文字,没有社会。最糟糕的是,还要时刻面临横死的危险与恐惧;人们过着孤独、贫穷、肮脏、粗野、物资匮乏的生活。

In such condition there is no place for industry, because the fruit thereof is uncertain: and consequently no culture of the earth; no navigation nor use of the commodities that may be imported by sea; no commodious building; no instruments of moving and removing such things as require much force; no knowledge of the face of the earth; no account of time; no arts; no letters; no society; and, which is worst of all, continual fear and danger of violent death; and the life of man solitary, poor, nasty, brutish, and short.

——托马斯·霍布斯,《利维坦》

这是霍布斯最著名的作品中最著名的一段话，讲述的是战争时期人类的生存状态。他描述的是莎士比亚后的一代人的生活。作品字里行间都传达出詹姆斯国王版《圣经》的节奏和重量。关键词"no"（没有）是这段话中最短的词。这段话一共有 92 个词，而"no"就出现了 10 次。不管发动战争的人意图为何，战争都是一种虚无主义，一种对人类社会的否定。

"no"这个词连接了句中两类重要清单，一类涵盖了奠定人类文化和文明的基本因素：工业、农业、航海、建筑、绘图、艺术、文学和社会（当我把目光转向 21 世纪，看到那些被战争和恐怖主义所危及的地区，我不仅哀悼那些被摧毁的东西，也痛心于那些本可以在和平环境下建造起来的或想象出的事物）。

相对于人类在战争中的无力，暴力和死亡之间的近亲关系对人类更具有破坏力。这就是霍布斯的第二类清单，作家用一系列形容词描述了战争期间的人类状态：孤独、贫穷、肮脏、粗野、物资匮乏。而最后一个词（short，物资匮乏），就像是一个巨大沉重的石头砸在了桌子上。

北极光出现之前,世界各地敏感的指南针们都坐立不安,不停地在飞机和轮船上摆动,在抽屉里、阁楼上和书架上的盒子里颤抖。

Before the aurora borealis appears, the sensitive needles of compasses all over the world are restless for hours, agitating on their pins in airplanes and ships, trembling in desk drawers, in attics, in boxes on shelves.

——安妮·迪拉德[1],《听客溪的朝圣》[2]

---

[1] Annie Dillard,1945—,美国作家、诗人、博物学者、语言大师。作品涉及散文、诗歌、小说和书信,直指生命的核心。代表作有《听客溪的朝圣》(*Pilgrim at Tinker Creek*)、《美国童年》(*An American Childhood*)、《梅特里一家》(*The Maytrees*)。

[2] 又译《溪畔天问》,美国当代著名的生态散文,描述了作家在弗吉尼亚州蓝山的听客溪畔居住一年的经历,获得1974年的普利策奖。宣扬回归自然,批判人类中心主义,质疑工业文明。

在这段话中，迪拉德把一种自然科学现象转化成了一种对"期待"的叙事，尽管其中并没有人类的参与。我非常欣赏这一点。北极光，更通俗点是北极上空的光，是太阳风与地球磁场相互作用引起的一种绚丽多彩的发光现象（这种说法是对复杂过程的一种简化描述），可以使用仪器探测它的出现。在这句话中，探测是由简单的指南针而不是复杂的电子设备来实现的。而我们常常会用指南针来比喻人类的道德准则。通过快速地建立一个清单，迪拉德把读者从特别大的东西，带到了特别小的东西面前，从飞机、轮船，到可以放进书桌抽屉、书架盒子里的物件，人们甚至都看不到这些被收起来的东西。但是，就在人们疏忽、不注意、不敏感的时候，指南针却反应强烈，它们坐立不安，摆动着、颤抖着。

X 射线阅读练习

我转念,见日光下,跑得快的未必赢,强壮的未必得胜,聪慧的未必得到食物,善解人意的未必富有,灵巧的未必得到喜爱。但时机与机遇,却是每人都能得的。

I returned, and saw under the sun, that the race is not to the swift, nor the battle to the strong, neither yet bread to the wise, nor yet riches to men of understanding, nor yet favour to men of skill; but time and chance happeneth to them all.

——《旧约·传道书 9:11》(Ecclesiastes 9:11),詹姆斯国王版本

这是一个很著名的段落，写得非常好，乔治·奥威尔还模仿它写过一段话，嘲笑当时浮躁傲慢的文坛文风："客观考虑当代的一些现象，我们不得不得出这样的结论：在竞争性的活动中，无论成败，都显示不出这是人与生俱来的能力，这个结果其实是由不可预知的因素造成的，这种因素是必须要考虑在内的。"[1] 显然，奥威尔在戏仿这段话前，已经X射线阅读并分析了原文的妙处。

这段话一共有49个单词，41个词都是单音节，包括粗犷的盎格鲁-撒克逊词语，比如：sun（太阳）、race（种族）、swift（迅速）、strong（强壮）、bread（面包）、wise（智慧）、skill（技能）、time（时间）等。最后一句话的前面部分，有12个连续的单词，却只有一种节奏。如果其中没有包含race（比赛）对swift（快），battle（战斗）对strong（强壮），bread（面包）对wise（智慧）等这些平行结构，这句话的节奏会很沉闷且不连贯。从整体上看，这段话以一个主语和动词开始："我转念，见……"而真正的"雷击"到结尾才出现，到了此时，句子的意义从人类的力量转向了不可控的因素——时机与机遇。我不知道伊丽莎白一世和詹姆斯一世时的人们到底喜欢喝什么，但我真想喝一口这段话的作者酿的啤酒。

---

[1] 奥威尔原文如下：Objective consideration of contemporary phenomena compels the conclusion that success or failure in competitive activities exhibits no tendency to be commensurate with innate capacity, but that a considerable element of the unpredictable must invariably be taken into account. 这段话中充满了复杂的大词，节奏比较单调，一些短语表达的是重复性意思。

有一天,我们可能会有一个真正民主的政府,他们会诚实地告诉民众,什么事情发生了,接下来必须要做什么,要做出什么样的牺牲,以及为什么要这么做的原因。

But some day we may have a genuinely democratic government, a government which will want to tell people what is happening, and what must be done next, and what sacrifices are necessary, and why.

——乔治·奥威尔,《宣传与大众演讲》
(*Propaganda and Demotic Speech*)

在用政治化语言写作时，奥威尔俨然变成了一位批评家，而不是文学巨人。这样其实不太好，因为在这样的情况下，作家写出的文本经常是写作上的反例，就像这段话一样。在这段话里，奥威尔用的是"政治化的英语语言"，向我们展示了一些应该避免的写作和演讲方法。

我想把这句话从两个"government"（政府）中间分成两部分。前面是一个"一二三式"主句，即一个主语，一个谓语，加上一个宾语。"有一天，我们可能会有一个真正民主的政府。"在句子前面的部分，作者用了限制词"有一天"（some day）和"可能会有"（may have）。但这里的"民主"到底是什么呢？要回答这个问题，就要给"民主"这个词下一个定义。我们可以通过政府的行动来辨认什么是民主的，就像这段话后面的定义和描述所说的那样。在这段话里，奥威尔告诉了我们大众演讲中的一个秘诀，就是用"什么""什么"和"为什么"这样最基本的词，把各个部分缝合在一起。这个方法确实是可行的。它通过重复、平行结构，建立了一种模式，到最后再改变它。在这段话中，就是把"什么"联结的结果，改变成"为什么"引导的句子。

掠过法兰绒似的平原、柏油路组合成的各种图案、倾斜的铁锈色天际线，能看到烟草棕的河流上悬垂着呜咽的树木，阳光透过树叶洒在水面，形成斑驳的圆形光点。之后，越过防风林，是一片寂静无声的荒野，在上午的炙热中耀眼地沸腾。荒野上有甘蔗田、桑树地、李氏禾、多刺的菠萝、莎草、曼陀罗、野生薄荷、蒲公英、狐尾草、圆叶葡萄、甘蓝、秋麒麟草、金钱薄荷、锦葵、龙葵、豚草、野燕麦、野豌豆、屠夫草、躲在豆荚里自生自长的豆子们，等等。晨风吹过，像母亲的手轻抚过脸颊，它们在这晨风中微微点头。

Past the flannel plains and blacktop graphs and skylines of canted rust, and past the tobacco-brown river overhung with weeping trees and coins of sunlight through them on the water downriver, to the place beyond the windbreak, where untilled fields simmer shrilly in the a.m. heat: shattercane, lamb'squarter, cutgrass, sawbrier, nutgrass, jimsonweed, wild mint, dandelion, foxtail, muscadine, spinecabbage, goldenrod, creeping charlie, butter-print, nightshade, ragweed, wild oat, vetch, butcher grass, invaginate volunteer beans, all heads gently nodding in a morning breeze like a mother's soft hand on your cheek.

——大卫·福斯特·华莱士[1]，
《苍白的国王》

---

[1] David Foster Wallace，1962—2008，美国小说家，热爱繁复的长句子，以及比正文更长的脚注和尾注。代表作有《系统的笤帚》(*The Broom of the System*)、《无尽的玩笑》(*Infinite Jest*)、《苍白的国王》(*The Pale King*) 等。

这句话太难读了，它的"伟大"也因此颇受争议。我发现，无论是评选最佳句子还是最差句子，它都入选过。读着它，读者会有一种"快看我快看我"的感觉。许多评论家们都觉得这句话太放纵了。但是，你要相信我，读后不久你就会爱上它的。这是一片带有象征意义的美国土地，生长着二十多种（具体多少，你可以自己数一数）野草和植物，每种都有很诗意的名字。想象一下，在这片土地上开车兜风会是什么样的感觉。文中的描写有一种奇特的"俯瞰"感，感觉像是一种萨尔瓦多·达利式的电影拍摄方法[1]。在前半部分，读者似乘坐着一架飞艇，俯视日益衰落的城市风景。然后，我们换上一架喷洒杀虫剂的飞机，向一片长满野草的土地俯冲。之后，再回到达利的场景里，我们身边站着一位讲解员，告诉了我们每种野草的名字。我们会感到眩晕，感到混乱，像是从镜子中看到这一系列景象的。你说，这世上会不会有人们公认为伟大，却写得很差劲的句子？

---

[1] 画家曾与西班牙导演路易斯·布努埃尔（Luis Buñuel）一起制作过两部超现实主义影片：《一条安达鲁狗》(*Un Chien Andalou*, 1929) 和《黄金时代》(*L'Age d'Or*, 1930)，电影中充满怪诞但富于暗示的意象。

神在地球上行走时，因一件事过于重大，他没有告诉我们。有时我想，这件事可能就是他的快乐。

There was some one thing that was too great for God to show us when He walked upon our earth; and I have sometimes fancied that it was His mirth.

——G. K. 切斯特顿[1]，
《回到正统》(*Orthodoxy*)

---

[1] 即吉尔伯特·基思·切斯特顿（Gilbert Keith Chesterton, 1874—1936），英国作家、文学评论家、神学家。擅长以犯罪心理学方式进行推理的侦探小说，与福尔摩斯的派别分庭抗礼。主要代表作有《布朗神父的天真》(*The Innocence of Father Brown*)、《布朗神父的智慧》(*The Wisdom of Father Brown*) 等。

《回到正统》是切斯特顿最重要的一本有关基督教信仰的书籍，上面这句话是全书的最后一句。切斯特顿是一位多才多艺的作家，他精力充沛，既能创作侦探小说，也能撰写神学论文，或许是因为这两类文章有着共通之处——都带有神秘感。在这句话里，有最传统和最不传统的宗教信仰表达。"He"和"His"中的大写 H 代表了传统神学观念中的耶稣——神的儿子。作为神的化身，耶稣为自己赢得了这个大写的 H。但是，神学同样强调基督也是人，这就有了切斯特顿对耶稣的这个罕见描述：一个有"快乐"（mirth）的人。某本词典在定义这个词时强调，我们通常不会用它来描述"伴随着笑声的快乐"。我们也不会用"fancied"（空想的、虚构的）来表示"想象"。其实，这段话中最令人震惊的还是"earth"（地球）和"mirth"（快乐）两个词的韵脚。这两个词都是单音节词，都在独立的从句结尾发出震动音。但它们完全没有相同之处，似乎完全不应该押韵。在散文中，韵律通常不怎么起作用，因为它会让读者过于注意韵脚的回音。但到了这里，这种韵律非但没有让读者有"入侵"的感觉，反而让他们觉得仿佛有人在鼓掌。

总统遗孀参加现任总统的就职仪式，是最能证明连续性和稳定性的行为。它告诉世人，虽然总统被暗杀了，但美国政府将继续运行，不会有任何中断。同时，政权的移交是合法的，权力的更迭是有秩序的，是合适的，是符合宪法的。在全世界人们的瞩目下，它消除了任何新任总统"篡权"的怀疑，最大程度减少了其与暗杀分子串谋的嫌疑。证明了已逝总统的家人对新任总统完全没有敌意，而且还会全力支持他。

No single gesture would do more to demonstrate continuity and stability — to show that the government of the United States would continue to function without interruption despite the assassination of the man who sat at its head — and to legitimize the transition: to prove that the transfer of power had been orderly, proper, in accordance with the Constitution; to remove, in the eyes of the world, any taint of usurpation; to dampen, so far as possible, suspicion of complicity by him in the deed; to show that the family of the man he was succeeding bore him no ill will and supported him, than the attendance at this swearing-in ceremony of the late President's widow.

——罗伯特·A. 卡罗,《权力的道路》

(*The Passage of Power*)

罗伯特·卡罗是一位伟大的总统传记作家。他不止一次向读者证明，他很清楚短句的威力。1963年在达拉斯发生的那一瞬，永远地改变了林登·贝恩斯·约翰逊的命运，改变了美国的命运。但卡罗对这一瞬的描写却只有六个词："There was a sharp, cracking sound."（我们听到了一个尖利、清脆的声响）。

那么，再看上面这段115个词的段落。它包含了一个优秀长句所应有的两个特征。一是，它带着我们踏上一段多彩的旅程，但我们到达的不是大卫·福斯特·华莱士式的平原，而是一个行动的计划表。二是，它列出的"清单"不是具体的物品，而是一系列目的，从而确定了文章的最终元素：表明证据的主体。而句子的主干则被放置在一头一尾，即在约翰·菲茨杰拉德·肯尼迪遭暗杀后，证明美国内部权力交接是和平进行的最佳途径就是杰奎琳·肯尼迪出席新任总统林登·贝恩斯·约翰逊的宣誓就职仪式。在这段话里，每个词都是为了说服读者而存在的。

我把对它的爱，汇入到人类的历史中。在这历史中，人类热爱美好的事物，他们悉心照料它们，从火中救出它们，在它们丢失的时候找寻它们，努力把它们保存好，修补好，小心翼翼地把它们从一人手里传到另外一人手里，在时间废墟里大声地、灿烂地唱着歌，唱给下一代爱它们的人，然后再下一代，就这样，代代相传。

And I add my own love to the history of people who have loved beautiful things, and looked out for them, and pulled them from the fire, and sought them when they were lost, and tried to preserve them and save them while passing them along literally from hand to hand, singing out brilliantly from the wreck of time to the next generation of lovers, and the next.

——唐娜·塔特,《金翅雀》

曾经有两位著名的英国演员,他们在一起讨论如何表演莎士比亚剧《麦克白》中的一段著名独白,这段独白以"Tomorrow and tomorrow and tomorrow"(明天,明天,再一个明天)开头。两人都演过这出戏剧,比较有经验的演员说:"记住,这段话中最重要的是'and'(和)这个词。"

这种独特的想法也适用于唐娜·塔特的这句话。它以"And"开头。一些词汇清教徒们认为应该禁止这种用法。整句话一共有六个"and",第一个"and"大声宣称:"我们在联系、积累语言呢。"整句话是在小说的结尾出现的,虽然叙述者已经从自己的经历总结了作品的意义,但它仍然揭示了小说主题。

另外,它把现实性和隐喻因素糅合在了一起,这是我格外欣赏的地方。故事的叙述者的确喜欢漂亮的东西,也确实从火中救出过一幅画,并悉心照料它,在它丢失的时候又去找它,等等。"从火中救出它们""从一人手里传到另外一人手里"这些动作性的短语与"时间废墟"同时存在,表达了这个意义:作为历史长河中的渺小个体,不管是向前追溯多少个世纪,还是展望未来,都是一样的。

名作佳句
X 射线阅读练习

如若有一天，有宇宙的观察者去书写地球的潮汐史，那么毋庸置疑，它们最辉煌和强大的时刻就是地球的年少期。之后，它们越来越虚弱，越来越萎靡，直到有一天，它们会永远消失。

If the history of the earth's tides should one day be written by some observer of the universe, it would no doubt be said that they reached their greatest grandeur and power in the younger days of Earth, and that they slowly grew feebler and less imposing until one day they ceased to be.

——蕾切尔·卡森，《海洋传》

蕾切尔·卡森笔下的大自然壮观绚丽，很少有作家能在这方面与之比肩。上面这句话就是一个典型的例子。它的力量不在形式，而在其内容，因为它给我揭示了一些我不曾懂得的知识：在地球的历史上，有那么一段时间，潮汐比现在更强大。之后，它们变得越来越弱（因为月球与地球之间的距离越来越远，其产生的引力也就越来越小），在之后的数百万年间，它们的力量还会不断变小，直到有一天彻底消失。一个特殊的写作技巧产生了结尾这个惊人的词组，我会管它叫"不可能的叙述者"。看看段落开头的假设："宇宙的观察者去书写地球的潮汐史"。谁会是这个观察者？上帝？外星生物？移居其他星系的地球人？答案是什么其实倒无所谓，重要的是，卡森在这里发现了一种高雅的工具，可以传播宇宙中一些令人吃惊的现象。

这个私人花园离爆炸中心很远,里面的竹子、松树、山月桂和枫树都还活着。公园绿意盎然,人们都跑到这儿来避难,因为他们觉得即使美国飞机再回来,也只会轰炸裸露的建筑物,而且有绿色植物的地方,就会凉爽,会有生命。花园里精致的枯山水庭院、安静的池水和拱桥都是日本风格的,让人感觉很自然,很安全。另外(这是在林子中避难的一些人说的),到树林中躲避,也是人的一种不可抗拒的、遗传自祖先的本能。

This private estate was far enough away from the explosion so that its bamboos, pines, laurel, and maples were still alive, and the green place invited refugees — partly because they believed that if the Americans came back, they would bomb only buildings; partly because the foliage seemed a center of coolness and life, and the estate's exquisitely precise rock gardens, with their quiet pools and arching bridges, were very Japanese, normal, secure; and also partly (according to some who were there) because of an irresistible, atavistic urge to hide under leaves.

——约翰·赫西,《广岛》

优秀作家都不怕长句子，我选的这句话就是证明。如果说短句类似福音书真理，长句子就带着读者踏上了一段旅程。尤其是这种主语和谓语出现在开头，其他从属结构像树枝一样向右伸展的句式，简直是发挥这种功能的最佳例子。句中用一些篇幅列举了日本文化中人们的一些选择偏向，但真正的目标却在最后的短语中：遗传自祖先的本能促使他们到林中躲避。即使在最具有破坏性的原子弹的阴影下，人们依然如此。

哭声一听就很健康——响亮悠长——但听起来没有起和落，就像是一圈又一圈绵延的痛苦。

It was a fine cry — loud and long — but it had no bottom and it had no top, just circles and circles of sorrow.

——托妮·莫里森，《秀拉》(*Sula*)

这句话是《美国学者》杂志评选出来的,我没有读过,却很喜欢它。它表达的是一种通感,一种感官的混合。在这里,声音也有了形状。另外,"loud and long"(响亮悠长)中的头韵也加强了这种效果,还有"一圈又一圈的痛苦"中声音的同心运动。把所有因素加起来,这句话就变得令人难以忘记。

我们活着是为了什么？难道就是被邻居嘲笑，然后再嘲笑邻居吗？

For what do we live, but to make sport for our neighbors, and laugh at them in our turn?

——简·奥斯汀，

《傲慢与偏见》(*Pride and Prejudice*)

这个句子的开头、中间和结尾都有着清晰的分界，谁会不喜欢呢？谢谢你，逗号。在所有的词中，只有"neighbor"（邻居）是多音节。这句话一共有 19 个词，67 个字母，平均下来，每个单词不到 4 个字母，这真是太简洁了。不过，相对于文字的意义，这个计算可以忽略不计了。句子以一个看起来非常形而上的问题开篇："我们活着是为了什么？"而紧接着的社会化评论，用一个短语又把我们带到现实中，带着我们回到地球，让我们感受到了一种美妙的复仇感，精致而世故，可谓妙言妙语。

愤怒,连同所有义务,都被河流冲走了。

Anger was washed away in the river along with any obligation.

——欧内斯特·海明威,《永别了,武器》

唐纳德·默里经常宣扬"二三一"的强调原则，也就是说，要把最不重要的词放在中间，第二重要的词放在句首，最重要的词则要把意义钉在句末。海明威的这句话就是这个原则的典型。流动的河水这个比喻，由"anger"（愤怒）和"obligation"（义务）这两个抽象词架构起来。从故事情节中衍生出的比喻，效果会更好。

名作佳句
X 射线阅读练习

出版界一直在出版好看的法律小说，但这本算是最愉人，实际上也是最幽默的，因为它宣称，在"公正"这双眼中，每个人都是公平的，都能享用到所有法律的益处，根本不需考虑口袋里的"储藏物"。

There are many pleasant fictions of the law in constant operation, but there is not one so pleasant or practically humorous as that which supposes every man to be of equal value in its impartial eye, and the benefits of all laws to be equally attainable by all men, without the smallest reference to the furniture of their pockets.

——查尔斯·狄更斯，
《尼古拉斯·尼克尔贝》(*Nicholas Nickleby*)[1]

---

[1] 狄更斯的一部幽默和教育小说，是狄更斯的第三本小说，发表于1838—1839年。主要讲述了主人公尼古拉斯·尼克尔贝的故事。他是一所寄宿学校的老师，父亲去世后变得一贫如洗。他经历重重磨难，与坏人斗争，最终与心爱的姑娘结婚。通过这个故事，狄更斯揭露了当时所谓为穷人办的学校，其实只是牟利的场所。

古代的句子总给人一种华丽的感觉。我们措辞的类似句子是一种"绮丽体",即一种冗长、经过复杂的过程才达到平衡的句子。它夸耀了作家的才华,但对读者要求过高。而狄更斯的这句话则恰到好处。简而言之,这段话的意思是,穷人永远不要奢望正义。它通过平民化的叙述,去除了法律的神话色彩,又通过最后一个令人记忆深刻的短语"口袋里的'储藏物'",再次阐明了作品的意图。

在许多地方,他很像美国,庞大、强壮,内心充满善意,一圈脂肪在肚子上抖动,步子缓慢沉重,但永远在前行,永远会在你需要他的时候出现,相信简单、直接和勤奋工作的美德。

In many ways he was like America itself, big and strong, full of good intentions, a roll of fat jiggling at his belly, slow of foot but always plodding along, always there when you needed him, a believer in the virtues of simplicity and directness and hard labor.

——蒂姆·奥布莱恩(Tim O'Brien),
《士兵的重负》(*The Things They Carried*)

在这段话中，我们再次看到了在故事结尾，一个长句子如何展开并呼应开头的。"他很像美国"，看到这个比喻，读者很快就会问："他哪里和美国像？"答案结合了描述和讽喻，"他"是美国的强壮和弱点的缩影。最有趣的在句子中间，一个不寻常的转折，"一圈脂肪在肚子上抖动"。

没有什么比一个可爱的孩子更凶狠无情了。

There is nothing more atrociously cruel than an adored child.

——弗拉基米尔·纳博科夫,《洛丽塔》

这句话听起来很熟悉，可能是因为纳博科夫模仿了《李尔王》里的这句话："一个忘恩负义的孩子／要比毒蛇的毒牙更尖利！"《洛丽塔》里的精彩句子可能会比任何我所读过的小说都多，但是，我不确定选的这句话是不是其中之一。我对用副词支撑的句子不太认可，但在这里，"残忍"这个词对亨伯特·亨伯特来说程度还太轻，因此作家就使用"atrociously"（凶狠地、残忍地）这个词来做修饰，以加强这种邪恶和不道德感。可爱并不是孩子的错，却让她变成了一个残忍的人。思考过整个故事后，我觉得，这句话是亨伯特在自欺欺人：他把责任推到了被害人身上，太完美了。

像河水，像公路上的驾车人，又像沿着圣达菲铁轨飞奔的黄色火车，戏剧，总是以一种出人意料的形式出现，而且永远都不会停止。

Like the waters of the river, like the motorists on the highway, and like the yellow trains streaking down the Santa Fe tracks, drama, in the shape of exceptional happenings, had never stopped there.

——杜鲁门·卡波特（Truman Capote），
《冷血》（*In Cold Blood*）

我们称这种句子为圆周句——主要动作出现在句尾。任何词语，只要在句尾出现，都会引起读者特别的注意。再加上排成排的车厢这样的明喻，以及从我们能看到的事物到抽象的"戏剧"的转变，读者会更加注意这句话。当然，"戏剧"会一直存在，直到哪天它自己消失。

X射线阅读的十二个步骤

1. 按照平时的阅读习惯，或寻找相关信息，或读一个故事。

2. 找到一段能让你不由自主停下来的段落。当然不是因为写得不好你停下来，而是因为写得太精彩了，你想停下来好好欣赏。

3. 把这段精彩的段落再读一遍，这一次速度要慢下来。

4. 找出这段话中你最喜欢的文字，可以是一段话，也可以是一个句子、一个比喻，甚至只是一个词。

5. 再把这段话读一遍。这次要大声地读出来。如果屋子里有另外一个人，就大声对着他读。

6. 如果这段话是从一本书或一本杂志中摘抄出来的，可以用铅笔在上面做标记，在空白处写出是什么如此吸引你。

7. 问自己这个问题："作者是如何做到这一点的？"如果大声喊出来有帮助的话，就把这个问题喊出来。

8. 戴上 X 射线眼镜，看看是否能回答这个问题。

9. 如果你自己不能得出答案，就把范文拿给朋友、同事和老师们一起读一读。

10. 把范文复制下来，为了亲自感受一下原文，你甚至可以把它抄写在日记本上，或保存在文件夹里。

11. 把范文放一边，开始写作。不要刻意去模仿范文，要让它以间接的方式影响你。

12. 如果你发现了本书没有涉及的写作技巧或方法，请把它们添到你的书中（也可以发给我一份！邮箱：rclark@poynter.org）。

致谢

在不到十年的时间里,我写了五本书,内容涉及写作、阅读、语言和学习各个方面。这五本书全部由利特尔&布朗出版社出版,这是全球最优秀的出版社之一。我很喜欢跟别人吹嘘,我和艾米莉·狄金森、路易莎·梅·奥尔科特(Louisa May Alcott)、伊夫林·沃(Evelyn Waugh)、约翰·福尔斯(John Fowles)、J. D. 塞林格、安塞尔·亚当斯(Ansel Adams)、大卫·福斯特·华莱士在同一家出版社出书。我提到艾米莉·狄金森了吗?哈哈,开个玩笑。看着这个作家和艺术家名单,想着自己竟然和他们混进了同一个俱乐部——利特尔&布朗出版社(不要忘记中间的停顿[1]),竟然会有一种神奇的感觉。

感谢迈克尔·皮奇和里根·亚瑟,他们分别供职于阿歇

---

[1] 该出版社英文原名为 Little, Brown and Company。

特图书出版集团和利特尔＆布朗出版社，都有着卓越的领导力，带领两家出版集团成为全球作家、出版商和图书爱好者心目中的行业翘楚。感谢我的编辑特蕾西·贝哈尔，这五本书都是和她合作完成的，我感觉她简直就是大魔术师。感谢利特尔＆布朗的优秀编辑贝齐·乌里格和芭芭拉·克拉克。我非常幸运，这五本书的封面都是由基思·海斯设计的。全球的读者朋友们，请您在评价这本书的时候，请一定，一定要考虑到这些精致的封面。

特别感谢我的经纪人简·黛丝特尔。在我们合作的过程中，她非常睿智，而且很有恒心，因此我要专门用一个段落来感谢她。

近四十年来，我所有的工作都得到了波因特学院领导的大力支持。学院位于佛罗里达州的圣彼得斯堡，新闻和民主政治方面的教学在全美知名。我的同事们，尤其是汤姆·弗兰奇（Tom French），几乎每天都在帮助我寻找新的写作技巧。跟着我学习写作的学生们来自各个年龄段，他们时刻提醒着我的使命和目标。请登录波因特学院及其新闻学院网站获得作家们的信息。另外，任何时候都可以给我发邮件，我的邮箱是 rclark@poynter.org。

在写这本书的草稿时，我最喜欢的作家之一，威廉·津瑟（William Zinsser）给我打了电话。不久之后，他就去世了。他写过《写作法宝》（*On Writing Well*），这本书的销售量突破了百万。到了 92 岁，他反而变得精力充沛，虽然双眼失明，却经常在曼哈顿公寓里与一些有追求的作家们聊天闲谈，还跟着一位年轻的老师学习写诗。我们在电话里回忆了年轻时在波因特的生活，那时我们偶尔还会一起工作。我感谢他为写作者所做的所有工作，而且正是他让我有了"我们要继承这种使命"的想法。什么使命呢？就是从读过的书中找出优秀的作品，鼓励年轻的写作者接受写作技巧，提醒他们，每个文字都有持久的力量。我们所做的这一切，都是本着一种民主精神，以公众利益为目的。让我们把这个使命传承下去吧。

最后，我要感谢我的家人们，他们是雪莉、文森特、西奥多、艾莉森、迪兹、埃米莉、丹、劳伦、查斯和多诺万。还记得为了加强语气应该使用的语序吗？把最重要的或最有意思的词放在最后。我要感谢的最后一个人，是凯伦。

建议阅读书目

本书的其中一个目的是鼓励读者阅读文学史上的经典作品。在下文中，我把书中涉及的书都列了出来，我列出来的版本都不贵，而且很容易买到[1]，当然你也不一定非要买我推荐的版本。开始阅读、享受、X射线分析，开始写作吧！

中文版

[1] 西蒙·阿米蒂奇（译），《高文爵士和绿骑士》
[2] 简·奥斯汀，《傲慢与偏见》
[3] 杜鲁门·卡波特，《冷血》
[4] 罗伯特·A.卡罗，《权力的通道》*
[5] 蕾切尔·卡森，《海洋传》

---

[1] 作者在这里指的是他提供的英文原版本，详见后文。其中一些在本书出版前尚未引进国内，此类书在中文译名后标"*"。——编者注

［6］杰弗里·乔叟,《坎特伯雷故事集》

［7］G. K. 切斯特顿,《回到正统》

［8］查尔斯·狄更斯,《荒凉山庄》

［9］查尔斯·狄更斯,《圣诞颂歌》

［10］琼·狄迪恩,《向伯利恒跋涉》*

［11］安妮·迪拉德,《听客溪的朝圣》

［12］珍妮弗·伊根,《恶棍来访》

［13］M. F. K. 费雪,《如何煮狼》

［14］弗朗西斯·斯科特·菲茨杰拉德,《了不起的盖茨比》

［15］古斯塔夫·福楼拜,《包法利夫人》

［16］加夫列尔·加西亚·马尔克斯,《百年孤独》

［17］欧内斯特·海明威,《永别了,武器》

［18］约翰·赫西,《广岛》

［19］劳拉·希伦布兰德,《奔腾年代》

［20］托马斯·霍布斯,《利维坦》

［21］荷马,《伊利亚特》

［22］荷马,《奥德赛》

［23］佐拉·尼尔·赫斯顿,《他们眼望上苍》

［24］雪莉·杰克逊,《摸彩》

［25］詹姆斯·乔伊斯,《都柏林人》

［26］詹姆斯·乔伊斯,《一个青年艺术家的画像》

［27］詹姆斯·乔伊斯,《尤利西斯》

［28］哈珀·李,《杀死一只知更鸟》

［29］赫尔曼·麦尔维尔,《白鲸》

［30］托妮·莫里森,《最蓝的眼睛》

［31］托妮·莫里森,《秀拉》

[32]弗拉基米尔·纳博科夫,《洛丽塔》

[33]蒂姆·奥布莱恩,《士兵的重负》

[34]弗兰纳里·奥康纳,"弗兰纳里·奥康纳短篇小说全集"[1]

[35]乔治·奥威尔,《所有的艺术都是宣传》*

[36]卡米拉·帕格利亚,《破裂、打击、燃烧》*

[37]西尔维娅·普拉斯,《钟形罩》

[38]菲利普·罗斯,《再见,哥伦布》

[39]J. D. 塞林格,《麦田里的守望者》

[40]威廉·莎士比亚,《李尔王》

[41]威廉·莎士比亚,《麦克白》

[42]威廉·莎士比亚,《奥赛罗》

[43]威廉·莎士比亚,《罗密欧与朱丽叶》

[44]约翰·斯坦贝克,《愤怒的葡萄》

[45]唐娜·塔特,《金翅雀》

[46]海伦·文德勒,《莎士比亚十四行诗的艺术》*

[47]维吉尔,《埃涅阿斯纪》

[48]大卫·福斯特·华莱士,《苍白的国王》*

[49]纳撒尼尔·韦斯特,《寂寞芳心小姐》

[50]纳撒尼尔·韦斯特,《蝗灾之日》[2]

[51]威廉·巴特勒·叶芝,《叶芝诗选》

英文原版

[1] Simon Armitage, translator. *Sir Gawain and the Green Knight*. New

---

[1] 三卷本,分别为《天竺葵》《好人难寻》《上升的一切必将汇合》。
[2] 此处的[49]与[50]对应下文"英文原版"中的[49]。——编者注

York: W. W. Norton, 2007.

[2] Jane Austen. *Pride and Prejudice*. New York: Penguin, 2003.

[3] Truman Capote. *In Cold Blood*. New York: Vintage, 2012.

[4] Robert A. Caro. *The Passage of Power*. New York: Vintage, 2012.

[5] Rachel Carson. *The Sea Around Us*. New York: Oxford University Press, 1991.

[6] Geoffrey Chaucer. *The Canterbury Tales*. Translated by Nevill Coghill. New York: Penguin, 2003.

[7] G. K. Chesterton. *Orthodoxy*. New York: Ortho Publishing, 2014.

[8] Charles Dickens. *Bleak House*. New York: Penguin, 2003.

[9] Charles Dickens. *A Christmas Carol*. New York: Simon and Schuster, 2007.

[10] Joan Didion. *Slouching Towards Bethlehem*. New York: Farrar, Straus and Giroux, 1990.

[11] Annie Dillard. *Pilgrim at Tinker Creek*. New York: Harper Perennial, 1998.

[12] Jennifer Egan. *A Visit from the Goon Squad*. New York: Anchor Books, 2011.

[13] M. F. K. Fisher. *How to Cook a Wolf*. New York: Farrar, Straus and Giroux, 1988.

[14] F. Scott Fitzgerald. *The Great Gatsby*. New York: Scribner, 2004.

[15] Gustave Flaubert. *Madame Bovary*. Translated by Lowell Bair. New York: Bantam, 1989. (Contains essay by Eric Auerbach.)

[16] Gabriel Garcia Marquez. *One Hundred Years of Solitude*. Translated by Gregory Rabassa. New York: Harper Perennial, 2006.

[17] Ernest Hemingway. *A Farewell to Arms*. New York: Scribner, 2012.

[18] John Hersey. *Hiroshima*. New York: Vintage, 1989.

[19] Laura Hillenbrand. *Seabiscuit*. New York: Ballantine Books, 2001.

[20] Thomas Hobbes. *Leviathan*. New York: Penguin, 1982.

[21] Homer. *The Iliad of Homer*. Translated by Richmond Lattimore. Chicago: University of Chicago Press, 1961.

[22] Homer. *The Odyssey*. Translated by Robert Fitzgerald. New York: Farrar, Straus and Giroux, 1998.

[23] Zora Neale Hurston. *Their Eyes Were Watching God*. New York: HarperPerennial, 2013.

[24] Shirley Jackson. *The Lottery and Other Stories*. New York: Farrar, Straus and Giroux, 2005.

[25] James Joyce. *Dubliners*. Mineola, N.Y.: Dover, 1991.

[26] James Joyce. *A Portrait of the Artist as a Young Man*. Mineola, N.Y.: Dover, 1994.

[27] James Joyce. *Ulysses*. New York: Penguin, 2008.

[28] Harper Lee. *To Kill a Mockingbird*. New York: Grand Central, 1988.

[29] Herman Melville. *Moby-Dick*. New York: Penguin, 2009.

[30] Toni Morrison. *The Bluest Eye*. New York: Penguin, 1994.

[31] Toni Morrison. *Sula*. New York: Vintage, 2004.

[32] Vladimir Nabokov. *Lolita*. New York: Vintage, 1989.

[33] Tim O'Brien. *The Things They Carried*. New York: Penguin, 1990.

[34] Flannery O'Connor. *The Complete Stories*. New York: Farrar, Straus and Giroux, 1971.

[35] George Orwell. *All Art Is Propaganda*. New York: Mariner, 2008.

[36] Camille Paglia. *Break, Blow, Burn*. New York: Pantheon, 2005.

[37] Sylvia Plath. *The Bell Jar*. New York: HarperPerennial, 2005.

[38] Philip Roth. *Goodbye, Columbus*. New York: Vintage, 1994.

[39] J. D. Salinger. *The Catcher in the Rye*. New York: Little, Brown, 2001.

[40] William Shakespeare. *King Lear*. New York: Simon and Schuster, 2005.

[41] William Shakespeare. *Macbeth*. New York: Simon and Schuster, 2003.

[42] William Shakespeare. *Othello*. New York: Simon and Schuster, 2004.

[43] William Shakespeare. *Romeo and Juliet*. New York: Simon and Schuster, 2004.

[44] John Steinbeck. *The Grapes of Wrath*. New York: Penguin, 2006.

[45] Donna Tartt. *The Goldfinch*. New York: Little, Brown, 2013.

[46] Helen Vendler. *The Art of Shakespeare's Sonnets*. Cambridge: Harvard University Press, 1997.

[47] Virgil. *The Aeneid*. Translated by Robert Fagles. New York: Viking, 2006.

[48] David Foster Wallace. *The Pale King*. New York: Little, Brown, 2012.

[49] Nathanael West. *Miss Lonelyhearts & The Day of the Locust*. New York: New Directions, 2009.

[50] William Butler Yeats. *The Collected Poems*. New York: Scribner, 1996.

图书在版编目（CIP）数据

25堂文学解剖课 /（美）罗伊·彼得·克拉克著；
王旭译. — 郑州：大象出版社, 2020.11（2021.12 重印）
ISBN 978-7-5711-0649-2

Ⅰ.①2… Ⅱ.①罗… ②王… Ⅲ.①文学欣赏—世界 Ⅳ.①I106

中国版本图书馆 CIP 数据核字 (2020) 第 109805 号

Copyright © 2016 by Roy Peter Clark
This edition published by arrangement with Little, Brown and Company, New York, New York, USA.
ALL rights reserved.

本书简体中文版权归属于银杏树下（北京）图书有限责任公司。

著作权合同备案号：豫著许可备字 -2020-A-0049

25堂文学解剖课
25 TANG WENXUE JIEPOU KE

[美] 罗伊·彼得·克拉克 著
王旭 译

出 版 人	汪林中
责任编辑	王 冰
责任校对	安德华
封面设计	墨白空间·李易
出版发行	大象出版社（郑州市郑东新区祥盛街27号 邮政编码450016）发行科 0371-63863551 总编室 0371-65597936
网 址	www.daxiang.cn
印 刷	北京盛通印刷股份有限公司 电话：010-67887676
经 销	全国新华书店
开 本	889 mm×1194 mm 1/32
印 张	12
版 次	2020年11月第1版 2021年12月第2次印刷
定 价	49.80元

后浪出版咨询（北京）有限责任公司 版权所有，侵权必究
投诉信箱：copyright@hinabook.com fawu@hinabook.com
未经许可，不得以任何方式复制或者抄袭本书部分或全部内容
本书若有印、装质量问题，请与本公司联系调换，电话010-64072733